JUDITH KERR

LA STAGIONE DELLE BOMBE

Traduzione di Giulia De Biase

Rizzoli

Titolo originale: Bombs on Aunt Dainty

William Collins Sons & Co Ltd, 1975

Pubblicato per la prima volta in Collins nel 1998
poi ripubblicato da HarperCollins *Children's Books* nel 2002

HarperCollins *Children's Books* è
una divisione di HarperCollins*Publisher* Ltd,
77-85 Fulham Palace Road,
Hammersmith, London W6 8JB

I edizione Rizzoli Narrativa settembre 2010

ISBN 978-88-17-04406-6

A mio fratello Michael

Prima parte

Capitolo 1

Anna era in piedi nella sua stanza, all'ultimo piano della casa londinese dei Bartholomew. Finalmente si era ricordata di rammendare l'orlo strappato della gonna, e indossava una calzamaglia nuova di filo di Scozia, non di quelle nere di Woolworth, ma il tipo beige di Marks & Spencer, più costoso. Il maglione, che si era fatta a mano da sola, era quasi dello stesso colore della gonna, e le scarpe, molto carine, appartenute a una delle figlie dei Bartholomew, erano state appena lucidate. Anna inclinò leggermente lo specchio sulla toeletta e si guardò, sperando di rimanere colpita.

Invece restò delusa, come sempre. Quella stanza era troppo per lei. Era evidente che una come Anna non c'entrava nulla con un ambiente così. Sullo sfondo di coperte di seta trapuntate, carta da parati elegante, bei mobili lucidi, lei aveva un'aria pulita ma modesta. Una personcina insignificante vestita di marrone. Come una servetta, pensò, o un'orfanella. No, una stanza così aveva bisogno di qualcuno più spensierato, più ricco, con un sorriso più smagliante.

Si sedette sullo sgabello di chintz e osservò il proprio viso allo specchio, sentendo crescere l'irritazione. Capelli scuri, occhi verdi, un'espressione troppo seria. Perché non era almeno bionda? Essere bionde era molto meglio, lo sapevano tutti: le star dei film avevano tutte i capelli d'oro, come Shirley Temple o Marlene Dietrich. E anche le sopracciglia non andavano affatto bene. Avrebbero dovuto essere arcuate e sottili, come disegnate a matita. Invece erano spesse e quasi dritte. Quanto alle gambe... Anna non ci voleva nemmeno pensare, alle gambe, perché erano corte e tozze, e avere le gambe corte più che una semplice sfortuna le sembrava un a vera e propria offesa al buon gusto.

Si chinò e il suo riflesso le andò incontro. Almeno ho un'aria intelligente, pensò. Aggrottò le sopracciglia e increspò le labbra, cercando di accentuarla. "Una ragazza intelligente", proprio così dicevano di lei al collegio femminile di Miss Metcalfe. La ragazza intelligente... rifugiata. E all'inizio Anna non lo aveva nemmeno preso come un commento sprezzante. Nessuno era mai stato carino con lei in quella scuola. Meno male che ho chiuso con quel posto, pensò.

Prese la borsetta – una vecchia borsa della mamma di pelle marrone screpolata, portata da Berlino, – tirò fuori il portacipria e cominciò a incipriarsi il naso con attenzione meticolosa. Ma niente rossetto, non ancora. A quindici anni non ci si metteva il rossetto a meno che non si fosse una poco di buono.

Non mi sarei mai ritrovata al collegio di Miss Metcalfe, si disse, se avessimo avuto una casa nostra. Il problema era che lì, in Inghilterra, la sua famiglia era costretta a stare in albergo, perché non aveva un quattrino. E quando mamma e papà non poterono più pagare per la sua stanza (anche se costava pochissimo), Anna era diventata una specie di pacco postale, da mandare qua e là, da una casa a un'altra, senza sapere dove sarebbe finita la volta dopo. Se era andata a scuola da Miss Metcalfe era solo perché quest'ultima si era offerta di prenderla con sé gratuitamente. E se ora viveva dai Bartholomew (ma loro, almeno, erano vecchi amici dei suoi genitori e quindi molto più gentili di Miss Metcalfe) era perché anche questa nuova sistemazione non costava nulla.

Sospirò. Il nastro per i capelli? Per una volta aveva due opzioni: marrone o verde. Scelse il verde, se lo passò sopra la testa e poi dietro la nuca, sotto i capelli, e contemplò il risultato finale nello specchio. Meglio di così non posso fare, si disse.

Da qualche parte un orologio batteva le dieci: era ora di uscire. La mamma e il papà la stavano aspettando. Prese il cappotto e controllò che nella borsa ci fosse tutto. Chiavi, torcia per l'ora del blackout, carta d'identità, e borsellino. Quest'ultimo le sembrò stranamente leggero e lo aprì. Era vuoto. I quattro pence per l'autobus dovevano essere caduti dentro la borsa. Anna la rovesciò. Chiavi, torcia, carta d'identità, portacipria, due matite, un biglietto dell'autobus, l'incarto di un biscotto al cioccolato e qualche briciola. Niente soldi. Ma devono esserci, pensò. La sera prima ce li aveva, ne era certa. Cercò febbrilmente nelle tasche del cappotto. Niente. Maledizione! Proprio quando sembrava che fosse tutto a posto. Maledizione maledizione maledizione!

Rimise tutto dentro la borsa, prese il cappotto e uscì dalla stanza. "E adesso?" si chiese. "I miei mi stanno aspettando e io non ho i soldi per raggiungerli."

Il pianerottolo era buio: le cameriere dovevano aver dimenticato di aprire le pesanti tende. Forse poteva chiedere un prestito a loro. Ma no, non posso, si disse. Nutrendo l'irragionevole speranza che, in qualche modo, sarebbe avvenuto un miracolo, cominciò a scendere la scala ricoperta da uno spesso tappeto.

Nell'ingresso, mentre passava davanti a quella che un tempo era stata la stanza dei compiti e adesso era una specie di soggiorno, si sentì chiamare da una voce amichevole con l'accento americano: «Anna, sei tu? Vieni qui un momento, sono giorni che non ti vedo.»

La signora Bartholomew.

Magari i soldi poteva chiederli a lei?

Anna aprì la porta e trovò la signora in vestaglia, intenta a bere il suo caffè. Sedeva al vecchio tavolo su cui prima studiavano le ragazze, e di fronte a lei, sulla superficie piena di macchie d'inchiostro, c'erano un vassoio e una pila disordinata di vecchi libri per bambini.

«Ti sei svegliata presto per essere domenica» disse la signora Bartholomew. «Hai appuntamento con i tuoi genitori?»

Anna avrebbe voluto rispondere: "Sì, ma non ho..." o "Non è che potrebbe prestarmi...". Invece se ne stette ferma sulla soglia e disse semplicemente: «Sì.»

«Sono sicura che saranno contentissimi di vederti.» La signora fece un gesto verso quello che aveva tutta l'aria di essere un libro di Hans Andersen. «Io invece sono qui a pensare a quanto mi mancano le ragazze. Judy adorava questo libro, tre o quattro anni fa. E anche Jinny. Com'era bello quando facevate lezione qui dentro tutte insieme, non è vero?»

Anna distolse di malavoglia la mente dal suo problema principale.

«Sì» annuì. Era stato bello.

«Questa guerra è davvero stramba» disse la signora Bartholomew. «Abbiamo mandato i nostri figli lontano da Londra pensando che Hitler l'avrebbe bombardata fino a farla scomparire dalla faccia della terra, e sei mesi dopo non è ancora successo un bel niente. A essere sincera, io sono stufa. Voglio che le mie bambine tornino da me. Jinny dice che forse l'intera scuola potrebbe trasferirsi di nuovo in città. Non sarebbe meraviglioso?»

«Già» disse Anna.

«E loro sarebbero contente di averti ancora qui in casa con loro.» A un tratto la signora sembrò accorgersi che Anna non era ancora entrata nella stanza.

«Ma cara, che ci fai sulla porta!?» gridò. «Vieni qui a bere un goccio di caffè. Dimmi, come vanno le cose? Com'è questo famoso corso d'arte del Politecnico?»

«Io dovrei andare» rispose Anna, ma la signora insistette e lei si ritrovò seduta al tavolo dei compiti con una tazza di caffè in mano. Fuori dalle finestre vedeva le nuvole grigie e i rami che oscillavano al vento. Doveva essere una giornata fredda. Perché non aveva chiesto in prestito quei soldi un attimo prima, quando ne aveva avuto l'occasione?

«Allora, cosa fai di bello al corso? Raccontami» la incoraggiò la signora Bartholomew.

Cosa faceva di bello?

«Be', è soltanto un corso d'arte per principianti» disse Anna, sforzandosi di concentrarsi sull'argomento. «Facciamo un po' di tutto. La settimana scorsa ognuno ha ritratto gli altri compagni. È stato divertente.»

L'insegnante aveva visto i disegni di Anna e le aveva detto che aveva un vero talento. Al ricordo Anna ebbe un fremito di emozione.

«Certo, non è molto pratico, dal punto di vista economico, voglio dire» aggiunse. Con ongi probabilità l'insegnante aveva soltanto cercato di essere gentile.

«Ascoltami bene!» ribatté la signora Bartholomew, contrariata. «Alla tua età non devi preoccuparti dei problemi economici. Almeno non finché abiti in questa casa. Lo so che è difficile per i tuoi genitori vivere in un Paese straniero, ma noi siamo contenti di averti qui e puoi restare tutto il tempo che vuoi. Perciò concentrati solo sui tuoi studi. Sono certa che andranno molto, molto bene, e anzi, devi scrivere alle ragazze e raccontarglielo, perché di sicuro saranno contente di sapere che te la cavi così bene.»

«Lo farò» disse Anna. «Grazie.»

La signora Bartholomew la guardò. «Anna, va tutto bene?» chiese.

«Sì» rispose Anna. «Sì, certo. Ma adesso dovrei proprio andare.»

La signora l'accompagnò nell'ingresso e rimase a guardarla mentre lei si infilava il cappotto.

«Aspetta un momento» le disse, e ficcò la testa in un armadio per riemergere un attimo dopo con in mano qualcosa di grigio e pesante.

«Prendi questa sciarpa di Jinny.»

Gliela avvolse intorno al collo e poi le diede un bacio sulla guancia.

«Fatto» disse. «Sei sicura di avere tutto? Non ti serve niente?»

Ecco, quello era il momento giusto per chiedere quei soldi. Sarebbe stato semplicissimo, e Anna sapeva che per la signora non sarebbe stato un problema. Eppure, a un tratto, con ai piedi le scarpe di Judy e al collo la sciarpa di Jinny, guardando il viso dolce della signora Bartholomew, capì che non ce l'avrebbe mai fatta. Scosse la testa e sorrise. La signora ricambiò il sorriso e la guardò uscire e richiudere la porta.

Maledizione! pensò Anna incamminandosi svogliata in Holland Park Avenue. Adesso sarebbe dovuta arrivare a piedi fino a Bloomsbury, perché non aveva i quattro pence per la metropolitana.

Era una giornata limpida e fredda, e Anna cercò di considerare quella lunga camminata come un'avventura.

"Io adoro l'attività fisica" provò a rivolgersi mentalmente a Miss Metcalfe. "Purché non sia lacrosse." Ma non ottenendo alcuna risposta soddisfacente, abbandonò la conversazione.

Molta gente a quell'ora della domenica era ancora a letto, e si vedevano le finestre con le pesanti tende chiuse, sopra i negozi con le serrande abbassate. Era aperto solo il chiosco al Notting Hill Gate, con i giornali domenicali in bella mostra e i manifesti che dicevano: ULTIME NOTIZIE SULLA GUERRA. Ma anche quel giorno non c'era proprio nessuna notizia.

All'ingresso del banco dei pegni accanto alla stazione campeggiava ancora l'insegna che aveva lasciato Anna tanto perplessa nei suoi primi giorni a Londra, quando non sapeva ancora bene l'inglese. Diceva: "Trasforma il tuo vecchio oro in soldoni", ma SOL era caduto dalla scritta e Anna, passando di lì per andare a lezione con Judy e Jinny, si chiedeva ogni giorno se, entrando, le avrebbero dato dei regali.

Naturalmente, ormai, parlando con Anna nessuno avrebbe immaginato che l'inglese non fosse la sua lingua madre. Aveva anche perso l'iniziale accento americano, dovuto all'amicizia con le sorelle Bartholomew. I loro genitori si erano fatti l'idea che Anna avrebbe imparato l'inglese da Judy e Jinny, e loro il tedesco da lei e anche il francese, che Anna aveva appreso a Parigi, dopo la fuga dalla Germania nazista. Ma non era andata così:

Anna, Jinny e Judy erano diventate amiche, e tra loro parlavano praticamente solo inglese, anche se per fortuna la signora Bartholomew non sembrava troppo delusa.

A Kensington Gardens soffiava un vento gelido, che faceva oscillare i cartelli con l'indicazione dei rifugi aerei, finora mai utilizzati, mentre i rari crochi che ancora crescevano tra le trincee, da poco scavate per servire da rifugio in caso di bombardamento, erano ricoperti di brina. Anna sprofondò le mani nelle tasche del suo vecchio cappotto grigio. Era proprio ridicolo che dovesse andare a piedi, pensò. Aveva freddo e sarebbe arrivata in ritardo, e la mamma si sarebbe preoccupata. Sì, era proprio ridicolo essere così spiantati che per quattro pence mancanti andava tutto sottosopra. E come si poteva essere così timidi e stupidi da non riuscire a chiederli in prestito quando se ne presentava l'occasione? E comunque, come diavolo aveva fatto a perderli, quei soldi? Era sicura di averli avuti fino al giorno prima, una moneta d'argento da tre penny più due mezzi penny, se li vedeva ancora davanti. Sono proprio stufa di essere così imbranata, pensò, e in quel momento si materializzò, non richiesta, la figura magra e lunga di Miss Metcalfe, pronta a inarcare un sopracciglio con aria sarcastica ed esclamare: "Povera Anna!"

Oxford Street era deserta, con grosse croci di carta marrone adesiva appiccicate alle vetrine dei negozi per impedire ai vetri di andare in frantumi in caso di raid aerei. Invece la Lyons Corner House era aperta, e piena di soldati in fila per il tè. A Oxford Circus uscì il sole, e Anna si sentì rinfrancata. In fondo, la ragione del suo comportamento non era solo la timidezza. Papà avrebbe capito perché non poteva chiedere soldi alla signora Bartholomew, nemmeno una somma così piccola. Le facevano male i piedi, ma ormai era a due terzi del cammino e forse davvero stava compiendo un'impresa straordinaria.

"Una volta" raccontava con studiata indifferenza una Anna ormai adulta a una Miss Metcalfe esageratamente invecchiata, "una volta sono andata a piedi da Holland Park fino a Bloomsbury pur di non chiedere in prestito quattro pence", e la decrepita Miss Metcalfe reagiva mostrandosi debitamente colpita.

A Tottenham Court Road un edicolante aveva disposto una fila di quotidiani sul marciapiede. Anna lesse i titoli (*Razionamento del tè in arrivo?, Riportate a casa gli evacuati, Tempi duri per gli amanti dei cani in Inghilterra*) e solo allora notò la data. Era il 4 marzo 1940: esattamente sette anni prima aveva lasciato Berlino con la sua famiglia ed era ufficialmente diventata una rifugiata. Le sembrò un segno: eccola, senza un soldo ma perfettamente in grado di cavarsela, nell'anniversario del giorno in cui era iniziato il suo vagabondaggio. Niente poteva più abbatterla. Forse un giorno, quando sarebbe stata ormai ricca e famosa, avrebbero ripensato a lei...

«Certo che mi ricordo di Anna» avrebbe dichiarato la vecchia Miss Metcalfe ai microfoni del cinegiornale, «era così sicura di sé e piena di risorse, la ammiravamo tutti.»

Aveva raggiunto High Holborn con grande fatica. Svoltando in Southampton Road, ormai vicina all'albergo, Anna si accorse di un leggero tintinnio proveniente dall'interno del cappotto. «Non sarà mica...?» Insospettita, si tastò le tasche. Sì, c'era un buco. Ormai quasi rassegnata alla scoperta che la attendeva, infilò due dita e, sollevando l'orlo del cappotto con l'altra mano, riuscì a tirar fuori due mezzi penny e la moneta da tre che erano andati a finire dentro la fodera. Si fermò un momento a guardare quelle monete. Poi pensò: «Tipico!», e lo pensò con tanta forza che senza accorgersene lo disse a voce alta, spaventando una coppia di passanti. Già, cosa poteva esserci di più tipico dello spettacolo che aveva dato di sé quella mattina? Prima l'imbarazzo con la signora Bartholomew, poi la preoccupazione di non aver fatto la cosa giusta, e poi tutta quella strada con le gambe che le facevano male: tutto inutile, soltanto un'immensa perdita di tempo. Nessuno si cacciava in situazioni del genere tranne lei. Era davvero stufa. Doveva cambiare. Le cose dovevano cambiare.

Con le monete strette nel pugno, attraversò la strada e raggiunse una donna che vendeva asfodeli fuori da una caffetteria.

«Quanto costano?» chiese.

Costavano tre pence al mazzo.

«Ne prendo uno.»

Era una spesa clamorosamente inutile – e gli asfodeli non erano nemmeno un granché, a giudicare da come le si ripiegavano sul dorso della mano – ma almeno aveva fatto qualcosa di concreto. Li avrebbe regalati a mamma e papà. Avrebbe detto: «Oggi sono sette anni che abbiamo lasciato la Germania e per questo vi ho portato dei fiori.» E forse i fiori avrebbero portato loro fortuna, magari a papà sarebbe stato commissionato un articolo, o qualcuno gli avrebbe mandato dei soldi, e tutto perché lei aveva risparmiato sul biglietto della metropolitana e comprato al suo posto degli asfodeli. E anche se non fosse successo proprio niente, almeno i fiori avrebbero rallegrato l'atmosfera.

Quando aprì la porta dell'Hotel Continental, il vecchio usciere, che fino a quel momento aveva dormicchiato dietro la scrivania, la salutò in tedesco.

«Hai fatto stare in pensiero tua madre» disse, «si chiedeva che fine avessi fatto.»

Anna si guardò intorno nella sala. Seduti ai tavoli o nelle squallide poltrone in finta pelle c'erano i soliti rifugiati tedeschi, cechi e polacchi che avevano fatto di quell'albergo la loro casa, sperando di trovare presto una sistemazione migliore. Ma della mamma nessuna traccia.

«Vado nella sua stanza» disse Anna, ma in quel momento sentì una voce gridare il suo nome, e dall'angolo dove c'era un telefono pubblico vide la madre che le correva incontro. Era rossa in viso per l'agitazione e nei suoi occhi azzurri si leggeva ancora l'apprensione.

«Dove sei stata?» gridò in tedesco. «Ho appena parlato con la signora Bartholomew. Pensavamo che ti fosse capitato qualcosa! C'è anche Max, ma può restare solo per poco ed è venuto soprattutto per vedere te.»

«Max?» chiese Anna. «Non sapevo che fosse a Londra.»

«Un suo amico di Cambridge gli ha dato un passaggio fin qui.» Come sempre il viso della mamma si distendeva quando parlava del suo meraviglioso figlio. «È venuto a salutarci, ma poi deve incontrare altri amici, e più tardi torneranno a

Cambridge tutti insieme. Amici inglesi, naturalmente» aggiunse, per il suo personale piacere e per le orecchie di chiunque, tra tedeschi, polacchi e cechi, stesse ascoltando.

Mentre si affrettavano verso il piano di sopra, la mamma notò i fiori che Anna aveva in mano. «E quelli?» chiese.

«Li ho comprati» rispose Anna.

«Comprati?» gridò la mamma, ma fu interrotta da un polacco di mezza età che usciva da una porta con sopra la scritta W.C.

«La fuggitiva è tornata all'ovile» disse il polacco con una certa soddisfazione. «Gliel'avevo detto, signora, che probabilmente era solo in ritardo» e scomparve nella sua stanza dall'altro lato del corridoio.

Anna arrossì: «Non sono così in ritardo» protestò, ma la madre le fece segno di sbrigarsi.

La stanza del papà era all'ultimo piano ed entrando Anna quasi inciampò in Max, seduto sull'orlo del letto subito dietro la porta. La salutò con un «Ciao, sorella!» in inglese, come dicevano nei film, e le diede un bacio affettuoso. Poi aggiunse in tedesco: «Stavo per andarmene. Sono contento di averti incrociato.»

Anna disse: «Ci ho messo una vita ad arrivare» e girò intorno al tavolo con la macchina per scrivere, per andare ad abbracciare il papà. «*Bonjour, pa-*

pa» disse, perché a lui piaceva il francese. Aveva un'aria stanca, ma l'espressione dei suoi occhi era vivace, ironica e sorridente come sempre. Papà, pensò Anna, dava sempre l'impressione di essere interessato a tutto quello che accadeva, anche se erano tempi in cui non ci si poteva aspettare che accadesse nulla di buono.

Gli porse i fiori. «Ho preso questi» disse. «Oggi sono sette anni che abbiamo lasciato la Germania, e ho pensato che potessero portarci fortuna.»

Erano sempre più appassiti, ma papà li prese e disse: «Profumano di primavera.» Riempì d'acqua il suo portaspazzolino e Anna lo aiutò a sistemarci dentro gli asfodeli. I gambi si ripiegarono subito su loro stessi, e i fiori toccarono il tavolo.

«Mi sa che si sono già sforzati troppo» disse papà, e tutti risero. Ecco, almeno i fiori avevano portato un po' di allegria. «E comunque, siamo ancora tutti e quattro insieme. Dopo sette anni forse non dovremmo chiedere altra fortuna.»

«Oh, sì che dovremmo!» intervenne la mamma.

Max fece un mezzo sorriso. «Sette anni come questi direi che ci bastano, comunque.» Si girò verso il papà. «Secondo te come andrà a finire con la guerra? Pensi che qualcosa succederà?»

«Quando Hitler sarà pronto» rispose il papà. «Ma bisognerà vedere se saranno pronti anche gli inglesi.»

Erano i soliti discorsi e, come sempre, la mente di Anna cominciò a vagare per conto proprio. Si sedette sul letto accanto a Max per riposare i piedi. Le piaceva stare nella stanza del papà. In tutti i posti dove avevano vissuto, Svizzera, Parigi, Londra, la sua stanza era sempre stata uguale. C'era un tavolo con la macchina per scrivere, ormai sempre più malridotta; c'erano i suoi libri, e la parete su cui attaccava fotografie, cartoline, insomma tutte le cose che lo interessavano, sempre molto vicine in modo che l'unione di tutti i pezzi la vincesse anche sulla carta da parati più sgargiante; poi c'erano i ritratti dei suoi genitori, immagini con sfondi vittoriani che sembravano lontanissime nel tempo; una pipa Meerschaum, che non fumava ma di cui gli piaceva la forma; e infine due o tre aggeggi non meglio identificati che il papà era convinto avessero un qualche uso pratico. Adesso era il momento delle scatole di cartone: aveva messo in piedi una specie di trappola per topi che consisteva in un coperchio appoggiato sull'estremità di una matita, conficcata a sua volta dentro un pezzo di formaggio. Se il topo mangiava il formaggio, il coperchio cadeva, intrappolandolo, e allora papà estraeva in qualche modo l'animaletto per poi andare a liberarlo in Russell Square. Ma finora la trappola non aveva avuto grande successo.

«Come sta il tuo topo?» chiese Anna.

«Ancora in libertà» rispose papà. «L'ho visto ieri sera. Ha un'aria molto inglese.»

Accanto a lei, Max, irrequieto, cambiava di continuo posizione sul letto.

«A Cambridge nessuno si preoccupa della guerra» stava spiegando alla mamma. «Qualche giorno fa sono andato all'Ufficio Reclutamenti, e mi hanno detto molto chiaramente che non è il caso che io mi arruoli volontario, e che farei meglio a finire prima gli studi.»

«È perché hai vinto una borsa di studio, tesoro!» esclamò la mamma con orgoglio.

«No, mamma. Hanno detto la stessa cosa a tutti quanti i miei amici. Dicono di lasciar perdere, almeno per un altro paio d'anni. Forse per allora papà avrà la nazionalità inglese.» Dopo quattro anni di scuola privata e quasi due semestri a Cambridge, Max si sentiva un inglese a tutti gli effetti, e ne aveva anche l'aria. Lo faceva infuriare l'idea di non esserlo anche legalmente.

«Sì, se faranno un'eccezione per lui» disse la mamma.

Anna guardò il papà, e cercò di immaginarselo inglese. Era molto difficile. Ma disse lo stesso: «Dovrebbero farla, un'eccezione! È uno scrittore famoso!»

Papà si guardò intorno nella stanza disadorna.

«Famoso, ma non in Inghilterra» sospirò.

Ci fu un momento di silenzio, e poi Max si alzò per andarsene. Abbracciò mamma e papà e fece una smorfia ad Anna. «Accompagnami fino alla metropolitana. Siamo stati insieme così poco tempo.»

Scesero insieme la scala principale, in silenzio, e nella hall, mentre andavano verso l'uscita, Anna si accorse che gli altri ospiti guardavano Max con ammirazione, come succedeva sempre. Era un ragazzo bellissimo, con quegli occhi azzurri e i capelli chiari. Non come me, pensò Anna. Era contenta di accompagnarlo, ma avrebbe preferito riposarsi ancora un po' prima di doversi mettere a camminare di nuovo.

Usciti dall'hotel, Max disse: «Allora, come vanno le cose?»

«Tutto bene» rispose Anna. Max camminava in fretta e a lei facevano ancora male i piedi. «Papà è un po' giù perché si è proposto alla BBC per le trasmissioni di propaganda in Germania e gli hanno risposto di no.»

«E perché mai?»

«A quanto pare è troppo conosciuto in Germania. I tedeschi sanno benissimo che è un antinazista convinto e quindi non crederebbero fino in fondo ai suoi racconti. Almeno così dicono quelli della BBC.»

Max scosse la testa. «L'ho visto stanco e invecchiato.» Aspettò che lei lo raggiungesse e poi domandò: «E tu come stai?»

«Io? Non so.» A un tratto non riusciva a pensare ad altro che ai suoi piedi doloranti. «È tutto a posto» aggiunse senza convinzione.

Max sembrò impensierirsi. «Ma il corso di arte ti piace?» le chiese. «Ti diverti?»

I piedi passarono a occupare un posto meno prominente nei pensieri di Anna.

«Sì» rispose. «Ma sembra tutto così inutile quando mancano i soldi, vero? Voglio dire, uno legge di artisti che lasciano le loro case per andare a vivere in una soffitta, ma se la tua famiglia ci vive già, in una soffitta...! Ho pensato che forse dovrei cercarmi un lavoro.»

«Ma se non hai ancora sedici anni» disse Max, e aggiunse, quasi con rabbia: «Sembra che la fortuna me la sia presa tutta io.»

«Non dire stupidaggini» rispose Anna. «Una borsa di studio a Cambridge non è questione di fortuna.»

Erano arrivati alla stazione di Russell Square e uno degli ascensori stava per chiudere le porte, pronto a scendere.

«Bene...» cominciò a congedarsi Anna, ma Max esitava.

«Ascolta» le propose, «perché non vieni a trovarmi a Cambridge uno di questi fine settimana?» E quando Anna fece per protestare, aggiunse: «I soldi non sono un problema. Ti farei conoscere qualcuno dei miei amici e ti porterei un po' in giro. Sono sicuro che ti divertiresti.» Le porte dell'ascensore stridettero e Max si precipitò dentro. «Ti scrivo per i dettagli!» gridò, e lui e l'ascensore sprofondarono sottoterra.

Anna ritornò lentamente verso l'albergo. I suoi genitori la stavano aspettando seduti a uno dei tavoli della hall, e un'avvizzita signora tedesca si era unita a loro.

«... all'opera, a Berlino» stava dicendo la signora al papà. «Lei era seduto in terza fila. Ricordo che mio marito l'aveva indicata. Ero così emozionata, e il giorno dopo lei aveva scritto un pezzo bellissimo sullo spettacolo di quella sera.»

Il papà sorrideva, educato.

«Credo fosse il *Lohengrin*» continuò la signora tedesca. «O forse era *Il flauto magico*, o l'*Aida*. Comunque, fu uno spettacolo meraviglioso. Tutto era meraviglioso a quei tempi.»

In quel momento il papà si accorse di Anna. «Mi scusi» disse con un inchino e lui, la mamma e Anna si avviarono nella sala ristorante per il pranzo.

«Chi era?» chiese Anna.

«La moglie di un editore tedesco» rispose il papà. «Lei è riuscita a scappare, ma i nazisti hanno catturato e ucciso suo marito.»

La mamma aggiunse: «Dio solo sa di che cosa vive adesso.»

Era il solito pranzo domenicale, servito da una ragazza svizzera che era lì per imparare l'inglese ma che in quel posto al massimo poteva orecchiare un po' di polacco, pensava Anna. Per dessert ci furono le prugne, seguite da qualche difficoltà per pagare il pranzo di Anna. La cameriera voleva metterla sul conto della stanza, ma la mamma si oppose, dicendo che non si trattava di un pasto in più visto che il giovedì precedente lei aveva saltato la cena perché non si sentiva bene. La cameriera rispose che non era certa che si potesse trasferire un pasto da una persona all'altra, ma la mamma cominciò a blaterare e il papà le disse stancamente: «Per favore, non facciamo scenate.» Alla fine dovettero consultare la direttrice, che decise di fare un'eccezione, a patto che non costituisse un precedente. Peccato che ormai ciò che di buono c'era in quella giornata fosse andato in gran parte perduto.

«Andiamo a sederci nella hall o saliamo in camera?» chiese la mamma dopo pranzo; la signora tedesca era ancora lì e Anna non aveva voglia di parlare dell'opera di Berlino, perciò salirono in camera. Il papà si sistemò in poltrona e Anna e la mamma sedettero sul letto.

«Devo ricordarmi di darti i soldi del biglietto per la prossima settimana» disse la mamma, aprendo la borsa.

Anna la guardò.

«Mamma» disse, «penso che dovrei trovarmi un lavoro.»

Capitolo 2

Anna e la mamma avevano preso posto nella sala d'attesa dell'Assistenza ai Rifugiati Ebrei Tedeschi.

«Se davvero ci danno una mano a pagare la tassa d'iscrizione a questo corso di formazione per segretarie» stava dicendo la mamma, per la sesta volta almeno, «avrai la certezza di poterti guadagnare da vivere per il resto dei tuoi giorni.»

Anna faceva di sì con la testa.

Tutt'intorno a loro, seduti sulle sedie senza cuscini, c'erano altri rifugiati tedeschi come lei e la mamma, in attesa di un colloquio. Alcuni parlavano con voci stridule e nervose. Altri leggevano i giornali: Anna ne contò uno inglese, uno tedesco, due svizzeri e uno in yiddish. Una coppia di vecchietti mangiava ciambelle da un sacchetto di carta, e un signore troppo magro se ne stava tutto ingobbito in un angolo a guardare nel vuoto. Ogni tanto la segretaria entrava nella stanza e chiamava un nome, e qualcuno si alzava e la seguiva.

«Così avrai una base da cui partire» continuava

la mamma, «cosa che io non ho mai avuto. Sarai sempre indipendente.»

La mamma era stata colta di sorpresa quando Anna aveva parlato per la prima volta di cercarsi un lavoro, ma poi si era messa alla ricerca di un corso di formazione per la figlia con tutta l'energia di cui era capace. Era stata irremovibile su questo: Anna doveva assolutamente formarsi prima di cominciare a lavorare. In quale campo, però, non era chiaro. Un corso per segretarie era sembrata la scelta più ovvia, ma l'allergia di Anna alla stenografia era già stato un problema ai tempi di Miss Metcalfe. "Non tanto perché è difficile, ma perchè è così barbosa!" aveva messo in chiaro Anna, e allora Miss Metcalfe aveva sfoderato uno dei suoi sorrisini pietosi, facendole notare che l'arroganza non aveva mai aiutato nessuno nella vita.

La mamma aveva capito fin troppo bene come stavano le cose con la stenografia e a forza di chiedere consiglio a chiunque, aveva scoperto una scuola per segretarie dove insegnavano un sistema diverso. Non si scriveva a mano ma si batteva sui tasti di un piccolo aggeggio che assomigliava a una macchina per scrivere, il che aveva il vantaggio di essere molto più veloce da imparare, nonché adattabile anche ad altre lingue. L'unico problema era che il corso completo costava venticinque sterline.

«Signore e signora Zuckerman!» chiamò la segretaria, sorprendendo i due vecchietti nel bel mezzo dell'ennesima ciambella. Rificcarono frettolosamente quel che restava nel sacchetto di carta e si alzarono.

«Sono sicura che qui ci aiuteranno» disse la mamma. «In fondo finora non abbiamo mai chiesto nulla.» Anche questa volta, in realtà, la mamma avrebbe preferito non doversi rivolgere all'Assistenza Rifugiati, e solo la paura che Anna potesse mettersi a cercare un lavoro senza possedere alcuna qualifica, come era capitato a lei, l'aveva persuasa a farlo. La mamma passava cinque giorni e mezzo a settimana in un seminterrato a scrivere e archiviare lettere, ed era una cosa che odiava.

«Signor Rubenstein! Signore e Signora Berg!»

Una donna seduta di fronte alla mamma cambiò posizione sulla sedia, chiaramente a disagio. «Ma quanto ci fanno aspettare!» esclamò. «Non penso che resisterò ancora a lungo qua dentro, dico davvero.»

Il maritò si accigliò. «Avanti, Bertha» disse. «Meglio aspettare qui che stare in fila alla frontiera.» Si girò verso Anna e la mamma. «Mia moglie è un po' nervosa. In Germania ce la siamo vista molto brutta. Siamo riusciti a scappare solo poco prima che scoppiasse la guerra.»

«Oh, è stato terribile!» gridò la donna. «I nazisti

urlavano e ci minacciavano. C'era un povero vecchio che pensava di avere tutti i documenti in ordine, e loro lo hanno preso a pugni e calci, e non volevano lasciarlo andare. E a noi hanno gridato: "Andate pure, andate, tanto alla fine vi prenderemo lo stesso!"»

«Bertha...» cercò di calmarla il marito.

«Così hanno detto» ripeté la donna. «Hanno detto: vi prenderemo dovunque andiate, perché noi conquisteremo il mondo!»

L'uomo le toccò il braccio e sorrise imbarazzato alla mamma.

«Voi quando avete lasciato la Germania?»

«Nel marzo del '33» rispose prontamente la mamma. Tra i rifugiati, da più tempo eri partito più eri degno di rispetto. Essere partiti nel '33 era come essere arrivati in America a bordo della Mayflower, e la mamma non resisteva mai alla tentazione di dire anche il mese esatto.

«Accidenti» commentò l'uomo, ma sua moglie non sembrava colpita. Guardava Anna e la mamma con occhi spaventati.

«Voi non avete idea di che cosa vuol dire vivere in Germania adesso» disse.

Anna lasciò vagare la mente. Non aveva mai pensato a come doveva essere vivere in Germania adesso.

«Signorina Goldstein!»

Si alzò una donna che indossava un malandato cappotto di pelliccia e si teneva stretta una valigia. Poi fu la volta di un uomo con gli occhiali, che la mamma riconobbe come un violinista che aveva avuto un breve momento di notorietà, e poi, a un tratto, arrivò il loro turno. La segretaria disse: «Voi siete qui per la sezione studenti, giusto?» e accompagnò Anna e sua madre in una stanza dove, seduta a una scrivania, le aspettava una signora con i capelli grigi. Stava leggendo il modulo di richiesta che Anna aveva compilato prima di essere convocata, e aveva l'aria di una preside, ma più simpatica di Miss Metcalfe.

«Prego, accomodatevi» disse, indicando loro due sedie. Poi si voltò a guardare Anna: «E così tu vuoi diventare segretaria.»

«Sì» rispose Anna.

La signora dai capelli grigi diede un'altra occhiata al modulo. «I risultati dei tuoi esami scolastici sono ottimi. Non ti piacerebbe continuare a studiare?»

«No» rispose Anna.

«E come mai?»

«Non mi piaceva studiare» disse. «E poi nessuno dei miei compagni ha continuato la scuola dopo gli esami.» Esitò. «Non ci insegnavano molto.»

La signora tornò a consultare il modulo. «Il collegio femminile di Lilian Metcalfe» lesse. «Lo conosco. Più snob che accademico. Che peccato.» E dopo aver liquidato così la faccenda, passò alla questione del corso per segretarie. Aveva già provato a frequentarlo? Quanto sarebbe durato? E che lavoro s'immaginava esattamente di fare dopo? Incoraggiata da come la donna aveva demolito la signorina Metcalfe, Anna rispose profusamente e con meno timidezza del solito a tutte le domande, e di punto in bianco la signora decise: «Bene, mi sembra tutto molto soddisfacente.»

Per un attimo Anna pensò che fosse finita, ma la signora, un po' reticente, si rivolse alla mamma: «Mi perdoni, ma poiché ci sono così tante persone là fuori che hanno bisogno di aiuto, sarò costretta a fare qualche domanda anche a lei. Da quanto tempo siete in questo Paese?»

«Dal 1935» rispose la mamma. «Ma abbiamo lasciato la Germania nel marzo del '33...»

Anna aveva sentito raccontare la storia talmente tante volte che ormai la conosceva a memoria. Sei mesi in Svizzera... due anni in Francia... la Depressione... la sceneggiatura di quel film, per cui erano venuti in Inghilterra... No, il film non era mai stato fatto... No, non era un problema che papà non parlasse inglese, perché la sceneggiatura era stata tradotta, ma certo adesso... Uno scrittore senza una lingua...

«Mi perdoni» la interruppe la signora. «Mi rendo conto che suo marito è un uomo molto importante, ma ora che siete in un momento così difficile non c'è niente di più pratico di cui possa occuparsi, anche solo per un po'?»

Il papà, pensò Anna. Proprio lui che non aveva mai piantato un chiodo nel muro, che non aveva idea di come bollire un uovo, che non sapeva fare nient'altro che mettere insieme le parole, nel modo più bello di tutti.

«Mio marito» rispose la mamma «non è un uomo pratico. Ed è anche di parecchi anni più vecchio di me.» Era arrossita un po' e allora la signora si affrettò a dire: «Certo, certo, capisco, mi scusi.»

Era buffo, pensò Anna, che la signora fosse più colpita dall'età di suo padre – una caratteristica cui nessuno, incontrandolo, faceva particolarmente caso – piuttosto che dalla sua mancanza di senso pratico, che invece spiccava lontano un miglio. Una volta, a Parigi, aveva speso quasi tutti i soldi che avevano per comprare una macchina per cucire che non funzionava. Anna ricordò di essere andata con lui a cercare di cambiarla nel negozio di articoli di seconda mano dove l'avevano presa. Anche a Parigi erano senza un soldo, ma lì in qualche modo non era stato un problema. A Parigi Anna si era sentita a casa, non in esilio.

La mamma stava parlando alla signora del suo lavoro.

«Per un po' ho lavorato come segretaria privata di Lady Parker, non so se la conosce. Poi suo marito è morto e lei si è trasferita in campagna. E così adesso lavoro nel loro archivio di famiglia.»

La signora assunse un'aria imbarazzata. «E... ehm... quanto...?»

La mamma le disse quanto guadagnava.

«Vede, io non ho nessuna qualifica. Da ragazza ho studiato musica. Ma questo lavoro mi aiuta a pagare vitto e alloggio all'Hotel Continental.»

Forse, pensò Anna, a Parigi si era sentita diversa perché la mamma non doveva lavorare, o perché abitavano in un appartamento invece che in una stanza d'albergo; o forse era semplicemente che l'Inghilterra non era fatta per lei. Per cominciare, non conosceva molte persone a Londra, a parte le vecchie compagne del collegio di Miss Metcalfe. E poi molte cose non erano andate per il verso giusto da quando erano arrivati lì. Ad esempio, era ingrassata parecchio, ritrovandosi gonfia in posti assolutamente insospettabili, e quindi tutti i vestiti avevano cominciato a starle malissimo. La mamma aveva detto che si trattava di pinguedine infantile, che sarebbe scomparsa molto presto, e infatti in buona parte era stato così, ma Anna continuava a nutrire il sospetto che l'Inghilterra avesse la sua parte di colpa in quella storia. Dopotutto, non era mai stata grassa prima di mettervi piede.

Anche le altre ragazze al collegio erano grasse: Anna ricordava grosse cosce arrossate negli spogliatoi e figure corpulente che incombevano sul campo ghiacciato di lacrosse. Ma almeno loro non erano timide. La timidezza era la cosa peggiore che le fosse capitata in Inghilterra. Era arrivata subito dopo la pinguedine, del tutto inaspettata visto che Anna si era sempre trovata a suo agio con le persone. L'aveva paralizzata, al punto che quando le ragazze inglesi l'avevano presa in giro perché non sapeva giocare a lacrosse o perché parlava con uno strano accento, lei non aveva saputo che cosa rispondere. Non aveva mai avuto questo genere di problema con Judy e Jinny, che erano americane.

«Bene, Anna» disse la signora dai capelli grigi come se fosse stata lì ad ascoltare i suoi pensieri. «Spero che troverai il corso per segretarie più piacevole delle lezioni di Miss Metcalfe.»

Anna tornò sulla terra. Allora era tutto sistemato?

«Parlerò con la commissione domani» disse la signora, «ma sono quasi certa che non ci saranno difficoltà.»

E quando Anna balbettò un ringraziamento, lei ribatté: «Sciocchezze! È un ottimo investimento!»

Era uscito il sole e quando Anna e la mamma s'incamminarono verso l'albergo, l'aria era già meno fredda.

«Quanto pensi che potrò guadagnare?» chiese Anna.

«Non so, ma con tutte le lingue che conosci credo che potresti arrivare anche a tre sterline.»

«A settimana!» esclamò Anna. Le sembrava una cifra astronomica.

Il papà si congratulò con lei, ma c'era un po' di tristezza nella sua voce.

«Devo dire che non ti avevo mai immaginata come segretaria» le confessò, e Anna dovette scacciare il pensiero che in fondo neanche lei si era mai vista in quel ruolo.

«Papà» lo consolò, «hanno detto che sono un ottimo investimento!»

«Su questo non ho dubbi» rispose lui. Indossava il suo completo migliore, o almeno quello meno malandato, e stava per uscire. «C'è una serata al Club Internazionale degli Scrittori» spiegò. «Vuoi venire anche tu? Non è una festa in grande stile, ma ci sarà il tè.»

«Mi piacerebbe» disse Anna. Il Club degli Scrittori non era un posto eccitante, ma adesso che il suo futuro era sistemato, Anna era troppo su di giri per tornarsene subito a casa. Andò con suo padre alla fermata dell'autobus, cercando di non pensare al fatto che da quel momento in poi avrebbe passato i suoi giorni a stenografare invece che a disegnare.

«La serata è organizzata dalla sezione tedesca» disse il papà, che ne era il presidente. «Ma il tè sarà inglese al cento per cento» aggiunse, sorridendo a se stesso per la battuta.

Quando arrivarono al club, vicino all'Hyde Park Corner, gli altri scrittori erano già quasi tutti lì: un assembramento di facce intelligenti, e naturalmente di colletti e polsini logori. Molti di loro vennero a salutare il papà sulla porta, furono presentati ad Anna e si meravigliarono di quanto assomigliasse a suo padre. Una cosa che succedeva molto spesso, e che non mancava mai di farle piacere. Nessuno che fosse così simile a lui, pensava Anna, poteva essere senza speranza.

«Allora, seguirà le tue orme?» chiese un ometto con le lenti di quarzo.

«Mi sarebbe piaciuto» rispose il papà. «Ma credo che sia più interessata al disegno. Adesso» e alzò una mano in un gesto di rammarico «ha deciso che vuol fare la segretaria.»

L'uomo con le lenti di quarzo alzò entrambe le mani come per fare eco al rammarico del papà, e disse: «Che vuoi farci? Bisogna pur vivere.»

Lui e il papà andarono a sedersi su un piccolo palco, mentre Anna prese posto in mezzo agli altri. Il tema dell'incontro era "La Germania" e sarebbero intervenuti molti degli scrittori presenti. Quanti ce n'erano, pensò Anna. Non c'era da meravigliarsi che non ci fosse abbastanza lavoro per tutti.

Il primo parlò dell'ascesa del nazismo e di come avrebbe potuto essere evitata. Tutti, a parte Anna, sembravano interessatissimi all'argomento, che provocò un dibattito piuttosto animato. «Se solo...» gridavano gli scrittori. Se solo la repubblica di Weimar... se solo i socialdemocratici... e i francesi in Renania...

Poi l'argomento si esaurì e un uomo dall'aria triste e con indosso un maglione di lana si alzò per leggere degli estratti di un diario arrivato clandestinamente dalla Svizzera. L'autore era uno scrittore ebreo che viveva in Germania, ancora libero. Anna sapeva benissimo cosa dovevano sopportare quelli come lui, ma era comunque terribile ascoltare i dettagli: la miseria, i soprusi meschini, la minaccia costante del campo di concentramento. Quando ebbe finito di parlare, gli altri scrittori restarono in silenzio, a guardare con gratitudine il soffitto ornato di stucchi e le grandi finestre che davano su Hyde Park. Loro, almeno, erano scappati in tempo.

Seguì una dissertazione del tutto priva d'interesse sulle differenze regionali tra Monaco e Francoforte. Poi il papà si alzò.

«BERLINO» annunciò, e cominciò a leggere.

Quando, a otto o nove anni, Anna aveva realizzato per la prima volta che il papà era uno scrittore famoso, lo aveva supplicato di farle leggere qualcosa di suo, e alla fine lui le aveva mostrato un breve paragrafo che, a suo giudizio, la bambina sarebbe stata in grado di capire. Anna ricordava ancora l'imbarazzo che provò dopo averlo letto. Perché, si era chiesta piena di vergogna, perché papà non può scrivere come tutti gli altri? In quel periodo, a scuola, lei stessa aveva cominciato a scrivere frasi lunghe e contorte, piene di paroloni. Aveva immaginato che anche il papà scrivesse così, solo in modo ancora più pomposo. E invece le sue frasi erano brevi e secche. Usava parole comuni, che tutti conoscevano, ma le metteva insieme in modi imprevedibili che ti coglievano di sorpresa. Era vero che una volta superato lo stupore capivi benissimo cosa aveva voluto dire, ma... Perché, aveva pensato Anna, oh, perché mai papà non può scrivere come tutti gli altri?

"È un po' troppo presto, forse" aveva commentato il papà, e da allora per anni Anna non aveva avuto il coraggio di provarci di nuovo.

Ora lui stava leggendo qualcosa che doveva aver scritto con la sua malridotta macchina per scrivere. Era un pezzo su Berlino. Anna riconobbe le strade, i boschi appena fuori città, e c'era perfino una descrizione della loro casa. Era esattamente così, pensò.

Poi il papà parlò della gente: i vicini, i negozianti, l'uomo che badava al giardino (Anna lo aveva quasi dimenticato), la segretaria dagli occhi di civetta che dattilografava le cose scritte dal papà. Quest'ultima descrizione era piuttosto comica e tutti gli ascoltatori risero. Ma dov'erano finite adesso tutte queste persone?, chiedeva il papà. La segretaria dagli occhi di civetta adesso alzava il braccio per il saluto nazista? Il merciaio si era arruolato nelle Sturmtruppen, o lo avevano deportato in un campo di concentramento? Che ne era stato di tutti loro dopo che i nazisti li avevano derubati del loro Paese? (Qui il papà usò una parola molto forte che fece prima sussultare e poi ridacchiare imbarazzati gli altri scrittori). Non lo sappiamo, continuò il papà. Hitler se li è ingoiati in un sol boccone. Eppure, se tornassimo, forse tutto ci sembrerebbe uguale a come ce lo ricordiamo. Le strade, i boschi appena fuori città, la casa...

Il papà concluse con le parole con cui aveva cominciato: «Una volta vivevo a Berlino.»

Ci fu un momento di silenzio, e poi gli scrittori si alzarono tutti insieme, come un sol uomo, e ci fu un applauso scrosciante. Quando il papà scese dal palco, una piccola folla si radunò intorno a lui, per congratularsi e stringergli la mano. Anna restò in dietro, ma lui la raggiunse vicino alla porta e le chiese: «Ti è piaciuto?»

Anna fece di sì con la testa, ma prima che potesse aggiungere altro lei e suo padre furono trascinati nella stanza accanto, dove fu servito il tè. C'era una tavola sontuosamente imbandita, e se alcuni cercarono di non sembrare troppo impazienti, altri non resistettero e si precipitarono sul banchetto. Il tè era offerto dalla sezione principale del club, quella degli scrittori inglesi, un gruppetto dei quali era comparso nella sala. Mentre Anna mangiava un *éclair* e cercava le parole per dire al papà quanto le fosse piaciuto il suo brano su Berlino, uno degli inglesi si avvicinò.

«Ho sentito l'applauso» disse al papà. «Di che cosa ha parlato?»

Lui, come sempre, non capì e Anna tradusse.

«*Ach so*!» disse il papà, e con uno sforzo visibile si preparò a parlare in inglese. «Ho par-lato» disse, con la sua solita pessima pronuncia, «della Germania.»

L'inglese fu sorpreso dall'accento shakespeariano del papà, ma si riebbe in fretta.

«Dev'essere stato davvero emozionante» disse. «Come vorrei capire la sua lingua.»

Quando Anna, più tardi, tornò dai Bartholomew, trovò una lettera di Max che la invitava a Cambridge per il fine settimana. Sta succedendo tutto insieme, pensò. Dimenticò la sua timidezza mentre raccontava alla signora Bartholomew dell'invito, dell'intervento di papà al club, e della carriera che la attendeva.

«E quando avrò finito il corso» concluse, trionfante, «guadagnerò tre sterline a settimana!»

Come il papà, anche la signora Bartholomew assunse un'espressione un po' rammaricata.

«Questa sì che è una bella notizia» disse dopo un momento. «Ma tu sai che puoi restare in questa casa per tutto il tempo che vuoi, e che se dovessi cambiare idea...»

Poi andò a cercare un cappotto di Jinny da dare ad Anna per il fine settimana con Max.

Capitolo 3

Per tutto il viaggio in treno, Anna si chiese come sarebbe andato il suo fine settimana a Cambridge. Che cosa avrebbero fatto lei e Max? E come sarebbero stati gli amici di suo fratello? Sarebbe stata costretta ad essere carina con loro e a chiacchierare? E se sì, di cosa? Faceva di nuovo freddo e poco dopo la partenza aveva cominciato a scendere una pioggerella fine. Anna guardava dal finestrino i campi bagnati e il bestiame che si riparava sotto gli alberi gocciolanti, e quasi desiderò di non aver accettato l'invito del fratello. E se i suoi amici non l'avessero trovata interessante? E, in effetti, perché avrebbero dovuto? Nessuno la trovava mai interessante, pensò Anna, cupa, tanto meno i suoi coetanei. Da Miss Metcalfe le altre ragazze non l'avevano mai presa troppo in considerazione. Non era mai stata eletta capoclasse o responsabile di camerata, e nemmeno assistente al refettorio. A un certo punto, si era parlato di lei come di assistente in prova, ma poi non se ne era fatto nulla. E in più gli amici di Max erano maschi. Come si parlava con i maschi?

«Non è quella che si definisce una bella giornata» disse a un tratto una voce, come facendo eco ai pensieri di Anna. Era una signora benvestita con l'aria di una nobildonna di campagna, seduta di fronte a lei. Anna si disse d'accordo con lei e la donna sorrise. Indossava un cappello e aveva scarpe costose ma comode, come le mamme delle ragazze di Miss Metcalfe nelle giornate dei genitori.

«Stai andando a Cambridge per il fine settimana?» chiese. Anna disse di sì, e la donna si lanciò immediatamente in una dettagliata descrizione dei piaceri mondani della vita universitaria. Molti anni prima, i suoi tre fratelli avevano studiato lì, insieme a due cugini, e lei andava sempre a trovarli nei fine settimana. Ah, quanto poteva divertirsi una ragazza a Cambridge! Le serate a teatro, si scaldava la signora benvestita, e poi il ballo di fine anno, e i picnic a Grandchester, e dappertutto tanti, tanti bei giovanotti simpatici!

A quelle parole, Anna si sentì sprofondare ma poi si consolò pensando che a marzo non ci sarebbero stati balli di fine anno, e che Max l'avrebbe di sicuro avvisata se ci fosse stata qualche occasione particolare in vista.

«E da dove vieni, mia cara?» chiese la signora benvestita, avendo ormai esaurito le reminiscenze di gioventù.

Di solito, quando qualcuno le chiedeva da dove

venisse, Anna rispondeva "Londra", ma stavolta, per qualche strana ragione, si ritrovò a dire: «Berlino», pentendosene un attimo dopo.

«Berlino?» ripeté sorpresa la signora. «Ma tu sei inglese!»

«No» la corresse Anna, e parlando come la mamma all'Assistenza Rifugiati, spiegò: «Mio padre è uno scrittore tedesco antinazista. Abbiamo lasciato la Germania nel 1933.»

La signora benvestita ci pensò su un momento. «Antinazista» disse. «Cioè, contro Hitler.»

Anna fece di sì con la testa.

«Non l'avrei mai detto» commentò. «Non hai proprio nessun accento. Avrei giurato che fossi una brava ragazza inglese come tutte le altre.»

Voleva essere un complimento e Anna sorrise educatamente, ma d'un tratto alla donna venne in mente un'altra cosa.

«E la guerra?» esclamò. «Sei in un Paese nemico!»

Maledizione, si disse Anna, perché mai sono andata a cacciarmi in questo guaio?

Armata di tutta la sua pazienza, cercò di spiegare alla signora come stavano le cose. «Noi siamo contro la Germania» disse. «Vogliamo che vincano gli inglesi.»

«Cioè, siete contro il vostro stesso Paese?»

«Per noi non è più il nostro Paese» cominciò

Anna, ma la signora benvestita ormai era irritata dalla piega che aveva preso la conversazione.

«Eppure avrei giurato che eri inglese» concluse in tono di rimprovero, e si immerse nella lettura della rivista *In campagna*.

Anna tornò a guardare il paesaggio grigio che scorreva fuori dal finestrino rigato dalla pioggia. Era ridicolo, ma si sentiva umiliata. Perché non aveva detto che veniva da Londra? Max non avrebbe mai commesso un errore del genere. Questa gita si preannuncia un vero disastro, pensò.

Quando il treno finalmente entrò in stazione, i suoi peggiori timori parvero avverarsi. Rimase lì, sulla banchina spazzata da un vento gelido, e di Max nessuna traccia. Ma poi il fratello sbucò da un angolo, tutto trafelato e con la mantella svolazzante.

«Scusami» disse, «avevo una lezione.» Gettò un'occhiata al cappottino rosso acceso che la signora Bartholomew aveva prestato ad Anna. «Questo sì che salta all'occhio!» esclamò. «Judy o Jinny?»

«Jinny» rispose Anna, sentendosi un po' rincuorata.

Max prese i bagagli e condusse in fretta la sorella fuori dalla stazione.

«Spero che ti sia portata anche una camicia da

notte pesante» disse Max. «Potrebbe fare un po' freddo in camera.»

Anna dovette constatare che nella sua stanza – una specie di caverna vasta e gelida – il riscaldamento non c'era affatto. Ma non era lontana da dove alloggiava Max, e la padrona di casa aveva promesso di fornirle una borsa dell'acqua calda per il letto. Mentre si ricomponeva un momento, Anna cercò di immaginarsi la signora benvestita che passava la notte in quella stessa stanza, e concluse che i suoi fine settimana a Cambridge dovevano essere stati molto diversi da quello che attendeva lei. Max pagò per la camera – dieci scellini compresa la prima colazione – e poi insieme si incamminarono verso il centro.

Aveva smesso di piovere ma c'erano pozzanghere dappertutto. Oltre i tetti, il cielo era ancora umido e grigio, percorso da nuvole sottili che di tanto in tanto brillavano nella luce incerta del sole. Anna e Max attraversarono la piazza del mercato, facendosi strada tra la folla e i tendoni ancora gocciolanti, finché improvvisamente si ritrovarono inghiottiti da una frotta di studenti. High Street ne era praticamente invasa. Sfrecciavano in bici sulle pozzanghere, seminando schizzi di fango qua e là, o camminavano sui marciapiedi in gruppi vocianti, spintonandosi a vicenda. La strada era punteggiata di uniformi nere e lunghe sciarpe a strisce, e sembrava che tutti avessero qualcosa da dire o da gridare a qualcun altro. Molti, passando, salutarono Max, che sembrava molto a suo agio in mezzo agli altri studenti, e Anna pensò che doveva essere meraviglioso appartenere a quel mondo.

Ogni tanto, tra un saluto e l'altro, Max le indicava un punto degno di nota che nella confusione rischiava di passare inosservato: un palazzo, i resti di antiche mura, un chiostro dove qualche personaggio importante, secoli fa, si era fermato, o una panchina dove un qualche poeta famoso aveva composto una poesia. La pietra di cui erano fatti gli edifici era dello stesso colore del cielo, e aveva l'aria di essere lì da sempre.

Sull'uscio di un caffè due ragazzi in mantella si avvicinarono a Max.

«Ti abbiamo beccato, alla fine!» gridò uno. «E in compagnia di una donna sconosciuta!»

«Una donna sconosciuta in rosso!» aggiunse l'altro, riferendosi al cappottino di Anna.

«Non dite sciocchezze» rispose Max. «Questa è Anna, mia sorella. Anna, questi sono George e Bill. Pranziamo tutti insieme.»

Anna si ricordò di aver sentito parlare di questo George, che era stato compagno di scuola di Max. Era almeno trenta centimetri più alto di lei, e quindi per guardarlo in faccia doveva alzare un bel po' la testa. Bill invece era un tipo alquanto normale, simpatico e di bell'aspetto. Si fecero strada nel locale affollato e raggiunsero un tavolino in un angolo. Quando si sedettero, il volto di George fu finalmente in vista, e Anna osservò che aveva una faccia allegra su cui era perennemente dipinta un'intrigante espressione di stupore.

«Sei davvero sua sorella?» chiese. «Voglio dire, se proprio dovevi essere "la sorella" di qualcuno, potevi scegliere qualcun anziché il buon vecchio Max, no?»

«Con i suoi costumi libertini...»

«E i suoi stivaloni...»

«E... quegli occhietti che si guardano intorno...»

«E... e... quelle orribili orecchie a sventola!» concluse George trionfante.

Anna li guardava in preda alla confusione. Parlavano a ruota libera, o stavano recitando i versi di chissà quale filastrocca inglese che conoscevano tutti tranne lei?

George si fece più vicino a lei.

«Anna, se posso darti del tu, sono certo che avresti potuto trovare qualcuno più accettabile, non credi?»

Doveva rispondere qualcosa. «Penso...» cominciò, ma cosa pensava? Alla fine riuscì a tirar fuori un: «Penso che Max sia un bravo ragazzo.» Era arrossita, come al solito.

«Corretto da parte tua» commentò George.

«E molto educato» aggiunse Bill. «Non sei d'accordo, George?»

«Educato, assolutamente» fece George.

Ecco che ricominciavano, e Anna capì che tutto quel che doveva fare era ridere, che non era poi così difficile. Mangiarono fagioli al sugo con il pane tostato, seguiti da ciambelle e tè molto forte. Bill cercò di ingraziarsi la cameriera per avere un cucchiaino di zucchero in più, ma lei non si fece incantare.

«Non sa che c'è una guerra in corso?» disse, al che Bill, fingendosi sorpreso, esclamò: «Nessuno me l'aveva detto! Ma è spaventoso!» e fece un tale baccano che la cameriera finì col dargli lo zucchero solo per farlo stare zitto.

«Voi giovanotti non prendete mai nulla sul serio» disse, riappropriandosi con foga della zuccheriera, e un istante dopo, come se le fosse appena venuto in mente, aggiunse: «Chissà cosa direbbe il governo.»

L'idea che il governo si preoccupasse del cucchiaio di zucchero in più di Bill era così sconvolgente che George, Bill e Max ebbero bisogno di un'altra ciambella per superare lo shock.

Anna li guardava con ammirazione. Com'erano intelligenti, pensava, e così belli, e così inglesi – e che strano effetto faceva vedere che Max era praticamente uguale a loro.

«È piuttosto divertente» disse George, «questa

storia del "non lo sai che c'è una guerra?". Perché non sembra proprio che ci sia, non è vero?»

«Infatti» confermò Max. «Non so cosa mi aspettassi, ma di certo non questo. Qualcosa di più... incalzante, ecco.»

Bill annuì. «Se uno pensa a quella precedente... con tutti quei morti...»

Ci fu una pausa.

Anna prese un respiro profondo e decise di dare un contributo alla conversazione. «Quand'ero piccola» disse, «ero sempre molto contenta di essere una ragazza.»

Gli altri la guardarono. Max corrugò impercettibilmente la fronte. Aveva sbagliato tutto, come al solito.

«Per le guerre, voglio dire» spiegò. «Perché le donne non le mandano in trincea.»

«Oh, capisco» disse George. Sembravano aspettarsi di più, così lei balbettò ancora qualcosa.

«Ma poi mia madre mi disse che non ci sarebbe mai stata un'altra guerra. Solo che io mi ero già abituata all'idea, ormai, voglio dire, all'idea che fosse meglio essere una donna. E quindi, immagino, è stato un bene così. Perché» aggiunse, raggiungendo un livello di idiozia che sorprese lei per prima, «sono una donna.»

Ci fu silenzio finché Bill con un atto di misericordia si mise a ridere.

«È un bene e anche un gran divertimento!»

Mai più, pensò Anna. Mai più parlerò con qualcuno in vita mia.

Ma George annuì, proprio come si fa quando un altro dice qualcosa di sensato. «Anche mia madre la pensava così. Ci diceva sempre che non ci sarebbe stata un'altra guerra. Era davvero sconvolta quando è scoppiata questa.» La sua solita espressione di stupore si era fatta più intensa, e intorno alla bocca gli era rimasto qualche granello di zucchero della ciambella, che gli dava l'aria di un ragazzo più giovane.

«Ma immagino che se c'è uno che combina quello che sta combinando Hitler, alla fine non si può fare altro che combatterlo.»

«Combatterlo fino alla morte!» Bill strizzò gli occhi. «Mio Dio, Carruthers, c'è una fila di mitragliatrici sulla collina!»

George alzò il mento. «Vado da solo, signore.» La sua voce tremò dall'emozione. «Ma se non dovessi tornare indietro...»

«Sì, Carruthers, sì?»

«Dica a tutti che l'ho fatto... per l'Inghilterra.» George guardava davanti a sé con fierezza. Poi, tornando alla sua voce normale, disse: «Be', è proprio da idioti, non è vero?»

Finirono le loro ciambelle pensando a quanto fosse da idioti. Poi Bill disse: «Volo via.»

«Letteralmente?» chiese Max.

«Letteralmente» rispose Bill. Faceva parte della Squadriglia Aerea Universitaria, e aveva le esercitazioni ogni sabato pomeriggio.

George tirò fuori a fatica le sue lunghe gambe da sotto il tavolo.

«Cinema stasera?» chiese.

«Sicuro» rispose Bill e agitò la mano in un saluto che, pensò Anna, poteva includere o non includere anche lei. «Ci vediamo dopo.» E marciò a passi svelti fuori dal locale.

Poi, dopo che George si fu avvolto la lunga sciarpa intorno al collo, uscirono anche loro.

«A pensarci» disse George, «sarà ancora più strano per te. La guerra, voglio dire.» Guardò Max con aria meditativa. «Mi dimentico sempre che tu non sei nato qui. Non ci pensa mai nessuno, sai» spiegò ad Anna. «Per esempio, sono certo che Bill pensa che lui sia inglese fin nelle ossa.»

«A volte me lo dimentico perfino io» disse Max, così piano che solo Anna capì quanto fosse importante per lui.

Andarono alla camera ammobiliata che Max e George condividevano. La padrona di casa aveva acceso il fuoco nel piccolo soggiorno, e Max vi si sedette subito accanto. Aveva davanti a sé una pila di libri e fogli, e doveva scrivere un saggio su alcuni aspetti della legge romana. George sparì per andare a farsi un bagno, e lo sentirono dall'altra stanza che parlava animatamente con la padrona di casa, per sapere se l'acqua sarebbe diventata calda prima che lui dovesse uscire di nuovo.

«Max» disse Anna. «Mi dispiace. Non sono brava con le persone.»

Max alzò lo sguardo dai suoi fogli. «Che sciocchezze» disse. «Sei bravissima.»

«Ma dico un mucchio di stupidaggini. Non lo faccio apposta... forse è perché sono timida.»

«Be', lo sono tutti. Avresti dovuto vedere George e Bill prima che tu arrivassi. Loro non conoscono molte ragazze. Io sono l'unico che ne frequenta qualcuna.»

Anna lo guardò con ammirazione. «Il problema» disse «è che io non sono come te.» E in un impeto di confidenza aggiunse: «A volte mi chiedo se questo Paese è davvero casa mia.»

«Ma certo che lo è!» Max sembrava colpito. «È casa tua almeno quanto è casa mia. L'unica differenza è che tu hai frequentato una scuola da quattro soldi e questo ti ha demoralizzato.»

«Lo credi davvero?»

«Ne sono certo» rispose Max.

Era un pensiero incoraggiante. Max stava per tornare ai suoi libri, e perciò Anna disse in fretta: «C'è anche un'altra cosa.»

«Che cosa?»

«Be'» disse, «tu non hai mai la sensazione di essere sfortunato?»

«Sfortunato? Vuoi dire perché siamo dei rifugiati?»

«No, voglio dire per i Paesi in cui abbiamo vissuto.» Max assunse un'aria perplessa, e Anna continuò. «Cioè, guarda cos'è successo in Germania. Poi in Francia: ci stiamo un anno a stento, ed ecco che arriva la Depressione. E infine l'Inghilterra... ti ricordi che all'inizio sembrava un posto così sicuro... e adesso c'è la guerra, e il razionamento...»

«Ma non è mica colpa nostra!» esclmò Max.

Anna scosse la testa, triste. «A volte mi sento come l'Ebreo Errante.»

«Non assomigli per niente all'Ebreo Errante. Lui aveva dei lunghi baffi, ricordi? E comunque, per quel che ne so io, non portava mica sfortuna.»

«No, ma non credo che la gente fosse molto contenta quando se lo trovava davanti.»

Max la guardò per un momento e poi scoppiò a ridere. «Sei matta» disse con affetto. «Proprio matta.»

Tornò a occuparsi dei suoi libri e Anna restò a guardarlo. Nella stanza si sentiva solo il crepitio del fuoco. Che meraviglia una vita come questa, pensò. Per un attimo cercò di immaginarsi all'università. Certo, lei non sarebbe mai riuscita a ottenere una borsa di studio come Max. Ma in ogni caso, le sarebbe piaciuto studiare legge, o letteratura inglese come George, o ingegneria come Bill? No, l'unica cosa che lei amava era il disegno, e quello non serviva a nulla.

«A proposito» disse Max, come se le avesse letto nel pensiero. «Mi hai scritto di questo corso per segretarie. Dimmi di più.»

«Comincio la settimana prossima.»

Lui si mise a riflettere: sembrava già un avvocato che esamina un caso spinoso davanti alla corte, pensò Anna. Infine disse: «Be', immagino che sia la cosa giusta da fare in questo momento. Ma non per sempre. Non per te. Non in prospettiva.» Poi un pensiero gli attraversò la testa. Sfogliò con impazienza uno dei suoi libri, finché trovò quello che stava cercando, e si rimise a scrivere.

Anna tornò nella sua camera, si pettinò e indossò l'altro dei due soli vestiti che possedeva. Era il suo vecchio abito di velluto grigio a coste e quando la domenica, da Miss Metcalfe, doveva portarlo lo odiava. Ma poi la mamma aveva trovato un vecchio colletto di pizzo in fondo a uno dei bauli che si erano portati dietro da Berlino, e grazie a quel colletto, adesso che Anna aveva perduto la pinguedine infantile, il vestito le dava un'aria piuttosto elegante. Tornò da Max e lo trovò che metteva via i suoi fogli, mentre George ispezionava con sospetto la cena leggera che la padrona di casa aveva appena servito davanti al fuoco. Il suo bagno non era andato a buon fine. Per paura di non fare in tempo, si era immerso quando l'acqua era ancora tiepida, col risultato che aveva sentito via via sempre più freddo e aveva indugiato troppo nella vasca non avendo il coraggio di uscire nell'aria gelida della stanza. Comunque, ormai la faccenda era chiusa e adesso che si era lavato era a posto per almeno una settimana, concluse tutto soddisfatto. «Il che mi fa notare» aggiunse, «che tu invece hai un aspetto particolarmente pulito e ordinato. È questa l'ultima moda?»

Anna spiegò che indossava quello che ai tempi del collegio era il vestito della domenica.

«Davvero?» rispose George. «Straordinario. Mia sorella indossa sempre una specie di sacco marrone.»

Da lì cominciarono a parlare della scuola della sorella di George, dove le ragazze dovevano fare l'inchino alla direttrice ogni volta che la incontravano, e che non sembrava molto diversa dal collegio di Miss Metcalfe. Poi parlarono della scuola in generale. Forse Max aveva ragione, pensò Anna. Forse George era intimidito da lei esattamente quanto lei da lui, e con questo pensiero riuscì a essere un po' più naturale. Gli stava raccontando di una scena memorabile da Miss Metcalfe, durante la quale una capoclasse in prova era stata scalzata dal suo ruolo, quando fu l'ora di uscire.

Si incamminarono verso il cinema; faceva freddo e per la strada tutte le luci erano già state spente per paura dei bombardamenti notturni. Andavano a vedere un film d'azione insieme a Bill e a una ragazza dai capelli ricci che, con sorpresa di Anna, sembrava piacere molto a Max. Si chiamava Hope e doveva essere più grande di Max di almeno tre anni, e quando lui sussurrò alla sorella: «Non pensi che sia molto carina?» Anna non se la sentì di rispondere di no. Il film era pessimo e il pubblico, che consisteva quasi esclusivamente di studenti dei primi anni, era molto rumoroso. Ci furono fischi per il cattivo, incoraggiamenti ironici per l'eroina che cercava di respingerlo, e dei «Forza, Clarence!» quando l'eroe, con andatura un po' pesante, partiva all'inseguimento. Il cattivo minacciava di gettare l'eroina nelle fauci di un coccodrillo dall'aria deboluccia, o meglio, come notò il pubblico, palesemente denutrita, e quando lei all'ultimo momento venne salvata e il dialogo fu del tutto coperto dalle grida «Vergogna!» e «Povero coccodrillo!», Anna pensò che fosse tutto meravigliosamente divertente, e mantenne il buon umore per il resto della serata, che trascorsero mangiando altre ciambelle in un caffè. Alla fine Max e George le diedero la buonanotte davanti al portone del suo alloggio, e lei, nella casa buia, procedette a tentoni fino a trovare la sua stanza e il letto gelido, dove abbracciò la borsa dell'acqua calda e, con la testa ancora piena di quel mondo straordinario, si addormentò.

«Allora, ti è piaciuta Cambridge?» le domandò Max il pomeriggio del giorno dopo. Stavano aspettando il treno per Londra e lei non aveva nessuna voglia di partire. Il tempo era bello e avevano trascorso la giornata in barca sul fiume, con Max e Hope che litigavano vivacemente su quella spinta da George, e Bill che spingeva l'altra con Anna a bordo. George e Bill avevano cercato di speronarsi a vicenda con le rispettive pertiche, finché Bill non era caduto e li aveva invitati tutti nella sua stanza a bere uno sherry mentre lui si cambiava. Bill abitava in un college vecchio di trecento anni, e sotto l'effetto dello sherry, lui e George avevano invitato calorosamente Anna a tornare presto a Cambridge.

Sulla banchina ormai quasi al buio, Anna guardò Max negli occhi con aria molto seria e disse: «È tutto così fantastico qui. Assolutamente fantastico.»

Max annuì. «Sono contento che tu sia venuta.» Anna poteva leggergli la gioia sul viso nonostante l'oscurità. A un tratto lui sorrise. «E c'è un'altra cosa. Non dirlo alla mamma, ma credo che quest'anno avrò il massimo dei voti.»

Poi si sentì il fragore del treno che arrivava, pieno all'inverosimile di soldati dell'esercito e della marina. Anna dovette schiacciarsi contro una pila di zaini per salire, e quando riuscì ad avvicinarsi a un finestrino, ormai il treno era già in movimento. Gridò in direzione del fratello: «Grazie, Max! Grazie per questo meraviglioso fine settimana», ma non era sicura che lui la avesse sentita. Uno dei soldati le offrì di condividere il suo zaino e lei vi restò seduta sopra fino a Londra. Fu un viaggio lungo e stancante, molto più lento di quello dell'andata. La luce della lampadina azzurra nel corridoio era troppo fioca per leggere, e ogni volta che il treno si fermava salivano altri soldati, e anche lo spazio sembrava essersi esaurito da tempo. A Londra, anche Liverpool Street era invasa dai militari e, mentre si faceva strada tra la folla nella semioscurità della stazione, Anna si chiese dove mai fossero diretti tutti quei soldati. Poi il titolo di un giornale appeso fuori a un chiosco attirò la sua attenzione: *Hitler invade Norvegia e Danimarca!*

Capitolo 4

Sulle prime, la notizia della Scandinavia invasa da Hitler aveva gettato Anna nel panico. Nella sua testa, aveva sentito risuonare la voce della donna all'Assistenza Rifugiati: "Hanno detto: vi prenderemo dovunque andiate, perché noi conquisteremo il mondo!" E invece, anche questa volta non successe nulla, anzi restò tutto esattamente come prima. Furono inviate delle truppe in Norvegia – i danesi, invece, si erano arresi senza combattere – e ci furono delle battaglie navali, in cui non era chiaro chi avesse avuto la meglio. E comunque, dopotutto, la Scandinavia non era proprio dietro l'angolo.

Anna cominciò il corso, e Judy e Jinny tornarono a casa per le vacanze. Il Ministero dell'Informazione chiese al papà di scrivere i testi di certi volantini che sarebbero stati lanciati nei cieli della Germania – il suo primo lavoro da mesi – e Max fece una vacanza a piedi con George e mandò alla sorella una cartolina da un ostello della gioventù.

Il desiderio principale di Anna era imparare la scrittura abbreviata il più in fretta possibile, in modo da trovare presto un lavoro e cominciare a guadagnare qualche soldo. Ogni giorno seguiva le lezioni a Tottenham Court Road e si esercitava a scrivere il dettato con l'apparecchio fornito dalla scuola. Era abbastanza divertente. Schiacciavi i tasti uno dopo l'altro come sulla tastiera di un pianoforte, e sulla carta veniva impressa non una sola lettera alla volta come con le macchine per scrivere, ma un'intera sillaba, a caratteri normali, e non con gli scarabocchi incomprensibili della stenografia, con cui Anna non aveva mai avuto un buon rapporto.

Judy e Jinny erano molto colpite dalla nuova vita di Anna, una vita da adulta, e a lei non dispiaceva lasciarle ogni mattina a poltrire nel sole primaverile mentre lei usciva per andare alle esercitazioni di scrittura abbreviata. A scuola c'era un altro paio di rifugiate come Anna, e secondo Madame Laroche, la direttrice belga, per loro, con tutte le lingue che conoscevano, trovare un lavoro sarebbe stato come bere un bicchier d'acqua. Anna, a detta di Madame Laroche, era una delle studentesse migliori, tanto che spesso la faceva chiamare nel suo ufficio per una dimostrazione del suo metodo a potenziali nuovi clienti.

La settimana prima della Pentecoste il tempo era mite e soleggiato, e il venerdì Anna non vedeva l'ora che cominciasse il lungo fine settimana: quel giorno la scuola chiudeva all'ora di pranzo e anche il lunedì successivo sarebbe stato un giorno di festa. Anna aveva in programma di trascorrere il pomeriggio con la mamma e il papà e il cugino Otto, che doveva andare a trovarli. Non aveva nessuna voglia di esercitarsi e fu ben contenta quando Madame Laroche la mandò a chiamare perché mostrasse cos'era la scrittura abbreviata a una coppia di signori di mezz'età e alla loro figlia con la faccia da topo. Non sembravano clienti molto promettenti, visto che il padre continuava a ripetere che non voleva sprecare soldi per degli stupidi metodi all'ultima moda, mentre la figlia sembrava semplicemente terrorizzata.

«Ah, ed ecco una delle mie studentesse» disse Madame Laroche quando Anna entrò nel suo ufficio. O almeno sembrava che avesse detto questo, perché Madame Laroche aveva un impenetrabile accento belga, così forte che capirla era quasi impossibile. Indicò ad Anna una sedia e prese un libro da uno scaffale. Anna si guardò intorno in cerca dell'assistente inglese di Madame Laroche, che di solito dettava, ma non ne vide traccia.

«Sarò io a dettare» disse tutta contenta Madame Laroche. O qualcosa del genere. Era chiaro che il signore l'aveva punta nell'orgoglio e ora lei era determinata a mostrargli l'eccellenza del suo sistema a qualunque costo. Aprì il libro e lesse: «I cimeli da glaas.»

«Come?» chiese Anna, allarmata.

«I cimeli da glaas.»

«Scusi» ripeté Anna, arrossendo, «ma non ho capito bene...»

«I cimeli da glaas, I cimeli da glaas!» ripeté Madame Laroche spazientita e si mise a battere col dito sull'apparecchio di Anna, gridando qualcosa che poteva essere interpretato come: «Scrivi!»

Non c'era altro da fare che scrivere.

Anna batté a macchina l'equivalente in sillabe di "I cimeli da glaas", cercando di concentrarsi il più possibile e sperando che il pezzo successivo fosse più facile da capire. Ma non fu così. Anche la seconda frase era indecifrabile, e così la frase successiva e quella dopo ancora. Di tanto in tanto Anna riconosceva una parola, ma subito dopo il dettato ricadeva nell'incomprensibile. Disperata, continuò a star seduta, battere a macchina e avvampare a ogni nuova parola senza senso. Non vedeva l'ora che quella tortura finisse, ma sapeva che a quel punto avrebbe dovuto rileggere tutto a voce alta, e sarebbe stato il momento peggiore.

La tortura finì.

E proprio mentre Anna si chiedeva come avrebbe mai potuto sopravvivere nei successivi dieci minuti, le balenò in mente un pensiero salvifico. Forse il dettato davvero non aveva nessun senso. Forse Madame Laroche le aveva dettato suoni a caso proprio per dimostrare l'infallibilità del suo metodo, in grado di registrare anche suoni senza senso. Si sentì immediatamente sollevata e cominciò a leggere con una certa scioltezza quello che aveva buttato giù.

«I cimeli da glaas» cominciò, attenta a pronunciare i suoni esattamente come aveva fatto Madame Laroche.

Ma qualcosa non andava. Perché il tizio quasi soffocava cercando di trattenersi dal ridere? E perché la madre e perfino la figlia con la faccia da topo ridacchiavano? E perché Madame Laroche era viola in volto dalla rabbia e inveiva contro Anna e dopo averle messo in mano il libro, l'apparecchio, e i fogli di carta, la stava cacciando fuori dalla stanza? La porta sbatté con violenza alle spalle di Anna e lei rimase in piedi nel corridoio, confusa e sbalordita.

«Che è successo?» chiese una delle insegnanti di inglese che usciva in quel momento da un'aula. Doveva aver sentito le urla.

Anna scosse la testa. «Non lo so.»

L'insegnante prese il libro ancora appoggiato, aperto, sopra l'apparecchio. «È questo che ti ha dettato?» chiese. «I gemelli Douglas?»

«No» disse Anna. Quello che Madame Laroche le aveva dettato cominciava con "I cimeli da glaas". Non era possibile scambiare "I gemelli Douglas" con "I cimeli da glaas".

Invece era possibile, se c'era di mezzo Madame Laroche!

«Oh» esclamò. «Devono aver pensato che...» Guardò l'insegnante. «Che devo fare? Devono aver pensato tutti che stavo prendendo in giro Madame Laroche imitando il suo accento. Secondo lei devo andare a spiegarle la verità?»

Si sentiva Madame Laroche che ancora sbraitava nel suo ufficio.

«Non ora» disse l'insegnante.

«Ma devo fare qualcosa!»

Udirono il rumore di sedie trascinate sul pavimento, coperto dallo scoppio di una risata maschile e un incomprensibile ma chiaramente contrariato commento di Madame Laroche.

«Vieni» si decise l'insegnante e sospinse Anna lungo il corridoio verso una delle aule. «Adesso ti concentri sul tuo lavoro e cancelli completamente dai tuoi pensieri questo piccolo malinteso. Sono sicura che martedì sarà tutto dimenticato.»

Anna si sedette a una scrivania vuota e cominciò, quasi automaticamente, a battere a macchina le parole dettate con lentezza da una studentessa più grande. Ma come poteva dimenticarsi quello che era successo? Era stato così ingiusto. Madame Laroche non aveva nessun diritto di urlarle contro, quando lei aveva sempre studiato con così tanto impegno. Nessuno in tutta la scuola la capiva, con quel suo marcato accento belga; doveva essersene accorta anche lei. E se davvero pensava che Anna avesse voluto prenderla in giro... Be', andrò da lei e glielo dirò!, si decise Anna. Le dirò che non può trattarmi così. E se non dovesse credermi? si chiese. Non potevano mica espellere la gente dai corsi per segretaria? O sì?

A fine mattinata ormai Anna era in un tale stato confusionale che non sapeva decidere se andare a casa o affrontare Madame Laroche. Restò a lungo nella stanza del guardaroba, davanti allo specchio, alternando prove di pomposi discorsi di giustificazione alla decisione di accettare il consiglio dell'insegnante e dimenticarsi di tutto. Alla fine arrivò un inserviente per chiudere la stanza, e lei dovette uscire.

Una volta in corridoio, si accorse che se n'erano già andati tutti. Probabilmente anche Madame Laroche, pensò Anna, quasi sollevata; ma adesso si sarebbe rovinata l'intero fine settimana al pensiero che la direttrice ce l'aveva con lei. Maledizione! si disse, ma poi, passando davanti all'ufficio di Madame Laroche, sentì una voce. In un attimo, senza darsi il tempo di pensare, bussò alla porta ed entrò. Pensava di trovarvi anche un insegnante, ma Madame Laroche era da sola. La voce non era la sua: proveniva da una radio.

«Madame Laroche» disse Anna, «volevo solo

spiegarle...» Era decisa a usare un tono fiero e indignato, e invece, con suo stesso fastidio, sembrava che stesse chiedendo scusa. «Riguardo questa mattina...» ricominciò.

Madame Laroche la guardò senza espressione e le fece segno di andarsene.

«Ma io devo parlarle!» gridò Anna. «Non è come lei pensa!»

La trasmissione radio si era improvvisamente interrotta, e la voce di Anna suonò assurdamente alta nel silenzio.

Madame Laroche si alzò e le si avvicinò, e Anna vide con orrore che aveva le lacrime agli occhi.

«*Mon enfant*» disse, in un francese piuttosto comprensibile, «i tedeschi hanno invaso il Belgio e l'Olanda.»

Anna la guardò.

«Cosa farà il mio popolo?» chiese Madame Laroche, come se Anna potesse risponderle. Poi ripeté: «Cosa farà?»

Anna avrebbe voluto dirle qualche parola di conforto, ma non le venne in mente niente. «Mi dispiace» balbettò. Si sentiva in colpa perché continuava ad affliggersi per la storia dei gemelli Douglas. Ma se Madame Laroche ci aveva messo lei per prima una pietra sopra, evidentemente non c'era da preoccuparsene.

«*Mon Dieu!*» gridò Madame Laroche. «Capisci

cosa vuol dire? Cosa faresti tu se i tedeschi venissero qui, in Inghilterra?» E poiché Anna, impotente, rimaneva in silenzio, gridò: «Beh, che ci fai lì impalata! Vattene a casa, per l'amor di Dio! Vattene a casa dai tuoi genitori!»

Anna uscì dall'ufficio e dal palazzo, e si trovò per strada, nel sole. La via era sempre uguale. Ma Anna cominciò a correre, scansando gli altri pedoni sul marciapiede. Quando le mancò il respiro si mise a camminare più in fretta che poté, e poi riprese a correre, finché non arrivò all'Hotel Continental. Lì trovò la mamma e il papà nella hall, insieme al cugino Otto e a un gruppetto di tedeschi, polacchi, cechi tutti eccitati. Gli occhi del cugino Otto brillavano sopra il suo largo naso ebreo, e i capelli gli ricadevano disordinatamente sulla faccia. Ognuno diceva la sua, perfino l'usciere propinava le sue opinioni a chiunque avesse voglia di starlo a sentire.

«Li faranno a pezzi!» diceva trionfante il cugino Otto. «Era proprio questo che gli inglesi stavano aspettando. Adesso andranno lì e li ridurranno in poltiglia. E i francesi daranno una mano, naturalmente» aggiunse come se gli fosse venuto in mente solo dopo. Il cugino Otto nutriva un'ammirazione sconfinata per l'Inghilterra: essere inglese per lui voleva dire essere perfetto. Il papà non la pensava allo stesso modo, e fece arrabbiare molto il cugino quando disse: «Io non mi fido affatto di Chamberlain. Non credo che gli inglesi siano pronti per la battaglia.»

«Aha!» gridò per tutta risposta il cugino Otto. «Ma tu non li capisci. Un uomo come Chamberlain, solo perché sembra che se ne stia con le mani in mano, non vuol dire che non stia organizzando il contrattacco in segreto da chissà quanto tempo. È il famoso *understatement* inglese. Niente drammi, niente rumore. E la Germania ci casca in pieno!»

«Sembra che ci sia cascato anche il Parlamento inglese, però, visto che stanno cercando di farlo fuori proprio in queste ore.»

«Hanno scelto il momento adatto!» intervenne con un lamento una vecchia signora ceca, che indossava un assurdo cappotto di tweed e un cappello a fiori ancor più assurdo, come se fosse pronta per darsela a gambe nel caso i tedeschi facessero cucù.

Il cugino Otto aveva l'aria turbata. «Procedure parlamentari» farfugliò, trovando conforto in una risposta che più inglese non si poteva.

Era commovente, pensò Anna, che il cugino avesse tanto a cuore l'Inghilterra, visto che finora non gli era andata troppo bene nel suo Paese d'adozione. Nonostante le sue due lauree in fisica era riuscito a trovare lavoro solo in una fabbrica di scarpe.

«Quello che vorrei sapere è» continuò la vecchia signora, conficcando un dito ossuto nel petto del cugino Otto, «chi manderà avanti la baracca, adesso?»

«Forse dovremmo andare di sopra» disse la mamma.

Durante la settimana all'Hotel Continental non veniva servito il pranzo, e di solito loro mangiavano qualcosa direttamente nella stanza del papà.

Il cugino Otto accettò con gratitudine. «Muoio dalla voglia di una tazza di tè» confessò, mentre la mamma andava avanti e indietro con il bollitore, le tazze, e alcune ciambelle che aveva preso dalla sua stanza, lì accanto. Otto sedette sul letto del papà a bere tè col latte come gli inglesi, e chiese ad Anna se aveva messaggi per il fratello, visto che lui quel pomeriggio partiva per Cambridge, in cerca di lavoro.

«Che cosa ti piacerebbe fare?» volle sapere la mamma.

Il cugino Otto cercò una superficie di legno che fosse a portata di mano. «Tocchiamo legno!» esclamò. «Spero di trovare un lavoro nel mio campo. A Cambridge c'è il professore di fisica con cui ho studiato a Berlino, e mi ha chiesto di andare a trovarlo.»

«Oh, Otto, sarebbe fantastico se lavorassi con lui!» si entusiasmò la mamma.

«Tocchiamo legno! Tocchiamo legno!» esclamò di nuovo il cugino Otto, e ripeté il suo rito scaramantico. Era difficile ricordarselo, dati i suoi modi da vecchia zitella, ma il cugino Otto aveva appena trent'anni.

«Be', abbraccia Max da parte nostra e digli di scriverci» disse la mamma.

«E auguragli buona fortuna per gli esami» aggiunse Anna.

«Oh, dimenticavo!» esclamò la mamma. «Gli esami dovrebbero essere tra poco. Allora digli di non scrivere, avrà già troppo da fare.»

Papà disse: «Daresti a Max un messaggio da parte mia?»

«Certo» rispose Otto.

«Gli diresti che...» il papà esitava. Poi disse: «Dopo l'attacco dei tedeschi, penso che vorrà arruolarsi. E naturalmente deve fare quello che ritiene giusto fare. Ma gli chiederesti, per favore, di consultarsi con la sua università prima di prendere una decisione?»

«Ma ha solo diciott'anni!» gridò la mamma.

«Non è certo troppo giovane» ribatté il cugino Otto. Fece un segno di assenso al papà. «Ti prometto che glielo dirò. E quando torno a Londra vi telefono per dirvi come sta.»

«Sarebbe davvero gentile da parte tua» disse papà.

Il cugino Otto restò ancora un po' a chiacchierare e a bere tè, finché arrivò il momento di andare a prendere il treno. Subito dopo Anna tornò dai Bartholomew. Avrebbe trascorso il giorno dopo, sabato, insieme e Judy e Jinny. Le aveva viste pochissimo da quando erano tornate, e siccome si divertivano un mondo a giocare a tennis e prendere il sole in giardino avevano deciso di passare così la giornata.

La domenica successiva, quasi tutti i giornali riportavano la fotografia di Winston Churchill, che era diventato Primo ministro al posto di Chamberlain, e molti pubblicarono anche diverse testimonianze sull'invasione dell'Olanda. Un numero enorme di paracadutisti tedeschi, camuffati da soldati olandesi o inglesi, erano scesi sul territorio olandese, e giusto per aumentare la confusione, tedeschi che abitavano da anni in Olanda e che nessuno sospettava di nazismo, si erano precipitati in aiuto dell'invasore. Gli olandesi ce l'avevano messa tutta per resistere, e i francesi e gli inglesi stavano arrivando a dare manforte, ma era chiaro che ormai i tedeschi avevano ridotto il Paese in ginocchio. Su uno dei giornali c'era una mappa con delle grosse frecce che partivano dalla Germania e arrivavano in Olanda, e un articolo intitolato: *Se la Germania conquista le coste di Belgio e Olanda;* ma, disse Jinny, i giornali della domenica avevano il vizio di esagerare, e non bisognava dar loro importanza.

Il lunedì successivo fu un giorno caldo e pieno di sole come non se ne vedevano da tempo, e quando Anna arrivò all'Hotel Continental per passare la giornata con i genitori, convennero che era un peccato sprecarla restando al chiuso.

«Perché non andiamo allo zoo?» chiese Anna, improvvisamente ispirata.

«Perché no?» ribatté il papà. Era allegro per via di Churchill, l'unico uomo che secondo lui era in grado di gestire la situazione.

La mamma si preoccupava di quanto sarebbe costato, ma poi anche lei non resistette al richiamo del sole che splendeva fuori, e fu deciso che non avrebbero badato al denaro.

Era un giorno speciale. Anna non andava allo zoo da un sacco di tempo, e si aggirava tra le gabbie come stordita guardandosi intorno. Le tigri arancio e marrone con le strisce nere che sembravano disegnate, i pavoni con le incredibili code istoriate, le scimmie con l'elegante manto beige e gli occhi tristi. Era come se Anna non avesse mai visto uno di questi animali prima d'ora. E le giraffe, pensò! Chi mai poteva essersi inventato degli animali così strani?

Guardava e guardava, e intanto con una parte della sua mente stava bene attenta a non pensare alla mappa del giornale e all'orrore nazista che stava filtrando dalla Germania per invadere altre parti d'Europa finora al sicuro.

Rimasero allo zoo fino al tardo pomeriggio, quando Anna ormai aveva la mente così piena di tutte le meraviglie che aveva visto da non doversi più sforzare di non pensare alla guerra. Era come se quelle lunghe ore al sole avessero cambiato qualcosa, e su tutto, all'improvviso, si fosse posata la luce della speranza. Anche mamma e papà sembravano rasserenati. Il papà aveva scovato un animaletto nella Casa dei gatti che secondo lui era la copia di Goebbels, e per tutto il tragitto di ritorno in autobus se lo immaginò che teneva discorsi agli altri gatti, controllando se per caso non fossero ebrei. La mamma e Anna ridevano come pazze, e tutti e tre arrivarono all'hotel stanchi ma rilassati, come se fossero tornati da una vacanza.

Quando entrarono nella hall dalla strada ancora soleggiata, l'ambiente sembrò più buio del solito, e Anna ci mise un momento a distinguere l'usciere che aveva alzato la testa dalla scrivania appena li aveva visti.

«È arrivata una telefonata da Cambridge per voi» disse, e lei si chiese perché mai Max telefonasse anziché scrivere.

Il papà indugiò un attimo davanti a un giornale che qualcuno aveva lasciato sul tavolo, e l'usciere, accorgendosene, disse: «Non c'è niente di interessante là dentro. Ma le cose non vanno affatto bene, l'ho sentito alla radio.»

«Cosa è successo?»

L'usciere alzò le spalle. Era un ometto dall'aria rassegnata, con pochi capelli pettinati con cura in un riporto che copriva la testa calva. «Il solito» disse. «In Olanda non si capisce più nulla. I nazisti sono dappertutto e la famiglia reale olandese ha dovuto rifugiarsi in Inghilterra.»

«Così in fretta» sospirò il papà, e come niente la sensazione di essere stati in vacanza svanì.

In quell'istante suonò il telefono. L'usciere rispose e poi disse ad Anna: «Per lei, da Cambridge.»

Lei si precipitò nella cabina telefonica e sollevò la cornetta.

«Max?» disse. Ma non era Max. Era George.

«Ascolta, è successa una cosa… strana…» disse. «Ecco, non so esattamente come dirlo, ma Max è stato arrestato.»

«Arrestato?» E perché mai? Per qualche scherzo da matricola, o per ubriachezza, o per aver gettato a terra l'elmetto di un poliziotto… ma no, certo Max non avrebbe mai fatto nulla del genere.

Stupidamente, Anna chiese: «Arrestato… dalla polizia?»

«Sì» rispose George, e aggiunse: «come "straniero nemico" in terra britannica.»

«Ma non si arrestano le persone perché vengono da un paese nemico!» gridò Anna. «E comunque lui non è uno "straniero nemico". Noi abbiamo perso la nazionalità tedesca anni fa. Max sta solo aspettando di avere la cittadinanza inglese.»

«Lo so, lo so. Ai poliziotti l'abbiamo detto, ma non ci hanno ascoltati. Hanno risposto che dovevano internare tutti i maschi di Cambridge di provenienza nemica, e lui era nella lista.»

«Internare?»

«Sì, in una specie di campo.»

All'improvviso, Anna si sentì vuota, e le sembrò che non avesse alcun senso continuare quella conversazione.

«Sei ancora lì?» disse George, ansioso, e continuò: «Ascolta, qui abbiamo fatto tutti il diavolo a quattro per liberarlo. Io, il suo tutor, il college, tutti. Bill ha dato in escandescenze alla stazione di polizia e hanno dovuto cacciarlo fuori. Ma purtroppo non possiamo fare niente. Sono ordini del governo. Sono tutti nel panico dopo quello che è successo in Olanda.»

«Sì» disse Anna, perché le sembrava che si ci aspettasse questo da lei.

«Max spera che forse i vostri genitori possano fare qualcosa. Non so se abbia ragione… Gli esami cominciano tra due settimane e lui pensava che magari loro conoscono qualcuno che può spiegarlo alla polizia... Ha portato con sé solo i libri, di vestiti quasi nulla.»

«Sì» ripeté Anna.

«Comunque, avevo promesso di farvelo sapere al più presto.» Improvvisamente George sembrò scoraggiato, come se in qualche modo fosse colpa sua. «È tutto un gran caos» aggiunse, «richiamo se c'è qualche novità.»

Anna cercò di scuotersi. «Certo» disse. «Grazie mille, George, grazie per tutto quello che hai fatto. Lo dico subito ai miei genitori.»

E quella sarebbe stata la parte peggiore.

Capitolo 5

Spiegare a mamma e papà cos'era successo a Max non fu una passeggiata, esattamente come Anna aveva temuto. Papà non disse quasi nulla, come se l'arresto e la deportazione di Max fossero solo parte di un'enorme catastrofe che stava per travolgere loro, l'Inghilterra, forse il mondo intero, e che lui non poteva impedire. La mamma subito si agitò e si mise a gridare, e non ci fu verso di calmarla. Perché Max non aveva spiegato alla polizia chi era suo padre?, ripeteva senza sosta. E perché il college non si era mobilitato per lui? E perché anche i suoi amici erano rimasti con le mani in mano? Quando Anna spiegò che in realtà tutti avevano provato a fare qualcosa per Max, lei si limitò a scuotere la testa, diffidente, e a gridare: «Ah, se ci fossi stata io! Non avrei mai lasciato che si prendessero il mio Max!»

Il notiziario delle nove annunciava che nelle zone costiere meridionali e orientali della nazione tutti gli "stranieri nemici" di sesso maschile erano stati arrestati e spediti in campi di internamento. («Oh, se solo Max fosse venuto a passare la

Pentecoste qui da noi!» gridava la mamma.) Anna non si era accorta che Cambridge fosse in una zona costiera; doveva essere proprio al limite. Ovviamente, quelle vicine al mare erano le parti del Paese più vulnerabili alle aggressioni. Il governo si scusava per la brutalità dell'operazione, che sarebbe costata molte sofferenze a persone innocenti, ma sperava comunque che presto sarebbe tornato tutto alla normalità. Questa era una ben magra consolazione, e il resto del notiziario non fu certo più allegro. Alla fine ci fu un'intervista alla famiglia reale olandese, che era scampata ai nazisti per un pelo, e poi fu mandato in onda un pezzo del primo discorso di Churchill dopo la nomina a primo ministro, in cui lo statista, davanti alla Camera dei Comuni, dichiarava: «Nulla posso offrirvi, se non sangue e fatica e lacrime e sudore.»

Il giorno dopo l'esercito olandese capitolò.

Anna sentì la notizia alla radio, la sera stessa, a casa dei Bartholomew.

«Bella fregatura» esclamò Jinny. «Adesso diventeranno di nuovo isterici per le incursioni aeree e non ci lasceranno tornare a scuola a Londra.»

Judy aggiunse: «Non penso che avrò la forza di tornare in quel posto sperduto.»

«Be', potremmo anche non...» cominciò il signor Bartholomew, ma d'un tratto guardò Anna e s'interruppe.

«Papà» gridò Judy. «Vuoi dire che potremmo tornare in America?»

«Oh, e come facciamo a saperlo, tesoro?» s'intromise la signora Bartholomew. «Il lavoro di tuo padre è qui, e naturalmente partiremmo solo se la situazione diventasse davvero pericolosa. Quindi è inutile che stiamo a discuterne.» Si voltò verso Anna e chiese: «Hai sentito tua madre oggi? Ci sono notizie di Max?»

Anna scosse la testa. «Non sappiamo nemmeno dove si trova» disse. «La mamma ha chiamato la polizia di Cambridge, ma non sono autorizzati a dirci nulla.» La telefonata era costata più di due scellini, e la mamma aveva sperato di riuscire addirittura a parlare con Max, ma la polizia aveva risposto soltanto che Max non era più in loro custodia e che in ogni caso non gli sarebbe stato concesso di inviare o ricevere messaggi.

«Mi dispiace moltissimo» commentò la signora Bartholomew.

«Ha gli esami tra poco» disse ancora Anna. Continuava a pensare a quei libri che Max si era portato al posto dei vestiti.

«Penso che abbiano internato anche alcuni professori» disse il signor Bartholomew, e aggiunse: «È tutto per aria.»

Continuava a fare un gran caldo, il che rendeva tutti piuttosto nervosi. Quando Anna fece un salto all'Hotel Continental il mercoledì successivo dopo le lezioni, trovò il padre molto depresso, e la mamma con i nervi a fior di pelle. Si erano rivolti a tutti quelli che potevano sapere qualcosa di Max, o dar loro un consiglio sul da farsi, ma conoscevano poche persone in Inghilterra, e finora nessuno era stato in grado di aiutarli.

«Ci deve pur essere qualcosa che possiamo fare!» gridava la mamma, elencando per l'ennesima volta le sue vane speranze. Scrivere al college, all'università, chiedere a George di andare di nuovo alla stazione di polizia... Continuava a lamentarsi con la sua voce tesa e disperata, finché non suonava il telefono della hall e allora, con le mani intrecciate in grembo, si bloccava per un momento in attesa di sapere se la telefonata fosse per lei, se portasse notizie di Max. Ma l'unica telefonata che arrivò fu quella della madre di Otto: anche il cugino era stato internato, e così il professore di fisica che lo aveva invitato a Cambridge.

«Vedi, vale per tutti» commentò il papà. «È un'emergenza nazionale.» Ma la mamma non lo ascoltava.

Aveva avuto una giornata terribile in ufficio. Invece di occuparsi come al solito di riordinare le innumerevoli carte di Lord Parker, si era messa a telefonare a persone che appena conosceva per cercare di avere notizie di Max, senza ottenere nulla. Alla fine il suo capo si era innervosito e avevano litigato.

«Come se Lord Parker avesse importanza» disse. «Tanto è morto, no? Invece Max è vivo!»

Papà cercò di farla ragionare, ma lei gridò: «No! Ho sopportato tutto il resto, ma questo è troppo!» Fissava con sguardo accusatorio un'ignara signora polacca seduta al tavolo accanto. «Non basta» continuò «aver perduto tutto quello che avevamo in Germania? E aver dovuto ricominciare daccapo più e più volte?»

«Certo...» cominciò papà, ma la mamma non lo lasciò parlare.

«Siamo stati contro Hitler per anni» gridava, «quando ancora gli inglesi dicevano "Oh, ma che gentiluomo questo Hitler". E adesso che anche loro hanno mangiato la foglia» concluse in lacrime, «tutto quello che sanno fare è internare Max!»

Papà le porse un fazzoletto e lei si soffiò il naso. Anna la guardava senza sapere cosa fare. La signora polacca si alzò per salutare un uomo che era appena entrato, e i due cominciarono a parlare in polacco. Anna capì la parola Rotterdam e poi a loro si unirono altri polacchi e la discussione si fece molto animata.

Alla fine uno di loro si voltò verso il papà e,

esitando, disse in inglese: «I tedeschi hanno bombardato Rotterdam.»

«Pare» intervenne un altro, «che siano morte diecimila persone.»

Anna cercò di immaginarselo. Non aveva mai visto una persona morta. Come poteva immaginarne diecimila?

«Povera gente» disse il papà.

Si riferiva ai morti, o a quelli ancora vivi?

La signora polacca si sedette su una sedia e disse: «Proprio come Varsavia» e un altro polacco, che aveva visto la città dopo i bombardamenti, cercò di descriverla.

«Non c'è più niente, dopo» disse. «Case, andate. Strade, andate. Non si trova...» Allargò le braccia nel vano tentativo di mostrare tutto quello che non si trovava più. «Solo morti» concluse.

La signora polacca annuiva. «Io nascosta dentro cantina» disse. «Ma poi venuti nazisti che cercano ebrei...»

Faceva molto caldo nella hall e ad Anna all'improvviso mancò il respiro.

«Non mi sento troppo bene» disse, e fu sorpresa di quanto fosse debole la propria voce.

La mamma si precipitò da lei, e il papà e uno dei polacchi cercarono di aprire una finestra. Una ventata di aria fresca entrò nella stanza dal cortile sul retro dell'hotel, e Anna cominciò a sentirsi meglio.

«Ecco» disse il papà. «Hai ripreso colore.»

«Il caldo ti ha fatto male» aggiunse la mamma.

Uno dei polacchi andò a prenderle un bicchiere d'acqua, dopodiché la mamma le disse di tornare a casa dai Bartholomew, andare a letto e riposarsi. Lei annuì e se ne andò.

«Ti chiamo se ci sono novità su Max» le gridò la mamma, mentre Anna usciva.

Era orribile da parte sua, ma quando ebbe svoltato l'angolo di Russell Square, e non poté più essere raggiunta dalla voce della madre, dalla voce di nessuno, si sentì sollevata.

Il venerdì successivo era caduta anche Bruxelles e i tedeschi erano entrati in Francia. Un generale francese diffuse l'ordine: "Vincere o morire!", ma non fece alcuna differenza: i tedeschi invasero la Francia esattamente come avevano fatto con l'Olanda. Madame Laroche era troppo sconvolta per venire a scuola, e alcune studentesse, soprattutto quelle rifugiate, passavano il tempo ad ascoltare la radio e a uscire per comprare i giornali. Ma non Anna.

Stranamente, Anna aveva smesso di preoccuparsi per l'avanzata tedesca. Non ci pensava, tutto qui. Pensava tantissimo a Max, dovunque l'avessero portato, e sperava con tutte le sue forze che stesse bene. Ogni mattina, dai Bartholomew, correva alla cassetta delle lettere, con la speranza che il fratello fosse riuscito a scriverle. Ma sulla guerra e su quello che stava accadendo in Europa non si soffermava. Lei, in fondo, non poteva farci proprio niente. Non leggeva i giornali e non ascoltava il notiziario alla radio. Continuava ad andare ogni giorno alle lezioni e a studiare la scrittura abbreviata. Se l'avesse imparata alla perfezione, avrebbe finalmente trovato un lavoro e guadagnato del denaro. Era per questo che l'Assistenza Rifugiati le pagava il corso, ed era questo il suo più grande desiderio. E più pensava alla scrittura abbreviata meno pensava a tutto il resto.

Un pomeriggio, tornando a casa, trovò la signora Bartholomew che l'aspettava. Anna era rimasta un po' di più a scuola per finire alcune battiture ed era in ritardo.

«Mia cara» disse la signora Bartholomew, «devo parlarti.»

Mi-a ca-ra, pensò Anna, muovendo in automatico le dita su una tastiera immaginaria. De-vo parlar-ti. Ultimamente aveva preso l'abitudine di battere a macchina mentalmente tutto quello che sentiva. Grazie a questo esercizio era diventata molto più veloce, e spesso le era servito per non prestare attenzione a quello che non voleva sentire.

La signora Bartholomew la portò in salotto.

«L'ambasciata americana ci ha raccomandato di tornare negli Stati Uniti» annunciò.

L'am-ba-scia-ta a-me-ri-ca-na...: le dita di Anna erano partite immediatamente, ma qualcosa nella voce della signora Bartholomew la riportò alla realtà.

«Mi dispiace moltissimo» continuò la signora, «ma dovremo lasciare la casa.»

Anna la guardò negli occhi, e le sue dita alla fine smisero di muoversi.

«Cosa farai?» chiese la signora.

Era gentile da parte sua preoccuparsi tanto, pensò Anna.

«Non ci sono problemi» rispose. «Andrò a stare dai miei genitori.»

«Ma loro potranno permetterselo?»

«Certo» rispose Anna, come se non ci fosse nessuna difficoltà. «E comunque, io non ci metterò molto a trovare un lavoro.»

«Oddio» sospirò la signora Bartholomew. «Come odio queste situazioni.»

E raggiunse il telefono per chiamare i genitori di Anna.

Prendendo in mano la cornetta, la mamma probabilmente sperava che si trattasse di Max, e forse fu anche per questo che, quando la signora Bartholomew le ebbe spiegato la novità, lei quasi la assalì. Comunque fosse, ad Anna dispiaceva che la reazione di sua madre fosse stata tanto violenta e risentita.

«Questo vuol dire» aveva gridato la mamma con la voce deformata dall'agitazione, che Anna sentì anche se era seduta dall'altra parte della stanza, «che mia figlia non potrà più stare da voi?»

Sia Anna che la mamma sapevano benissimo di non avere il denaro necessario per un'altra stanza all'Hotel Continental, ma che senso aveva urlare così con la povera signora Bartholomew? Lei non poteva farci nulla. La mamma avrebbe dovuto almeno augurarle buon viaggio, pensò Anna, e le dita lo scrissero subito sulla tastiera immaginaria del suo grembo: bu-on viag-gio.

I Bartholomew cominciarono a fare i bagagli. Lasciarono da parte per Anna un grosso mucchio di vestiti di cui Judy e Jinny non avrebbero avuto bisogno in America. Lei li portò all'Hotel Continental insieme alle altre sue cose, un po' alla volta, facendo diversi viaggi in metropolitana in modo da non dover prendere un taxi. La mamma aveva contato tutto il denaro in loro possesso – aveva aggiunto quel che restava del compenso del papà per i testi dei volantini alle poche sterline che chissà come lei era riuscita a mettere da parte dal suo magro stipendio, e aveva calcolato che ci sarebbe stato di che pagare l'alloggio di Anna per tre settimane. Al dopo avrebbero pensato in un secondo momento. Non aveva senso programmare in anticipo. Nel frattempo non avrebbero speso un penny se non per lo stretto necessario, e Anna si augurò che per i Bartholomew non fosse un problema averla con loro fino all'ultimo giorno.

«Naturalmente, mia cara» aveva detto la signora Bartholomew. «Resta pure finché sarà possibile, a noi fa piacere.»

Tuttavia, man mano che i preparativi si facevano più frenetici e sempre più oggetti cominciavano a sparire nelle casse, Anna cominciò a sentirsi piuttosto a disagio nella casa dei Bartholomew. Judy e Jinny continuavano a giocare a tennis, prendere il sole con lei e chiacchierare, ma erano tutte eccitate all'idea di andare in America e a volte era come se fossero già lì. Quando arrivò il giorno della partenza, nessuno sapeva cosa dire. Fuori dalla porta di casa, in Campden Hill Square, restarono per qualche minuto a guardarsi a vicenda, imbarazzati.

«Prometti che ci scriverai» disse Jinny.

«E mi raccomando, attenta alle bombe in testa» aggiunse Judy.

Il signor Bartholomew disse: «Allora, ci vediamo...», poi parve confuso e aggiunse in fretta: «Buona fortuna!»

Sua moglie abbracciò Anna e sussurrò: «Abbi cura di te», poi salì in tutta fretta sul taxi, asciugandosi gli occhi con un fazzoletto. Il taxi partì e Anna restò lì a salutare con la mano finché la macchina non scomparve all'angolo della strada. Allora cominciò a camminare, lentamente, verso la stazione della metropolitana.

La piazza era un trionfo di verde, e il castagno era fiorito. Anna si ricordò della sua prima primavera in Inghilterra, quando Jinny glielo aveva indicato, chiamando "candele" i fiori allungati dell'albero. "Candele?" aveva detto Anna. "Credevo che le candele crescessero solo sugli alberi di Natale." E avevano riso come pazze. Sentiva il rumore delle palle da tennis nei campi lì vicino, doveva aveva giocato con Jinny e Judy solo pochi giorni prima. Quando passò davanti al negozio di Holland Park dove lei e le ragazze andavano a comprarsi le caramelle, si fermò un momento accanto alla vetrina e guardò dentro. Fu tentata di entrare e comprare una barretta di cioccolato per ricordo. Ma poi sicuramente l'avrebbe mangiata, e quindi sarebbero stati soldi sprecati, così proseguì. Un manifesto fuori dalla stazione diceva *I tedeschi a Calais!*

Era il 26 maggio, esattamente due settimane dopo la Pentecoste. Esattamente il giorno in cui Max avrebbe dovuto dare i suoi esami.

Capitolo 6

All'Hotel Continental assegnarono ad Anna una stanzetta all'ultimo piano, vicino a quelle di mamma e papà.

Quando erano appena arrivati in Inghilterra, e avevano ancora un po' di denaro, abitavano a un piano più basso, dove le stanze erano più belle, più comode e naturalmente più costose, ma Anna in fondo preferiva stare lassù. Dalle finestre, al di là dei tetti si vedeva solo il cielo, o, se si guardava giù, quattro piani più in basso, il cortile ormai abbandonato a se stesso, dove i gatti si azzuffavano tra la polvere e le erbacce. Un campanile nelle vicinanze rintoccava ogni quarto d'ora, e i passeri saltellavano e sbattevano le ali sulle mattonelle coperte di fuliggine. Anna era così occupata a fare conoscenza con il nuovo ambiente intorno a sé che quasi le sfuggì la faccenda di Dunkirk.

In effetti era abbastanza facile ignorarla, anche se uno leggeva il giornale tutti i giorni – cosa che Anna non faceva – perché non se ne parlò finché non fu tutto finito. Dunkirk era una località costiera della Normandia, in Francia, dove alla fine di maggio l'esercito inglese in ritirata era stato bloccato dai tedeschi. Ma i giornali, per tenere alto il morale della gente, non diedero mai la notizia con queste parole. I soldati inglesi lottarono contro il nemico e, con l'aiuto della Marina e dell'Aviazione, riuscirono infine a sfuggire alla morsa tedesca e a riparare in patria. Così, verso l'inizio di giugno, sui giornali cominciarono a uscire titoli trionfanti. Uno di essi, che recitava *Un gran bel colpo!*, diede ad Anna l'insolita voglia di leggere l'articolo. Così venne a sapere che, insieme alla Marina, anche migliaia di civili erano partiti dalle coste inglesi e avevano attraversato la Manica a bordo di imbarcazioni di fortuna per raggiungere i soldati e aiutarli a scappare dalle spiagge dove infuriava la battaglia. Fu una delusione per Anna constatare che quella che passava per una grande vittoria era in realtà solo una ingegnosa fuga seguita a una penosa sconfitta. Che popolo incredibile, gli inglesi, pensò. Ai tedeschi non sarebbe mai riuscita una cosa del genere.

L'Hotel Continental era diventato un posto molto affollato. Oltre ai rifugiati tedeschi, cechi e polacchi, adesso c'erano anche olandesi, belgi, norvegesi e francesi. Non sapevi mai quale lingua ti sarebbe arrivata all'orecchio negli stretti corridoi o sulle scale. La cameriera svizzera che era venuta a Londra per imparare l'inglese si lamentava in continuazione: dopo cena la hall diventava una Babele.

Anche per strada c'era fermento. Ogni giorno si vedevano bambini in fila per due, ciascuno con la sua maschera anti gas in spalla e la targhetta col nome, che di malavoglia seguivano gli adulti verso la stazione per essere spediti lontano da Londra, in campagna, dove sarebbero stati al sicuro.

Tutti parlavano di un'imminente invasione dell'Inghilterra perché, ora che Hitler era arrivato dall'altro lato della Manica, di sicuro aveva intenzione di attraversarla. Per confondere i tedeschi, furono rimossi i nomi delle strade e delle stazioni della metropolitana, e anche dagli autobus vennero tolti i cartelli con la destinazione, cosicché l'unico modo per scoprirla era chiedere al bigliettaio.

Un mattino, mentre andava a scuola, Anna vide nel mezzo di Russell Square un'auto arrugginita senza più le ruote, e le reti spaccate di due letti abbandonate in mezzo all'erba. Lì per lì pensò a uno scherzo, ma poi l'usciere dell'albergo le spiegò che era per dare del filo da torcere ai paracadutisti tedeschi.

«Ma davvero potrebbero atterrare a Russell Square? Non mi sembra che ci sia spazio a sufficienza» disse Anna, sorpresa.

«E che ne sappiamo noi di che cosa potrebbero fare, quelli lì» rispose l'usciere.

Sui paracadutisti non si finiva mai di speculare. C'erano innumerevoli storielle di persone che sostenevano di averli visti, travestiti da soldati inglesi o da contadini o, più spesso, da monache, e in questo caso tutte le storie concordavano nel dire che era fin troppo facile scoprirli visto che si ostinavano a indossare gli stivali militari sotto l'abito.

Anna cercava di non pensarci, ma qualche volta la sera, a letto, se li vedeva davanti, i paracadutisti tedeschi che atterravano silenziosamente nella notte tra gli alberi di Russell Square. Non erano mai travestiti, nelle sue fantasie, ma indossavano uniformi militari di pelle nera, coperte di svastiche che si vedevano chiaramente anche al buio. Si sussurravano ordini tra loro, e poi si avviavano per Bedford Terrace, diretti all'Hotel Continental in cerca di ebrei...

Una mattina, dopo una notte tormentata da pensieri di questo genere, Anna scese nella hall per la colazione e trovò papà e mamma seduti a un tavolo in compagnia di uno sconosciuto. Guardando meglio, si accorse che lo sconosciuto era George.

La mamma era in preda a un miscuglio di angoscia e felicità, e appena vide Anna balzò in piedi.

«Ci sono delle lettere di Max!» gridò.

George le fece vedere una busta. «Questa l'ho ricevuta io stamattina, e ho pensato di portarvela» disse. «Ma vedo che anche voi ne avete ricevute, evidentemente sono state spedite lo stesso giorno.»

«Max sta bene» si limitò a dire il papà.

Anna si mise subito a leggere.

C'erano quattro lettere, tutte indirizzate alla mamma e al papà. Max le aveva scritte a intervalli di una settimana circa, e il suo tono passava dall'indignata incredulità dei primi giorni a una sorta di rassegnata disperazione. Se l'era vista piuttosto brutta, sballottato da un campo all'altro, tutti allestiti provvisoriamente, spesso privi dei servizi più basilari. Adesso aveva raggiunto una destinazione definitiva, dove l'organizzazione lasciava meno a desiderare, ma non era autorizzato a dire dove si trovava. («All'isola di Man!» diceva George con impazienza. «Lo sanno tutti, perché a loro non permettono di dirlo?»). Il campo era pieno di studenti e professori di Cambridge, talmente tanti che Max avrebbe quasi potuto continuare qualcuno dei suoi corsi! "Quindi, non è poi così male qui" scriveva. Ma si capiva che, quel posto, lo odiava con tutte le sue forze. Odiava essere prigioniero, odiava sentirsi trattato come un nemico, e soprattutto detestava doversi sentire di nuovo tedesco. Concludeva la lettera chiedendo se per caso la mamma e il papà non potessero fare qualcosa per tirarlo fuori di lì...

«Dobbiamo farlo!» gridò la mamma. «Dobbiamo assolutamente inventarci qualcosa!»

«Io sono a vostra disposizione, naturalmente» disse George e si alzò per congedarsi.

Anche il papà si alzò. «Tu vai indietro a Cambridge?» chiese con fare timido. Il suo francese era perfetto, ma con l'inglese qualche errore gli scappava sempre.

George non sorrise.

«Non sto più a Cambridge» rispose. «Mi sono stancato di trastullarmi con i versi di Chaucer quando Roma sta bruciando, per così dire.» E aggiunse, quasi scusandosi: «Mi sono arruolato.» Il suo sguardo incrociò quello di Anna: «È ridicolo, non è vero? Gioventù inglese contro orde naziste. Ci vorrà un bel fegato, non vi pare?»

Qualche giorno dopo era il compleanno di Anna.

«Come ti piacerebbe festeggiare?» chiese la mamma.

Anna ci pensò su. Ormai erano due settimane che alloggiava al Continental insieme ai genitori, ed era palese che non c'erano abbastanza soldi per fare proprio niente, ma la mamma era lì che aspettava una risposta. Allora Anna disse: «Possiamo andare al cinema?» Ce n'era uno in Tottenham Court Road, che prima dell'una vendeva i biglietti a metà prezzo. Ma poi aggiunse in tutta fretta, nel caso il cinema costasse troppo: «Oppure possiamo prendere un gelato da Lyons.»

La mamma fece i suoi conti. Il film costava uno scellino e tre pence, e il gelato uno scellino. Fece per guardare dentro la borsa, ma improvvisamente si fermò, la gettò da una parte e gridò: «Chi se ne importa! Oggi compi sedici anni e ti meriti un compleanno come si deve, anche se non abbiamo un soldo. Faremo entrambe le cose!»

«Sei sicura?» chiese Anna.

«Sì» rispose la mamma con decisione. «È il tuo compleanno, e passerai una bellissima giornata.» Poi disse: «Dio solo sa dove saremo il prossimo anno.»

Papà disse che non si sarebbe unito a loro. Lui e la mamma dovevano essersi messi d'accordo prima, pensò Anna, perché anche se avevano deciso di concedersi una piccola follia, difficilmente avrebbero potuto concedersela in tre. Così Anna e la mamma andarono a vedere *È arrivata la felicità*.

Era la storia di un milionario che aveva deciso di regalare tutti i suoi soldi ai poveri. («Magari ne desse un po' anche a noi» sussurrò la mamma.) Ma un altro milionario, cattivo, cercava di impedirglielo e di farlo dichiarare malato di mente. Alla fine il milionario buono veniva salvato da una giovane giornalista che lo amava, e tutto andava a finire bene.

Il ruolo del protagonista era interpretato da un giovane attore di nome Gary Cooper, e il film piacque molto sia ad Anna che alla mamma. Dopo il cinema, andarono da Lyons e mangiarono la loro coppa di gelato molto lentamente, per farla durare il più a lungo possibile. La coppa si chiamava Knickerbocker Glory ed era una delizia importata di recente dall'America, fatta di palline di gelato alla fragola e alla vaniglia, a cui si aggiungevano panna, pezzi di fragola e nocciole. Il tutto veniva servito in una coppa stretta e lunga con un cucchiaio dal manico altrettanto lungo. Anna l'aveva mangiato una sola volta in vita sua, e sapendo quanto costava sperava ardentemente che le piacesse anche stavolta quanto le era piaciuto allora. Le bastò un assaggio per rassicurarsi.

Intanto lei e la mamma chiacchieravano – del film, del corso di Anna, e dei soldi che presto avrebbe guadagnato. «Allora potremo andare al cinema ogni giorno» disse la mamma. «E mangiare il Knickerbocker Glory a colazione!»

«E a pranzo e a merenda» aggiunse Anna. Quando arrivò alla fine della coppa, ne ripulì il fondo con il cucchiaio con tanta energia che la cameriera le chiese se non ne volesse un altro. Sia la mamma che Anna scoppiarono a ridere, e si incamminarono tutte allegre verso il Continental.

Per strada incontrarono il papà, che era andato

a riscaldarsi al sole su una panchina di Russell Square.

«Com'era il film?» domandò.

«Fantastico» rispose Anna.

«E il Knicker... come si chiama?»

«Anche quello» rispose Anna, e il papà sembrò molto contento.

Fu un peccato che la notizia della caduta di Parigi arrivasse proprio quella sera. Tutti se lo aspettavano, com'era ovvio, ma Anna aveva irragionevolmente sperato che i francesi avrebbero resistito almeno fino al giorno dopo. Se non fosse accaduto proprio il giorno del suo compleanno sarebbe stato meno grave, pensava. Così, invece, era un po' come se fosse colpa sua. Pensò alla famiglia francese di cui erano diventati amici quando vivevano a Parigi, subito dopo la fuga dalla Germania, pensò alla sua insegnante di francese, all'Arco di Trionfo e agli Champs Elysées, da cui passava tutti i giorni andando a scuola, e pensò ai castagni e alla gente seduta ai tavolini dei caffè e al Prisunic e al Metro. Ora i nazisti si erano impossessati di tutto questo e la Francia, come la Germania, era diventata un buco nero sulla carta geografica, un posto che andava cancellato da tutti i pensieri.

Anna si sedette accanto al padre nella hall, cercando di non mettersi a piangere perché, in fondo, la vera tragedia era per i francesi. Tra gli ospiti dell'albergo c'era una coppia di signori di mezz'età di Rouen che invece scoppiarono in lacrime non appena sentirono la notizia. Più tardi il marito disse al papà: «È la fine» e il papà non seppe cosa rispondere.

Poco dopo si alzò e andò verso il telefono, e quando tornò disse alla mamma: «Ho parlato con Sam, lo vedo domani. E Louise ha detto di portare anche Anna.»

«Sei malato, papà?» chiese Anna.

Il professore Sam Rosenberg era un medico e anche se sua moglie Louise era stata una compagna di scuola della mamma in Germania, e Anna li conosceva da sempre, non si vedevano mai se non c'era una ragione precisa.

«No, non sono malato» rispose il papà. «Ma devo parlargli di una cosa.»

I Rosenberg abitavano in un grande appartamento a Harley Street, con il portinaio e l'ascensore e una targa di ottone sulla porta. Quando Anna suonò il campanello, una domestica li fece entrare, fece accomodare il papà in una sala d'attesa e accompagnò Anna e la mamma attraverso un corridoio zeppo di bauli e valigie fin nel salottino della zia Louise.

Anche qui regnava il caos. Uno spesso strato di polvere ricopriva le eleganti sedie rivestite di velluto, in un angolo giaceva un baule aperto, e appoggiato a una parete c'era uno specchio dorato, quasi tutto impacchettato per essere portato via. In mezzo alla confusione della stanza sedeva la zia Louise, in abito di seta e filo di perle, con i capelli graziosamente arricciati e un'aria afflitta.

«Mie care, è tutto così orribile» gridò in tedesco non appena vide le sue ospiti. «Dobbiamo fare subito le valigie, portare via tutto... Sam ha preso una casa in campagna, dice che lì è più sicuro.»

«In campagna dove?» chiese la mamma, salutandola con un abbraccio.

«Nel Buckingamshire, credo... o forse è Berkshire... comunque, è a miglia e miglia da qui, nel mezzo del nulla, e Sam metterà sotto chiave l'appartamento. Continuerà a usare lo studio, ma solo per le visite ai pazienti più importanti.» Fece un lungo sospiro, guardò Anna, e disse: «E tu come stai, mia cara?»

«Bene, grazie» rispose lei vaga.

La zia Louise, così bella e con i suoi vestiti elegantissimi, la faceva sentire sempre a disagio. E poi era stata lei, pur con le migliori intenzioni, a convincere Miss Metcalfe a prendere Anna alla sua scuola.

La zia Louise sorrise. «Che età ingrata, la sua» disse affettuosamente alla mamma. «Ma non ti preoccupare, ne vengono fuori tutti. E come stanno quei vostri simpatici amici americani?»

La mamma le spiegò che i Bartholomew erano tornati in America e che Anna adesso viveva all'Hotel Continental con lei e il papà.

«Oddio, per te dev'essere durissima!» gridò la zia, ma non era chiaro se si riferisse alla questione economica o al fatto che la mamma adesso si ritrovava a vivere insieme a qualcuno nel pieno dell'"età ingrata".

«Dobbiamo fare tutto in fretta e furia» si lamentò poi la zia. «Sam dice che abbiamo due giorni di tempo per lasciare Londra, dopodiché lui declina ogni responsabilità, coi francesi che stanno capitolando a quel modo e tutto il resto. Ma è impossibile trovare qualcuno che porti via i mobili: evidentemente tutta Londra ha avuto la stessa idea nello stesso momento. Lo sai che ho dovuto chiamare undici diverse ditte di traslochi prima di trovarne una disponibile?»

La mamma emise un grugnito di solidarietà.

«Sono sicura che faranno in mille pezzi la mia porcellana, sono peggio degli elefanti, questi zoticoni.» Poi, senza preavviso, gettò le braccia al collo della mamma e scoppiò a piangere in modo disarmante. «Lo so, lo so che è orribile da parte mia fare tante storie per cose di questo genere quando persone come te sono costrette a restare qui, e Dio solo sa cosa ci riserverà il destino... Ma lo sai, mia cara, che io sono sempre stata una sciocchina, fin da quando tu eri la prima della classe a Berlino, e io l'ultima!»

«Che stupidaggini» disse la mamma. «Non sei mai stata una sciocca, e anche a scuola eri la più bella, la più elegante...»

«Oh, sì, è vero...» tirò su col naso la zia Louise. «Anche Sam me lo ha detto tante volte, e lui sa come va il mondo...»

E come a chiudere la questione una volta per tutte, la zia suonò il campanello accanto a sé. Quasi per magia, apparve una domestica che portava un vassoio da tè d'argento con tramezzini e dolcetti. La zia versò lentamente il tè. «Ho messo da parte un po' di cose per voi mentre facevo le valigie» disse. «Cose che secondo me possono esservi utili.» Poi gridò: «Oh, ha dimenticato di nuovo il limone! Io non sopporto il tè senza limone, e lei lo sa benissimo! Anna, mia cara, puoi andare tu...?»

Obbediente, Anna uscì dalla stanza in cerca del limone. L'appartamento era immenso e labirintico, e i teli stesi sui mobili per proteggerli dalla polvere aumentavano soltanto la confusione. Anna si perse diverse volte prima di trovare la cucina. Qui riuscì a scovare mezzo limone nell'enorme frigorifero e quando, dopo aver rovistato in tutti i cassetti in cerca di un coltello, lo ebbe finalmente tagliato in fettine di sicuro troppo spesse, temette che ormai la zia si fosse completamente dimenticata di lei e del limone.

Per tornare indietro Anna decise di provare un percorso diverso e, attraversati un corridoio e una piccola anticamera, si ritrovò nello studio del professore. Le tende erano chiuse, e quindi si potevano solo indovinare le sagome dei libri di medicina che tappezzavano le pareti. La stanza era avvolta in un silenzio quasi soprannaturale, e Anna sentì i piedi sprofondare nel soffice tappeto.

In quel momento udì la voce del papà.

«Quanto ci mette a fare effetto?» chiedeva, e il professor Rosenberg rispose: «Pochi secondi. Me ne sono procurato anche per me e Louise.»

Anna si sporse al di là di una libreria e li vide, il papà e il professore. Il papà stava mettendo qualcosa in tasca, e il professore diceva: «Speriamo di non doverne mai avere bisogno.» Poi si accorse di Anna e disse: «Ciao. Sei cresciuta, eh? Tra un po' sarai alta quanto me!» Era una battuta, perché il professore era basso e rotondetto.

Anna rispose con un sorriso poco convinto. Si sentiva inquieta in quello studio immerso nella semioscurità, con il papà e Rosenberg che parlavano così intimamente... di che cosa poi?

Il professore la guardò con i suoi tristi occhi neri che sembravano quelli di una scimmietta, e disse al papà: «Se le cose si mettono male, mandatela da noi in campagna. Che ne dici?» aggiunse, rivolto ad Anna.

«Va bene» rispose Anna per educazione, ma pensò che anche se le cose si fossero messe male, lei avrebbe preferito restare con mamma e papà. Poi tornò con il limone dalla zia Louise e finalmente presero il tè.

Alla fine della visita, la zia porse alla mamma un pacco con dentro i vestiti che aveva preparato per loro. (A giudicare da quanta gente stava lasciando Londra, pensò Anna, lei e la mamma si sarebbero ritrovate ben presto con un guardaroba sterminato.) La zia abbracciò la mamma più volte e anche il professore abbracciò il papà e li accompagnò alla fermata dell'autobus.

Tornati all'Hotel Continental, la mamma aprì il pacco e vi trovò dentro tre vestiti e una busta. Nella busta c'era un biglietto che diceva: *Forse vi saranno utili per le difficili settimane che ci attendono* e venti sterline.

«Oddio!» gridò la mamma. «È un miracolo! Anna, questi soldi basteranno a pagare la tua stanza finché non trovi un lavoro!»

Anna pensò che il papà dicesse che non potevano accettare quei soldi, o che avrebbero dovuto considerarli un prestito, ma lui non disse nulla. Se ne stava accanto alla finestra, come se non avesse sentito. Era molto strano. Guardava il cielo buio e non smetteva di tastarsi qualcosa dentro la tasca.

Anna improvvisamente ebbe paura.

«Che cos'è?» gridò, anche se lo sapeva già. «Papà, che cosa ti ha dato il professore nel suo studio?»

Il papà distolse lo sguardo dal cielo e si girò verso la mamma, che a sua volta teneva gli occhi fissi su di lui. Alla fine disse lentamente: «Qualcosa che gli ho chiesto. Da usare in caso di emergenza.»

E la mamma gettò le braccia al collo di Anna come se non volesse mai più lasciarla andare.

«Solo in caso di emergenza!» gridò. «Tesoro, tesoro, solo in caso di emergenza, te lo prometto!»

Capitolo 7

Tre giorni dopo la Francia firmò l'armistizio con la Germania, e gli inglesi rimasero i soli a combattere contro Hitler.

Londra era stranamente vuota. I bambini erano stati mandati tutti in campagna, e così molti anziani. L'allarme per le incursioni aeree suonava quasi ogni giorno. Le prime volte, al suono delle sirene, tutti si precipitavano nei rifugi. Alla scuola di Anna le studentesse scendevano in una fila ordinata nella cantina dell'edificio, che era umida e puzzava di topo. Anche all'Hotel Continental correvano tutti nel seminterrato, che poi era la cucina, per starsene in piedi tra pentole e padelle sentendosi ridicoli e imbarazzati. Ma non succedeva mai niente, e di bombe non se ne vide neanche una, perciò la gente ben presto cominciò a ignorare gli allarmi, continuando indisturbata a fare quello che stava facendo.

Una volta Anna sentì un tonfo in lontananza, come di un mobile molto pesante che cadeva, e il giorno dopo venne a sapere che era stata sganciata una bomba su Croydon; un'altra volta lei e il padre videro due caccia che si sfidavano nel cielo proprio sopra l'albergo. Era sera, c'era una luce rosa, e gli aerei volavano ad alta quota, per cui si sentiva appena il rombo dei motori e il crepitio degli spari. Volteggiavano e poi planavano, e si potevano vedere brevi lampi di luce arancione e sbuffi di fumo ogni volta che facevano fuoco. Ma non sembrava una vera battaglia. Assomigliava piuttosto a un'emozionante esibizione aerea, e il papà e Anna stavano a guardarla affacciati alla finestra, incantati, finché un addetto alla protezione antiaerea gridò loro di rientrare, perché su tutta l'area di Bedford Terrace piovevano frammenti di proiettili.

Ogni giorno la gente si domandava quando sarebbe avvenuta l'invasione. E i giornali davano consigli su come ci si sarebbe dovuti comportare: bisognava restarsene in casa, e non farsi prendere dal panico e tentare la fuga.

«Come in Francia» diceva il signore di Rouen. «La gente è scappata dalle città e ha bloccato tutte le strade, e così l'esercito non ha potuto avanzare. E poi gli Stuka tedeschi sono arrivati sopra di loro e li hanno bombardati.»

«Terribile» commentò la mamma.

Il francese annuì. «La gente era come impazzita. Avevano paura. Sapete, dopo l'Olanda, abbiamo mandato i nostri rifugiati tedeschi nei campi perché non sapevamo se tra loro ci fosse qualche collaborazionista. Ma naturalmente la maggioranza erano ebrei, quindi nemici di Hitler. E quando i nazisti erano ormai alle porte, loro supplicavano di essere liberati, così almeno avrebbero potuto nascondersi. Ma le guardie avevano troppa paura. E così hanno chiuso gli ebrei nei campi e consegnato le chiavi ai nazisti, perché ne facessero quello che gli pareva.»

A quel punto il francese si accorse della faccia della mamma.

«Il figlio della signora è stato internato» gli sussurrò la moglie, e lui immediatamente aggiunse: «Naturalmente, una cosa del genere non potrebbe mai accadere in Inghilterra.»

Dopo questa conversazione, la mamma divenne ancor più sconsolata. Tutte le richieste e gli appelli fatti per Max da amici, insegnanti, perfino illustri professori di Cambridge, erano caduti nel vuoto. Nessuno rispondeva, e loro, pian piano, avevano perso le speranze. D'altronde, avevano anche altri problemi a cui pensare.

L'unico che non si era ancora arreso era il preside della vecchia scuola di Max. Voleva che lui vi tornasse per insegnare. «Non è molto per un ragazzo con le sue capacità» aveva detto alla mamma, «ma è sempre meglio che restare bloccato per chissà quanto in un campo d'internamento.» E aveva continuato a tempestare le autorità di richieste di liberazione. Ma finora non aveva avuto più fortuna degli altri.

Nel frattempo, a intervalli irregolari, arrivavano le lettere di Max: erano per lo più informative, concrete, qualche volta condite con un po' di ironia, ma sempre venate della stessa, sotterranea nota di disperazione.

Al campo era arrivato anche il cugino Otto e ora lui e Max dividevano una stanza. Otto aveva preso molto male la faccenda dell'internamento e Max cercava di rincuorarlo. Qualche volta il cibo scarseggiava. Forse la mamma poteva mandare del cioccolato? Uno degli internati si era suicidato: un ebreo di mezza età che era stato in un campo di concentramento in Germania prima di scappare in Inghilterra. "All'idea di trovarsi di nuovo in un campo non ce l'ha fatta, anche se stavolta non era prigioniero dei nazisti. Non è stata colpa di nessuno, e siamo tutti tremendamente demoralizzati dall'accaduto..." Il cugino Otto, in particolare, era molto depresso. L'unica cosa che lo faceva sentire meglio erano i romanzi di P.G. Wodehouse. "Legge fino a notte fonda perché non riesce a dormire. E neanch'io ci riesco perché lui ride come un pazzo! Ma non gli dico niente per paura che si deprima di nuovo..." Le autorità intanto avevano cominciato a spedire gli internati nei paesi del Commonwealth, e molti avevano scelto di partire, piuttosto che restare prigionieri in Inghilterra fino a chissà quando. "Ma io no. Io penso ancora che la mia casa sia in questo Paese, anche se il Paese in questo momento non la pensa come me. Mamma, lo so che hai fatto di tutto per tirarmi fuori di qui, ma non arrenderti..."

Il tempo si mantenne caldo e secco.

«La migliore estate da anni» diceva l'usciere del Continental. «Ci credo che Hitler vuole venire a fare le vacanze qui.»

Nei cieli dell'Inghilterra c'erano battaglie aeree praticamente ogni giorno, e la sera alle nove la BBC ne comunicava l'esito, come se si trattasse dei risultati del cricket. Tot aerei tedeschi caduti, tot aerei inglesi dispersi, diciotto a dodici, tredici a undici. I tedeschi perdevano molti più aerei rispetto agli inglesi, ma potevano permetterselo. Ne avevano così tanti.

Quando, verso sera, l'usciere accendeva la vecchia radio nella hall, i rifugiati dei Paesi caduti nelle mani dei nazisti smettevano all'istante di parlare nelle loro diverse lingue e stavano ad ascoltare. Se non capivano altro, almeno capivano i numeri, e sapevano che in quei numeri stava la differenza tra la sopravvivenza e la fine del mondo.

Ad agosto, la battaglia nei cieli raggiunse una fase decisiva. Non si sapeva quanti aerei inglesi restassero, ma tutti immaginavano che dovevano essercene ormai molto pochi. La stampa americana annunciò che, secondo fonti attendibili, l'invasione tedesca sarebbe avvenuta di lì a tre giorni. Diventò più difficile ignorare gli allarmi, perché ogni volta la gente si chiedeva se le sirene erano state messe in funzione a causa dell'ennesima battaglia aerea o se questa volta stava succedendo qualcosa di diverso.

Gli incubi notturni di Anna divennero ancor più spaventosi. Non sognava più drappelli di nazisti che planavano dal cielo sopra Russell Square. Adesso, i paracadutisti avevano già toccato terra, e occupato tutta l'Inghilterra. E lei era rimasta sola, perché quando i nazisti erano venuti a picchiare sulle porte dell'Hotel Continental, la mamma e il papà avevano ingoiato quello che il professore aveva dato al padre nel buio del suo studio, ed erano morti. Lei si trascinava barcollando in cerca di Max, sullo sfondo di un paesaggio grigio che si estendeva a perdita d'occhio. C'erano nazisti ovunque, e lei non osava parlare con nessuno. Intorno a lei tutto era ostile ed estraneo, e Anna sapeva che in quella landa sconfinata non avrebbe mai trovato suo fratello...

Di giorno, cercava di concentrarsi il più possibile sulla scrittura abbreviata. In albergo c'era un rifugiato tedesco che le aveva chiesto di battere a macchina un testo per lui, e Anna ne era molto contenta, perché così poteva mettere a frutto anche il tempo libero. Il tedesco stava scrivendo un libro sulla natura dell'umorismo, e voleva dattilografarne un capitolo, in modo da poterlo proporre a qualche editore inglese. Era sicuro che glielo avrebbero pubblicato immediatamente. Secondo lui, era il momento giusto per un libro del genere, perché di umorismo c'era un gran bisogno, e se lui avesse spiegato alla gente in che cosa consisteva, poi loro sarebbero stati in grado di procurarselo da soli.

Anna pensò che il tedesco, probabilmente, era un po' troppo ottimista, perché il capitolo le sembrò molto noioso. Per buona parte era fatto di accuse ad altri autori che pensavano di aver capito la natura dell'umorismo, ma in realtà si erano sbagliati. Anna pensava che difficilmente la gente avrebbe fatto la fila per comprare un libro così, ma il tedesco le avrebbe dato una sterlina tonda tonda per quel lavoro, e la direttrice dell'albergo le aveva permesso di usare la macchina per scrivere del suo ufficio, perciò ogni giorno, appena tornata da scuola, Anna si sistemava in un angolo della hall e si metteva a lavorare.

Una sera, dopo cena, si era appena seduta alla

scrivania quando la mamma le gridò in inglese: «Anna, abbiamo un ospite!»

Anna alzò lo sguardo e vide un uomo molto magro con i capelli grigi arruffati e un sorriso gentile. Era il signor Chetwin, il preside della vecchia scuola di Max.

«Mi dispiace, non vi porto notizie del vostro ragazzo» li avvisò subito. «Ma mi trovavo in città e ho pensato di passare a salutarvi, per dirvi che io non ho perso le speranze.»

Si sedettero tutti intorno a un tavolo, e il signor Chetwin raccontò alla mamma e al papà dei vari dipartimenti governativi cui si era rivolto, e di quelli che ancora gli mancavano, anche se finora nessuno aveva risposto ai suoi appelli. Poi parlò di Max: «È uno dei ragazzi più dotati che io abbia mai avuto nella mia scuola» disse. «Anche se masticava caramelle alla menta a lezione; mi ricordo che una volta dovetti perfino punirlo per questo. Ed era anche un ottimo giocatore di calcio. Già il primo semestre era riuscito a entrare nella squadra della scuola...»

Poi il signor Chetwin enumerò i trionfi scolastici di Max: la borsa di studio già dopo il primo anno, grazie alla quale non aveva più dovuto pagare le tasse scolastiche, e poi l'altra borsa, quella per Cambridge, a cui naturalmente la mamma aggiunse tutti i successi minori che il preside aveva omesso, mentre il papà lo ringraziò di cuore per la sua gentilezza. Dopo quella conversazione, anche se non era cambiato proprio nulla, Anna notò che la mamma e il papà sembravano un po' più sereni.

Poi la gente cominciò a radunarsi nella hall per il notiziario delle nove, e un vecchio polacco chiese se poteva sedersi al tavolo con loro. Osservò con rispetto il signor Chetwin.

«Lei è inglese?» gli domandò. Di inglesi non se ne vedevano molti all'Hotel Continental.

Il signor Chetwin annuì, e il polacco disse: «Io vengo da Polonia. Ma vorrei tantissimo che Inghilterra vince questa guerra.»

Ci fu un mormorio di assenso da parte di altri polacchi e cechi seduti ai tavoli vicini, e il signor Chetwin, con aria compiaciuta, disse: «Molto bene.» Poi le chiacchiere furono coperte dai rintocchi assordanti del Big Ben, perché come al solito l'usciere aveva alzato troppo il volume della radio.

Una voce familiare disse: «Siete sintonizzati sulla BBC. Questo è il notiziario delle ore nove e io sono Bruce Belfrage.»

La voce aveva un tono diverso dal solito, e Anna si chiese cosa passasse per la testa all'annunciatore. Sembrava senza fiato, e nella sua voce c'era un'impercettibile urgenza che Anna non gli aveva mai sentito prima. Si mise ad ascoltare con tanta concentrazione le sfumature di quella voce, che quasi non si accorse del significato delle parole. Battaglie aeree nei cieli inglesi... Grossa concentrazione di bombardieri... Un comunicato ufficiale dal dipartimento della difesa aerea... E poi arrivò la notizia. Ci fu una sottile incrinatura nella voce che la privò del consueto tono distaccato, poi una pausa di una frazione di secondo e infine le parole, chiare e forti: «Centoottantadue aerei nemici abbattuti.»

Un fremito di emozione percorse gli ascoltatori nella hall, seguito da concitati bisbigli di domande e risposte: quelli che capivano poco l'inglese volevano sapere cosa avesse detto l'annunciatore, quelli che avevano capito si confrontavano con gli altri per essere certi di aver sentito bene. E poi il vecchio polacco si alzò di scatto e strinse la mano al signor Chetwin: «È grande successo!» gridò. «Voi inglesi fa vedere a Hitler che lui non vince! Vostri aerei gli fanno vedere!», e subito dopo anche gli altri polacchi e cechi si accalcarono intorno al signor Chetwin, dandogli pacche sulla spalla, stringendogli la mano con forza e congratulandosi con lui.

I suoi capelli grigi si fecero ancora più arruffati, e lui assunse un'aria confusa ma felice. «Grazie, siete molto gentili» continuava a dire, «anche se non sono mica stato io.»

Ma loro insistevano a trattarlo come se li avesse abbattuti proprio lui tutti quei bombardieri tedeschi, e quando alla fine si congedò per andare a prendere il treno, uno di loro gli gridò dietro: «Adesso Hitler deve trovare altra idea!»

Il problema era proprio quello, pensava Anna qualche giorno dopo: quale idea si sarebbe fatto venire adesso Hitler? Il bel tempo aveva ceduto il passo a nuvoloni che impedivano qualsiasi attività aerea, e gli inglesi non sapevano cosa aspettarsi.

Anna aveva finito di battere a macchina il capitolo sull'umorismo e si era guadagnata la sua sterlina, con cui aveva intenzione di comprarsi un paio di pantaloni: una nuova moda per le donne. A questo scopo lei e la mamma erano andate a fare un giro in Oxford Street. Nonostante le nuvole la temperatura era piuttosto alta, e in ogni grande magazzino in cui entravano sembrava che facesse più caldo e si respirasse meno che nel precedente. I pantaloni che videro erano tutti troppo costosi, e solo poco prima dell'orario di chiusura dei negozi Anna trovò finalmente quelli che facevano per lei. Erano blu mare, di un materiale non meglio identificato che la mamma sospettava si sarebbe liquefatto al suono della prima sirena, ma erano della misura giusta e costavano solo novantanove scellini, undici pence e tre quarti, quindi li presero.

Anna trionfante, la mamma senza grande entusiasmo.

In realtà, la mamma era molto depressa quel giorno. Al mattino aveva ricevuto una lettera dal signor Chetwin, piena di affetto e sollecitudine nei confronti di Max, in cui però il preside diceva che non c'era stato alcun progresso. Ormai la mamma cominciava a pensare che anche quest'ultima speranza, come tutte le altre, sarebbe miseramente svanita.

Dovettero aspettare l'autobus piuttosto a lungo e quando finalmente arrivò, la mamma sprofondò esausta nel sedile, e invece di parlare dei pantaloni di Anna e complimentarsi per l'acquisto, prese un giornale che qualcuno aveva lasciato su un sedile e si mise a leggere. L'autobus andava piano per risparmiare benzina, e la mamma ebbe il tempo di leggerlo dall'inizio alla fine.

D'improvviso gridò: «Guarda qui!»

Anna diede un'occhiata alla pagina e si domandò cosa potesse esserci di tanto eccitante nella recensione di un film.

«Leggila!» disse la mamma.

Era il resoconto molto partecipe di un film sulle disavventure e le difficoltà di una famiglia tedesca antinazista che cercava di scappare dalla Germania. Non era scritta da un critico cinematografico ma da un politico.

«Capisci?» disse la mamma. «Sono tanto solidali con quelli che sono rimasti bloccati in Germania, e poi cosa fanno con quelli che sono riusciti a fuggire in Inghilterra? Li internano.»

Piegò stizzita il giornale e se lo infilò in borsa.

«Ho deciso che gli scrivo, a questo tizio.»

Appena tornate, la mamma mostrò il giornale al papà. All'inizio lui non sembrò molto convinto dell'idea della mamma. «Siamo ospiti in questo Paese, e non sta bene che un ospite critichi chi lo ospita.» Ma la mamma si arrabbiò e gridò che non era una questione di etichetta, perché ne andava del futuro di Max, e alla fine insieme buttarono giù la lettera.

Raccontarono della lunga battaglia del papà contro Hitler e della borsa di studio di Max e del signor Chetwin che lo voleva come insegnante nella sua scuola. Poi elencarono tutte le persone che a Cambridge avevano protestato contro l'internamento di Max, chiedendo infine se quello che era capitato al loro figlio non fosse assurdo. Poi tutti e due insieme andarono in Russell Square e imbucarono la lettera.

Due giorni dopo arrivò la risposta.

Anna era rimasta sveglia quasi tutta la notte per via delle sirene che suonavano in continuazione, e per la prima volta erano cadute delle bombe non in periferia, ma proprio nel centro di Londra, spaventosamente vicino a loro. Era stanca e depressa, e diede un'occhiata diffidente alla lettera ancora chiusa, pensando che quella non era una giornata da belle notizie.

Sembrava che anche la mamma avesse quasi paura di aprirla, ma infine strappò la busta con tanta foga che venne via anche un angolo della lettera. Poi la lesse e scoppiò in lacrime.

Il papà gliela prese di mano e lui e Anna la lessero insieme.

Era firmata dal direttore. Diceva che il suo giornale aveva a lungo protestato contro la politica del governo in materia di rifugiati, che era costata l'internamento di alcuni dei più capaci e ferventi antinazisti del Paese. Diceva che la loro lettera l'aveva molto toccato e che l'aveva inviata al ministro degli Interni, il quale aveva promesso di esaminare personalmente il caso di Max seduta stante.

«Vuol dire che lo libereranno?» domandò Anna.

«Sì» rispose il papà. «Vuol dire che lo libereranno.»

Erano a tavola nell'angusta sala della colazione, e si guardavano l'un l'altro. Improvvisamente tutto sembrava diverso. Nella notte c'erano stati i bombardamenti, poco prima l'allarme era suonato di nuovo, e il titolo del giornale del mattino recitava: *Scialuppe si raccolgono nei porti del Canale per contrastare eventuale invasione*, eppure nulla di tutto ciò aveva più importanza, perché Max stava per essere liberato.

Infine il papà disse lentamente: «Gli inglesi sono un popolo straordinario. Sono minacciati da un invasore che potrebbe arrivare da un momento all'altro, eppure il loro ministro dell'Interno trova il tempo per riparare a un'ingiustizia nei confronti di un ragazzo sconosciuto, che non è neppure nato qui.»

La mamma si soffiò il naso.

«Sì, ma Max è davvero un ragazzo fuori del comune!»

Capitolo 8

Max tornò a casa una settimana dopo, e arrivò senza preavviso, nel bel mezzo di un'incursione aerea. Era tardo pomeriggio. La mamma non era ancora tornata dal lavoro, e il papà era andato ad aspettarla a Russell Square, mentre Anna si era appena lavata i capelli nel bagno in fondo al corridoio. Stava tornando nella sua stanza con i capelli avvolti in un asciugamano quando lo trovò davanti alla porta.

«Max!» gridò, e stava per gettargli le braccia al collo quando di colpo si fermò, pensando che non gli facesse piacere, che fosse un gesto troppo improvviso.

«Ciao, ometto» le disse Max, usando un vecchio soprannome che aveva inventato per la sorella quando erano entrambi molto piccoli. «Mi fa piacere vedere che ci tieni ancora alla pulizia.»

«Oh, Max» gridò Anna, decidendosi infine ad abbracciarlo, «non sei cambiato per niente!»

«Cosa credevi?» rispose lui. «Che sarei tornato indurito e amareggiato? Che non avrei mai più sorriso in vita mia? Io non cambio» disse, seguendola nella sua stanza, «ma imparo dall'esperienza. E farò in modo che non mi accada mai più nulla di simile a questi ultimi quattro mesi.»

«E come farai?» chiese Anna.

Max spostò dei vestiti dall'unica sedia e si sedette.

«Insegnerò per un anno» disse. «Il vecchio Chetwin mi vuole nella sua scuola, e glielo devo dopo tutto quello che ha fatto per me. E poi mi arruolerò.»

«Ma, Max» chiese Anna, «li accettano i tedeschi nell'esercito inglese?»

Max serrò le labbra. «Vedremo.»

All'improvviso la porta si spalancò ed entrò la mamma, seguita dal papà.

«Max!» gridò, e in quel preciso istante si sentì un rumore sordo e subito dopo un forte rimbombo. Max sussultò e chiese: «Era una bomba?»

«Sì» rispose Anna, quasi scusandosi. «Ma è caduta molto lontano.»

«Mio Dio» sospirò Max, e mentre la mamma si precipitava verso di lui per abbracciarlo, disse con aria di rimprovero: «Davvero, mamma, è per stare sotto le bombe che mi hai fatto tornare?»

A cena bevvero una bottiglia di vino che qualcuno aveva regalato al papà mesi prima e che avevano tenuto in serbo per un'occasione speciale come quella. Non aveva un ottimo sapore – forse, disse il papà, il guardaroba non era il posto migliore per conservarlo – ma lo bevvero alla salute di Max, del signor Chetwin e del ministro degli Interni, e alla fine della cena Anna si sentì piacevolmente su di giri.

La mamma non riusciva a staccare gli occhi da Max. Gli riempiva il piatto di cibo e beveva ogni sua parola, anche se lui non parlò molto. Disse che era preoccupato per Otto, che senza di lui si sarebbe sentito perduto e che da un po' accarezzava l'idea di unirsi a un gruppo di internati in partenza per il Canada. «Ci va il suo professore» disse Max, «ma lui cosa potrebbe fare laggiù? E comunque l'ultima nave di rifugiati partita dall'Inghilterra è stata affondata da un sommergibile tedesco.»

Avevano diffuso il cessato allarme poco dopo l'arrivo di Max, ma non molto più tardi ci fu un'altra allerta, e per tutta la sera continuò a sentirsi in lontananza il rumore degli aerei e delle bombe. Con il buio la situazione peggiorò invece di migliorare, e la mamma, gettando occhiate oblique a Max, diceva stizzita: «Ma cosa gli è preso stasera?», come una padrona di casa che si vede rovinare da un fastidioso imprevisto una serata accuratamente pianificata.

«Si vede qualcosa?» domandò Max. «Vado a dare un'occhiata.» E nonostante gli avvertimenti dei loro genitori, lui e Anna superarono le tende spesse della porta e si ritrovarono per strada.

Fuori non era affatto buio, anzi, il cielo era rosa, al punto che Anna stupidamente pensò di essersi sbagliata sull'orario. Ma poi si sentì un sibilo lacerante e un'esplosione: era caduta una bomba poco lontano, e un uomo con l'elmetto urlò: «Tornate dentro!»

«Dov'è l'incendio?» chiese Max.

Certo, doveva esserci un incendio, pensò Anna, ecco il perché di tutta quella luce.

Allo scoppio di un'altra bomba, che doveva essere caduta più lontano, l'uomo si mise spalle al muro. «Al porto!» gridò. «E i crucchi tra un po' ci buttano dentro pure loro nonna! Adesso finitela di andare a zonzo e tornatevene a casa!» E li costrinse a fare dietro front verso l'hotel.

Max era confuso: «È sempre così?» chiese.

«No» rispose Anna. «Direi che è la serata peggiore che ci sia capitata finora.» Guardò il cielo dai riflessi arancione e aggiunse: «Dev'essere un incendio molto grande.»

Al momento di andare a letto i bombardamenti non davano ancora segno di scemare, e Frau Gruber, la direttrice dell'albergo, annunciò agli ospiti che se lo desideravano, per quella notte potevano dormire nella hall. Si diede un gran daffare con le coperte e tutti aiutarono a spostare i tavoli per fare più spazio, e in un batter d'occhio la hall si trasformò in una specie di accampamento. C'erano persone accoccolate coi loro cuscini nelle poltroncine di finta pelle marrone, altre distese sul pavimento sopra le lenzuola. Alcuni indossavano pigiami o camicie da notte, altri invece erano rimasti completamente vestiti, e si coprivano con i cappotti, per essere pronti a correre in strada nel caso cadesse una bomba. L'autore del libro sull'umorismo indossava un pigiama a righe, una giacca di tweed e un cappello.

Quando ciascuno fu più o meno sistemato, Frau Gruber, in camicia da notte, si presentò nella hall con un vassoio pieno di tazze di cioccolata calda, neanche fossero alla festa di un pensionato per studenti. Alla fine tutte le luci furono spente, tranne una lucina in un angolo, e Frau Gruber, che con tutta quell'attività era diventata sorprendentemente allegra, disse: «Auguro a tutti una bellissima notte» cosa che Anna trovò piuttosto comica date le circostanze.

Era distesa per terra, con la testa sotto un tavolo, accanto a Max – il papà e la mamma si erano sistemati su due sedie dall'altro lato della hall – e non appena la stanza piombò nel buio, le esplosioni e i boati là fuori divennero impossibili da ignorare. Anna sentiva il rumore degli aerei, un ronzio vibrante come quello di una zanzara, ma di parecchie ottave più basso, e di tanto in tanto anche il rumore sordo di una bomba che esplodeva. Le bombe cadevano quasi tutte molto lontano, ma l'esplosione si sentiva forte lo stesso. Alcuni sapevano distinguere gli aerei tedeschi da quelli inglesi, ma per lei facevano tutti lo stesso rumore. E tutti le sembravano tedeschi.

Intorno a sé, nella stanza, sentiva persone muoversi o sussurrare. Per nessuno era facile addormentarsi.

«Max?» disse piano.

Lui si girò verso la sorella, del tutto sveglio. «Tutto bene?»

«Sì, e tu?»

Max fece di sì con la testa.

D'improvviso Anna si ricordò di quando era piccola e aveva paura dei tuoni, e Max le faceva coraggio dicendole che era solo lo stomaco di Dio che borbottava per un'indigestione.

«Ti ricordi...» cominciò, e Max disse: «Sì, ci stavo pensando anch'io. L'indigestione di Dio. Stavolta è messo proprio male.»

Anna rise ed entrambi tacquero, e si misero ad ascoltare il ronzio di un aeroplano proprio sopra le loro teste, o almeno così sembrava.

«E pensare che a quest'ora potrei essere tranquillamente a letto all'isola di Man, con Otto che legge Wodehouse» bisbigliò Max.

Il rumore dell'aereo si fece più lontano, poi tornò a essere vicinissimo – starà volando in circolo, pensò Anna – e poi svanì del tutto.

«Max» disse Anna. «Era molto dura nel campo?»

«No» rispose lui. «Non dopo la sistemazione definitiva. Voglio dire, nessuno ci trattava male o cose del genere. Quello che mi faceva soffrire era il fatto stesso di essere rinchiuso là dentro. Non era il mio posto.»

Anna si chiese quale fosse il suo, di posto. Era forse lì, in quell'albergo, insieme agli altri rifugiati? Probabilmente né più né meno che altrove, pensò.

«Vedi» disse Max, «lo so che può sembrare da arroganti, ma io sento di appartenere a questo Paese. Lo so fin dal primo anno di scuola: già allora provavo la sensazione che ogni cosa, all'improvviso, avesse finalmente trovato il proprio posto. E non sono l'unico a pensarla così. Anche persone come George e Bill sono d'accordo con me.»

«Sì» approvò Anna.

«Tutto quello che vorrei è poter fare le stesse cose di qualunque altro cittadino inglese. Sai, alcuni, al campo, si consideravano fortunati perché lì dentro erano al sicuro. Be', io non sono esattamente un guerrafondaio, e non ho nessuna voglia di farmi ammazzare, ma avrei preferito mille volte essere nell'esercito con George o nell'aviazione con Bill. Sono stufo marcio di dover essere sempre quello diverso!»

Ci fu un'esplosione più vicina delle altre, e l'intero edificio tremò. Anna sentì il pavimento muoversi leggermente sotto di lei e le si affacciò alla mente la parola "bombardamento". Questo è un *bombardamento,* pensò. Sono stesa sul pavimento dell'Hotel Continental col mio pigiama rosa nel bel mezzo di un *bombardamento.*

«Max, hai paura?»

«No.»

«Nemmeno io.»

«Immagino» disse Max, «che dovrei essere contento di avere per una volta gli stessi guai di tutti gli altri!»

Il raid durò tutta la notte. Anna dormì un sonno irrequieto, prima cullata dal ronzio degli aeroplani e poi svegliata di colpo dalle esplosioni e dai tonfi che si sentivano in lontananza, finché alle cinque e mezza del mattino fu annunciato il cessato allarme. Frau Gruber, che sembrava considerare la nuova tattica di Hitler una specie di sfida personale contro di lei, fece il suo ingresso nella hall con un tè fumante. Aveva scostato le pesanti tende, e Anna notò con grande sorpresa che Bedford Terrace era esattamente uguale a prima. La strada era deserta e le squallide case tutt'intorno erano silenziose sotto il cielo pallido, come se quella appena trascorsa fosse stata una notte come le altre. Mentre lei guardava fuori, si aprì la porta di una casa di fronte, e ne uscì una donna in pantaloni e giacca del pigiama. Guardò in alto per scrutare il cielo, come aveva fatto Anna poco prima. Poi sbadigliò, si stiracchiò e tornò dentro per rimettersi a letto, o per preparare la colazione.

Max era impaziente di cominciare il suo nuovo lavoro. Con molte difficoltà, era riuscito a mettersi in contatto con Euston Station, ed era venuto a sapere che a causa delle azioni nemiche ci sarebbero stati notevoli ritardi su tutte le linee ferroviarie. Anna e la mamma andarono a salutarlo mentre faceva le valigie, con il papà seduto sul letto che gli teneva compagnia, e poi uscirono per andare l'una a scuola e l'altra a lavoro.

Era un bel mattino limpido, e camminando per le stradine intorno a Tottenham Court Road Anna si meravigliò ancora una volta nel vedere che tutto sembrava normalissimo. C'erano solo più taxi e macchine del solito, spesso con i bagagli impilati sul portapacchi: altre persone che se ne andavano da Londra. Mentre Anna aspettava il segnale per attraversare la strada, un uomo che stava aprendo la saracinesca del suo negozio di alimentari le sorrise e gridò: «Una notte rumorosa, non è vero?», e lei rispose di sì ricambiando il sorriso.

Superò il British Museum – quella era la parte più noiosa del suo tragitto – e svoltò in una stradina molto più vivace, con diversi negozi. E lì vide dei pezzi di vetro sul marciapiede. Dev'essersi rotta una finestra, pensò. Ma poi guardò in alto e vide il resto della strada.

C'era vetro dappertutto, e porte scardinate, e macerie a perdita d'occhio. E nella fila di villette dall'altro lato della strada, là dove prima sorgeva una casa ora c'era solo un enorme vuoto. Tutto il piano di sopra era stato spazzato via, e così gran parte della facciata. Ormai erano nient'altro che un enorme cumulo di mattoni e pietre, che alcuni uomini in tuta stavano raccogliendo dalla strada e ammassando nel retro di un camion.

Si poteva ancora vedere com'era stata la casa all'interno. Aveva la carta da parati verde e il bagno dipinto di giallo. Si capiva che era il bagno perché, anche se il pavimento era quasi tutto andato, restava la parte con la vasca, che sembrava sospesa nel vuoto. C'era anche un asciugamano appeso a un gancio e un portaspazzolino a forma di Topolino.

«È terribile, non è vero?» commentò un vecchio accanto ad Anna. «Per fortuna non c'era nessuno dentro. La madre aveva portato i bambini da sua sorella. Mi piacerebbe proprio dirgliene quattro, a quell'Hitler!» Poi si voltò e tornò a spazzare i pezzi di vetro davanti al suo negozio.

Anna percorse la via con passo molto lento. L'area intorno alla casa bombardata era stata circondata da un cordone, nel caso che nuovi pezzi crollassero, e in un edificio lì accanto un uomo e una donna stavano già sostituendo dei vetri rotti con fogli di cartone. Anna era sollevata all'idea che non ci fosse stato nessuno dentro la casa durante il bombardamento. Uno degli uomini che spalavano le macerie le urlò di allontanarsi, e lei prese una strada laterale.

In quest'altra via i danni erano di gran lunga minori, c'erano solo finestre rotte, e si sentivano la polvere e l'intonaco sotto i piedi. Mentre si faceva strada tra i pezzi di vetro sparsi sul marciapiede, Anna notò come vi si rifletteva il sole. Un leggero venticello faceva mulinare la polvere in piccole spirali attorno ai suoi piedi. Le gambe di Anna, abbronzate per il lungo periodo di bel tempo, smaniavano di correre e saltare. Che cosa orribile sentirsi così, pensò, quando c'è appena stata un'incursione aerea e della gente ha perso la vita; ma una parte di lei riusciva quasi a dimenticarselo. Il cielo era azzurro, il sole caldo sulle sue braccia nude, i passerotti saltellavano sui tombini, le macchine strombazzavano, la gente camminava e chiacchierava, e improvvisamente Anna fu sommersa da un'ondata di assoluta felicità per il fatto di essere ancora viva. Quei poveretti che hanno perso la loro casa, pensò... ma il pensiero non fece in tempo ad affiorare che la felicità appena provata subito lo fagocitò.

Anna sospirò profondamente – c'era odore di polvere di mattone e intonaco nell'aria – e si mise a correre verso l'angolo della via, e poi per Tottenham Court Road fino alla scuola di Madame Laroche.

Capitolo 9

Da allora vi furono raid aerei ogni notte. Le sirene cominciavano a suonare al tramonto, seguite pochi minuti dopo dal ronzio dei bombardieri nemici, e per il cessato allarme bisognava aspettare le prime luci dell'alba. I tedeschi erano così precisi che uno poteva regolare l'orologio basandosi sui loro movimenti.

«Mamma» diceva Anna, «posso andare a comprare delle caramelle prima che arrivino?»

E la mamma: «Sì, cara, ma fa' in fretta. Tra dieci minuti cominciano.» E allora Anna correva nell'aria tiepida del crepuscolo fino al negozietto di caramelle vicino alla stazione della metropolitana, e chiedeva cinquanta grammi di toffee che la donna nel negozio pesava frettolosamente, sbirciando l'orologio. Poi un'altra corsa per tornare all'albergo, dove Anna arrivava puntualmente quando partiva il primo lamento della sirena.

Lei, la mamma e il papà ormai dormivano nella hall tutte le notti. Lo spazio non mancava, perché molta gente era andata via dopo la prima incursione, e ogni giorno partiva qualcuno. Ma era snervante starsene lì distesi al buio, impotenti, in attesa che i tedeschi sganciassero le loro bombe. Sembrava che nulla al mondo potesse fermarli. Dopo le prime notti il frastuono dei bombardamenti si fece più forte, ci furono delle esplosioni in sequenza, e ogni volta sembrava che un gigantesco tamburo gonfiato all'inverosimile fosse infine scoppiato. Frau Gruber, che dalla sera alla mattina era diventata un'esperta di incursioni aeree, dichiarò che si trattava del fuoco della contraerea. Dormire era ancora più difficile di prima, ma questa era comunque una buona notizia.

È strano, pensava Anna, quanto in fretta ci si abitui a dormire sul pavimento. Era piuttosto comodo, in realtà. Lei aveva un sacco di coperte, e poi i pesanti scuri di legno delle finestre della hall smorzavano il rumore e la facevano sentire al sicuro.

Non riusciva mai a dormire a sufficienza, ma così era per tutti, e anche a questo Anna ormai si stava abituando. Dappertutto in città, durante il giorno, si vedevano persone che schiacciavano un pisolino per riprendersi dalla notte in bianco: nei parchi, sugli autobus o sulla metropolitana, in un angolino nei caffè. Alla scuola di Anna, una studentessa si addormentò sulla sua macchina per scrivere. Anche quando parlavano, le persone facevano enormi sbadigli, perfino nel mezzo di una frase, e poi continuavano il discorso senza perdere tempo a scusarsi.

La terza settimana, una bomba cadde su Russell Square, formando un cratere nella terra soffice. L'esplosione mandò in frantumi le finestre di quasi tutte le case di Bedford Terrace e, per la fortuna di Anna che in quel momento dormiva, tutte le macerie furono risucchiate dalla deflagrazione, perciò il vetro e gli scuri (che non erano poi così resistenti) finirono sul marciapiede e non all'interno della hall.

Anna balzò in piedi, ancora intontita dal sonno e senza capire cosa fosse successo. Una tenda svolazzava nella finestra davanti a lei, cosicché lei poté vedere la strada, dove un uomo della protezione antiarea soffiava in un fischietto. Tutt'intorno, la gente inciampava nel buio e chiedeva spiegazioni sull'accaduto. Sopra tutte le voci si sentì quella della mamma che urlava: «Anna, stai bene?»

Lei gridò di rimando: «Sì!» e poi Frau Gruber arrivò armata di torcia.

Più tardi, con sua sorpresa, Anna si rese conto che stava tremando.

Quella fu l'ultima volta che dormirono nella hall. L'addetto del Comune, che venne a coprire con le assi i buchi che un tempo erano state le finestre, disse a Frau Gruber che dormire lì non era sicuro e che sarebbe stato meglio, in futuro, usare la cantina.

A lezione, Anna raccontò con un certo gusto la sua disavventura andata a buon fine, ma nessuno sembrò particolarmente colpito. Ormai quasi tutti quelli che erano rimasti a Londra avevano le loro storie da raccontare. Se non si erano visti esplodere le finestre di casa, per qualche straordinaria coincidenza non si trovavano in un certo edificio quando era stato colpito da una bomba o qualcosa del genere. Madame Laroche, di ritorno all'alba da un rifugio pubblico, aveva scoperto in casa sua una mina che chissà perché non era esplosa, e ora penzolava minacciosamente dal suo paracadute sopra la scala, pronta a deflagrare al minimo tremolio. E questo le aveva talmente indebolito i nervi, insieme alla preoccupazione per la sua famiglia in Belgio, che il dottore le aveva ordinato di andarsene in campagna.

A scuola non sentirono granché la sua mancanza. E comunque le cose non andavano tanto bene. Era rimasta una decina scarsa di studentesse, e non si poteva quasi più lavorare perché mancava la cosa principale: la carta speciale per gli apparecchi stenografici, che veniva dal Belgio e che naturalmente non c'era più modo di procurarsi. Quindi le ragazze si esercitavano muovendo le dita sulla tastiera, mentre l'unica insegnante che restava dettava pagine e pagine di romanzetti. L'idea era perfettamente logica, eppure, mentre Anna ascoltava l'ennesimo capitolo di un romanzo di Dorothy Sayers o di Agatha Christie, dopo aver visto e attraversato come ogni mattina strade ridotte in macerie dalle bombe, le sembrava un modo piuttosto strano di trascorrere quelli che potevano essere gli ultimi giorni della sua vita.

Ormai passavano le notti tutti in cantina. Il pavimento di pietra era freddo e duro, e per dormire con un po' di comodità l'unica soluzione era portarsi il materasso dalla stanza. Ma poi, quando dopo una notte quasi del tutto insonne, all'alba arrivava il cessato allarme, doverlo riportare fin su in camera sembrava davvero il colmo.

La stanza della cantina in cui dormivano gli ospiti dell'albergo veniva usata come magazzino, e Anna la odiava. Per raggiungerla bisognava scendere una stretta rampa di scale di pietra che portava dalla sala da pranzo giù alla cucina, e da lì ancora qualche scalino più giù. Le pareti non arrivavano a due metri di altezza e l'ambiente era umido e soffocante. Una volta che ti eri sistemato sul tuo materasso, ad ascoltare il frastuono delle bombe e a guardare il soffitto basso, era fin troppo facile immaginare che la stanza potesse crollarti addosso e seppellirti, tanto che Anna non riusciva a impedirsi di continuare a controllare che le scale che portavano in superficie fossero ancora lì, anche quando non c'erano bombe in arrivo.

A volte, quando non ce la faceva più, sussurrava alla mamma: «Vado in bagno», e cercava di farsi strada tra i materassi degli altri che, mezzi addormentati, borbottavano sempre qualcosa, per poi salire e raggiungere l'altra ala dell'albergo, del tutto deserta. Poi saliva i quattro piani di scale fino alla sua stanza e restava lì per un po', con il rumore delle bombe e delle mitragliatrici in sottofondo, finché si sentiva di nuovo pronta per scendere sotto terra.

Una notte, entrando in camera, sussultò vedendo una sagoma in controluce davanti a una finestra che, per il capriccio di una bomba, era rimasta intatta.

«Chi è?» gridò.

La figura si voltò e Anna vide che era il papà.

«Vieni a vedere» disse, e lei gli si avvicinò nel buio della stanza.

La notte era illuminata. Il cielo era rosso per gli incendi, e percorso di tanto in tanto dalla scia arancione dei razzi, che lo rischiaravano a perdita d'occhio. Sembravano enormi decorazioni natalizie sospese a mezz'aria, che fluttuavano lente nell'aria notturna, e anche se Anna sapeva che servivano ad aiutare i tedeschi a prendere la mira, stava lì a guardare quello spettacolo piena di meraviglia.

C'era talmente tanta luce che si poteva vedere il campanile della chiesa (con l'orologio fermo da tempo) e un punto del tetto di fronte dove le tegole erano state portate via da un'esplosione. In lontananza, lampi di luce gialla che sembravano fulmini erano seguiti da botti attutiti: la contraerea che faceva fuoco da Hyde Park.

All'improvviso il fascio di luce di un riflettore attraversò il cielo, seguito da un altro e un altro ancora; i tre si incrociarono più e più volte, finché un potente lampo arancione offuscò tutto il resto. Una bomba o forse un aereo che esplodeva a mezz'aria – Anna non riuscì a capirlo – ma il fragore che lo accompagnò fece balzare via lei e il padre dalla finestra. Ai razzi arancione se n'erano uniti altri rosa, e insieme scendevano lentamente verso terra.

«Sarà anche la fine della nostra civiltà» disse il papà, «ma è uno spettacolo bellissimo.»

Man mano che le giornate si accorciavano, i raid aerei si facevano più lunghi. A metà ottobre il cessato allarme arrivava non prima delle sei e mezza del mattino, quando ormai non valeva neanche più la pena di tornare a dormire.

«Se almeno finisse questo bel tempo!» si lamentava la mamma, perché quando c'erano le nuvole i bombardieri non volavano, e loro potevano vivere la fantastica, incredibile esperienza di dormire un'intera notte nei loro letti. Ma il cielo si manteneva sereno, e anche se ogni mattina provavano l'euforia di uscire nell'aria frizzante dell'autunno e rendersi conto di essere ancora vivi, ogni notte i bombardieri tornavano e con loro le ore di disagio e paura nella cantina.

Una sera le sirene cominciarono a suonare prima del solito, quando tutti erano ancora a cena. Quasi subito si udì il ronzio degli aeroplani e una serie di esplosioni molto vicine.

Uno dei polacchi, che si stava portando alla bocca un cucchiaio pieno di pasticcio di carne, si fermò e disse: «*Bang, bang*. Non bene quando gente sta mangiando.» Era un uomo di mezz'età piuttosto corpulento, con un nome impronunciabile, che tutti chiamavano il Piccione perché si divertiva a imitare un paio di uccelli rinsecchiti che bazzicavano nel cortile sul retro.

«Bombardano di nuovo le stazioni» disse Frau Gruber.

«Oh, no di certo» rispose la signora tedesca il cui marito era stato ucciso dai nazisti. «Le hanno bombardate ieri.»

L'Hotel Continental era a metà strada tra la stazione di Euston e quella di St. Pancras, e quando i tedeschi le prendevano di mira, la nottataccia era assicurata.

«Ma non hanno colpite» disse il Piccione, e subito dopo tutti rimasero impietriti per un fortissimo sibilo, seguito da un'esplosione che scosse l'intera stanza. Un bicchiere scivolò giù da un tavolo e si ruppe sul pavimento.

«Questa era proprio vicina» disse la mamma.

Frau Gruber cominciò a sparecchiare, con l'aria di chi vuole prendere in mano la situazione.

«Per dessert ci sono prugne con la crema» disse. «Ma credo che sia meglio lasciar perdere e andare giù nel rifugio.»

Mentre Anna andava a prendere il materasso nella sua stanza, ci fu un'altra esplosione, e l'intero edificio – muri, pavimento, soffitto – oscillò sensibilmente. Anna afferrò più in fretta che poté il materasso e corse giù per le scale, facendolo rimbalzare sui gradini dietro di sé. Per una volta fu contenta di andare nel rifugio: almeno lì non si muoveva nulla.

Frau Gruber aveva appeso un lenzuolo a una corda nel mezzo della stanza, in modo che gli uomini dormissero da un lato e le donne dall'altro. Anna cercò lo spazio per il suo materasso e si trovò accanto la signora tedesca il cui marito era stato ammazzato dai nazisti. La mamma era da qualche parte dietro di lei. Ancora prima che avesse il tempo di stendersi ci fu un'altra deflagrazione, e Frau Gruber, che ancora armeggiava in cucina con le prugne e la crema, mollò tutto e corse anche lei nell'ex magazzino.

«Oh, mio Dio» fece la signora tedesca. «Spero che non sarà un'altra di quelle notti atroci.»

In quell'istante si sentì una detonazione ancora più forte della precedente, e poi una terza un po' più lontano.

«Va tutto bene» la rassicurò Anna. «Ci hanno oltrepassati.»

I tedeschi sganciavano sempre grappoli di sei o più bombe. Se le esplosioni si facevano più vicine, diventava davvero spaventoso, ma quando si capiva che si stavano allontanando, si poteva tirare un sospiro di sollievo.

«Grazie a Dio!» esclamò la signora tedesca, ma Anna sentiva già il ronzio di un altro aereo.

«Stanno seguendo percorsi diversi» disse Frau Gruber. «Questo è proprio sopra di noi» aggiunse la mamma, e in quel momento le bombe cominciarono a cadere. Le sentivano scendere come furie nel cielo della notte. Una... due... tre... quattro... molto vicine... cinque... sei... si allontanano, grazie a Dio. Poi ci fu un altro aereo e poi un altro. Non può andare avanti così tutta la notte, pensava Anna.

E invece sì.

Accanto a lei la signora tedesca aveva gli occhi chiusi e le mani giunte sul petto; oltre il lenzuolo, Anna poteva sentire il Piccione che borbottava:

«Perché voi non colpire stazione e andare via? Stupidi, sciocchi tedeschi, perché non stazione?»

Alla fine, dopo quella che era sembrata un'eternità, ci fu un momento di quiete. L'ultima bomba sganciata da uno degli aerei non fu seguita dal rumore di un nuovo aereo che si avvicinava.

Calò il silenzio.

Per qualche istante tutti aspettarono, impietriti, ma quando videro che non accadeva nulla, cominciarono a muoversi e rilassarsi. Anna guardò l'orologio. Erano solo le dieci.

«Questo è stato il peggiore» disse la mamma.

Il papà sollevò un angolo del lenzuolo e chiese: «Tutto bene?» Anna fece di sì con la testa. Era strano, ma stavolta non sentiva la solita esigenza di controllare che le scale fossero ancora lì. Che stupida, pensò, se cadessero davvero sentiremmo il rumore.

«Be', a questo punto potremmo provare a farci una dormita» disse Frau Gruber, e in quell'istante si sentì un rumore sordo in lontananza e le luci si spensero.

«Devono aver colpito i fili elettrici» disse Frau Gruber, afferrando la sua torcia.

«Tedeschi gentili spengono luce per noi» disse il Piccione, e tutti risero.

«Be', inutile sprecare le batterie» disse Frau Gruber, e la cantina ripiombò nell'oscurità.

Anna chiuse gli occhi per non vederla. Aveva sempre avuto paura del buio, fin da bambina. Adesso c'era silenzio, interrotto soltanto da qualche rimbombo lontano. Non c'era niente da vedere, niente da sentire, e pian piano Anna si addormentò.

Poi, all'improvviso, sembrò che esplodesse tutto: la cantina ondeggiò con forza intorno a lei, e prima che potesse abituarsi all'oscurità, Anna sentì una bomba che arrivava con un sibilo mostruoso, il più spaventoso che avesse mai sentito, e scoppiava con un rimbombo potentissimo, quasi troppo forte per poter essere udito, e in quel momento qualcosa cadde su di lei seppellendola, e lei non poté più vedere né sentire. Il suo peggior terrore diventava realtà...

Poi si riscosse e vide che su di lei era caduto solo il lenzuolo, e con un *clic* della torcia di Frau Gruber apparvero le facce illuminate del papà e del Piccione.

«Tutto bene?» chiese il papà.

Anna rispose di sì, e restò dov'era senza muovere un muscolo, ancora paralizzata dalla paura. Accanto a lei la signora tedesca piangeva.

La mamma stava per dire qualcosa, ma si fermò perché arrivava un altro aereo, e ben presto cominciarono a cadere nuove bombe.

«Vado a dare un'occhiata» disse Frau Gruber

quando ci fu un momento di calma, e luci e ombre fluttuarono nella stanza mentre lei andava verso la cucina con in mano la torcia accesa.

«Tutto a posto» disse. «Siamo ancora in piedi.»

Anna stava sdraiata, immobile.

«Non devo farmi prendere dal panico» si ripeteva. Ma avrebbe voluto che la signora tedesca la smettesse di piangere, mentre la cantina tremava per un'altra esplosione.

Se continuano così, pensò, prima o poi ci colpiscono per forza.

Fu assalita da un'ondata di terrore, ma riuscì a contenerla. Doveva abituarsi all'idea, così sarebbe stata in grado di mantenere la calma anche sotto un mucchio di macerie. Perché, finiti i raid, venivano sempre a tirarti fuori, e se uno non si faceva prendere dal panico e non consumava troppo ossigeno, poteva resistere finché arrivavano a salvarlo. La mamma si avvicinò a lei nel buio. «Vuoi venire accanto a me?» le chiese.

«Sto bene qui» rispose Anna.

La mamma non poteva aiutarla.

Arrivò un altro aereo e sganciò l'ennesimo grappolo di bombe.

Se comincio a immaginarmelo adesso, si diceva Anna, poi quando sarò davvero intrappolata lì sotto...

E di nuovo fu sopraffatta dal terrore.

Cercò di combatterlo. Non dovrò agitarmi e cercare a tentoni di liberarmi, si diceva, il meglio è restare fermi. Potrebbe non esserci abbastanza spazio, o aria...

All'improvviso le sembrò di sentire che lo spazio le si chiudeva intorno, nero e angusto, e si spaventò tanto che balzò a sedere sul materasso, come se qualcosa l'avesse punta. Voleva essere sicura che non fosse successo davvero. Non riusciva a respirare e la mamma la chiamò di nuovo.

«Anna?»

«Va tutto bene» rispose lei.

La signora tedesca continuava a lamentarsi accanto a lei, e poco lontano due voci mormoravano qualcosa di simile a una preghiera in ceco.

Devo abituarmi all'idea, si ripeté Anna, devo riuscirci! Ma prima ancora di finire la frase, fu presa di nuovo dal panico, al punto che quasi gettò un grido. Era inutile. Non ci riusciva. Restò sdraiata con i denti stretti e le mani allacciate, in attesa che passasse.

Forse non sarà così terribile, si diceva. Forse a pensarci è soltanto peggio. Ma sapeva che non era così.

Gli aerei continuavano ad arrivare e le bombe a cadere, mentre la signora tedesca singhiozzava senza freno, tanto che la mamma le gridò di controllarsi. Il papà portò il suo materasso accanto a quello della mamma, così potevano stare più vicini. Ma per Anna non faceva alcuna differenza.

Era distesa nel buio, e doveva combattere da sola contro l'immagine terribile di lei che urlava muta dentro un buco nero.

Alla fine era così esausta che si sentì pervadere da una specie di calma. Mi sono abituata, si disse, anche se dentro di sé sapeva che non era così. E quando le esplosioni laceranti finirono, e un po' di luce filtrò nella cantina insieme al suono del cessato allarme, Anna pensò: be', in fondo non è così terribile. E sapeva che anche questo non era vero.

Quando, il mattino dopo, controllarono i danni, scoprirono che anche le poche finestre rimaste intatte erano andate in frantumi. La cima del campanile, che Anna vedeva dalla sua stanza, era crollata, e c'era un buco irregolare nel tetto della chiesa. Dall'altro lato di Bedford Terrace, pochi metri più in là, al posto di una delle case c'era solo un mucchio di macerie, sotto il cui peso nessuno avrebbe potuto restare vivo.

«Colpita e affondata» disse l'usciere.

«Chi ci abitava?» chiese Anna.

Era all'aperto, nell'aria tagliente del mattino, con indosso i pantaloni e un vecchio maglione. Sentiva il vento freddo sotto i vestiti e aveva un fazzoletto avvolto intorno alla mano, dove si era ferita con un pezzo di vetro.

«Rifugiati da Malta» disse l'usciere. «Ma loro vanno sempre nel rifugio pubblico.»

Anna se li ricordava: magri, dalla pelle scura, con abiti troppo leggeri per l'autunno inglese. Appena suonava l'allarme, uscivano di corsa emettendo strani cinguettii, e si affrettavano spaventati verso il rifugio.

«Tutti?» chiese Anna. «Erano andati tutti al rifugio?»

«Quasi tutti.»

In quel momento una grossa macchina blu svoltò a gran velocità l'angolo di Russell Square, aggirò alcune macerie sulla strada e si fermò inspiegabilmente davanti all'albergo. L'autista aprì la portiera e un uomo piccolo e rotondetto uscì dalla macchina. Era il professor Rosenberg.

«Ho sentito che ieri notte è stato terribile» disse. «State tutti bene?»

Anna fece di sì con la testa, e lui la seguì nella hall dove la mamma e il papà stavano bevendo il tè che Frau Gruber aveva preparato.

«Penso che la ragazza dovrebbe venir via da quest'inferno per un po'» disse. «Stasera torno in campagna, vengo a prenderla e la porto con me.»

Anna obiettò: «Io sto bene qui», ma non riusciva a fermare le lacrime che senza una ragione avevano preso a scenderle lungo le guance. I suoi genitori volevano entrambi che lei andasse.

Alla fine la mamma prese in mano la situazione, dicendo: «Io non ce la faccio a sopportare un'altra notte come l'ultima con te qui. Voglio che almeno tu sia al sicuro!», e il papà aggiunse: «Per favore, vacci.» La mamma la aiutò a preparare le valigie, e verso le cinque del pomeriggio Anna partì a bordo della grossa macchina del professore.

Si sporse dal finestrino, salutando convulsamente finché la macchina svoltò l'angolo. Per tutto il tragitto rivide mamma e papà che la salutavano agitando la mano, in mezzo alle macerie della strada bombardata.

Capitolo 10

Arrivarono a destinazione che era già notte. Mentre la macchina proseguiva a fatica tra strade bloccate e bombe inesplose, era sceso il crepuscolo, e il professore, impaziente, aveva chiesto all'autista di sbrigarsi, in modo che riuscissero ad allontanarsi dalla città prima dell'inizio dei bombardamenti. Anna scese dalla macchina per ritrovarsi nell'oscurità totale della campagna; percepì, più che vederli, gli alberi alti e frondosi che circondavano la grande casa, e sentì nell'aria l'odore di ghiande e foglie autunnali, finché il professore non la condusse dentro. Mentre lei cercava di abituare gli occhi alla luce forte dell'ingresso, da qualche parte in fondo alla casa risuonò un gong. Il professore le disse: «Va' dalla zia Louise» e scomparve al piano di sopra.

Anna si chiese dove potesse essere la zia e, in mancanza di un'idea migliore, decise di seguire il suono del gong. Attraversò un grande salotto arredato con sedie confortevoli, divani ed elaborati paralumi, poi entrò in una sala da pranzo altrettanto spaziosa, dove il lungo tavolo coperto da una tovaglia di merletto era apparecchiato per dodici. Lì vide una porta rivestita di panno verde, e stava per aprirla quando i rintocchi s'interruppero e la zia Louise, in abito lungo di velluto, entrò di corsa con ancora in mano il bastone del gong.

«Niente cena stasera...» annunciò.

Poi vide Anna e le gettò le braccia al collo, colpendola senza volerlo con l'estremità imbottita del bastone.

«Mia cara!» esclamò. «Come stai? Ho detto a Sam che doveva assolutamente portarti qui da noi. I tuoi genitori stanno bene?»

«Sì, stiamo tutti bene» disse Anna.

«Sia ringraziato Iddio» rispose lei. «Abbiamo sentito dire che la scorsa notte è stata un inferno. Oh, dev'essere terribile stare a Londra... Certo, anche qui abbiamo i nostri problemi. La cena...» La condusse gentilmente attraverso la porta verde. «Vieni, così mi dai una mano!»

Nello stretto corridoio incrociarono due domestiche con i grembiulini pieni di volant.

«Lotte! Inge!» le apostrofò la zia Louise. «Avanti, cercate di ragionare.» Ma loro la guardarono imbronciate e quella delle due che si chiamava Inge tirò su col naso. «Una cosa detta è detta» disse, e l'altra aggiunse: «Vale anche per me.»

«Ma sentile» sospirò la zia Louise. «Chi l'avrebbe detto... e tutto per qualche aringa!»

Entrarono in cucina dove cinque o sei casseruole fumavano sui fornelli.

«Guarda» disse la zia, «Si brucerà tutto.» E si precipitò nella stanza accanto. «Fraulein Pimke!» gridò, e cercò di aprire una porta che era chiusa a chiave. Anna sentiva qualcuno che piangeva forte dall'altro lato.

«Fraulein Pimke!» gridò di nuovo la zia Louise, spingendo su e giù la maniglia della porta. «Mi ascolti! Non ho mai detto niente di male sulla sua cucina!»

Dall'altro lato della porta giunsero suoni inintelligibili.

«Sì, lo so» disse la zia Louise, «lo so che ha lavorato per il Kaiser, e per molte famiglie importanti. E non mi sognerei mai di criticarla. Ma come facevo a sapere che le domestiche non mangiano le aringhe? E poi, con il burro razionato... Fraulein Pimke, per favore, venga fuori di lì!»

Al di là della porta si sentì un movimento, seguito dopo un po' dallo scatto di una serratura. La porta si aprì di uno spiraglio e fece capolino una faccia antica bagnata di lacrime.

«... mai nessuno ha rifiutato i miei piatti» disse Fraulein Pimke con voce tremula. «E poi sentirmi urlare addosso a quel modo... ottantadue anni e ancora cerco di fare sempre del mio meglio...» Gli angoli della bocca si piegarono all'ingiù, e nuove lacrime cominciarono a scendere sulle guance rugose.

«Andiamo, Fraulein Pimke» disse la zia Louise, e intanto, furbamente, aveva infilato un braccio nello spiraglio e ora tirava la cuoca verso di sé (proprio come se estraesse una lumaca dal suo guscio, pensò Anna). «Cosa direbbe il Kaiser se la vedesse piangere così?»

Fraulein Pimke, privata della protezione del suo rifugio, sbatté le palpebre confusa e la zia Louise ne approfittò subito.

«Non volevo urlare contro di lei» incalzò. «È solo che sono stata colta di sorpresa. Quando ho visto che la razione di burro era stata usata tutta per le aringhe. E poi quando le domestiche si sono licenziate... Fraulein Pimke, lei è l'unica su cui posso contare!»

Fraulein Pimke, un po' ammorbidita, si accorse di Anna e ammiccò.

«E lei chi è?» chiese.

La zia Louise vide l'occasione e la colse al volo.

«È una vittima dei bombardamenti!» disse con veemenza. «Una piccola vittima dei raid di Londra.» Si accorse del fazzoletto legato attorno alla mano di Anna e lo indicò con un gesto teatrale. «Ed è ferita!» aggiunse. «Fraulein Pimke, non può certo lasciare questa povera bambina senza cena!»

Ormai la zia Louise era riuscita chissà come a trascinarla verso la porta della cucina.

«Oh, grazie, grazie!» gridò. «Sapevo di poter contare su di lei. Il professore sarà così contento!»

Poi condusse Anna in salotto, che nel frattempo si era riempito di persone in abito da sera. La mancanza di sonno cominciava a farsi sentire, e dopo le emozioni forti della notte precedente, ad Anna sembrava di trovarsi in una specie di sogno. Le furono presentate diverse persone, quasi tutti parenti del professore, ma era difficile memorizzarne i nomi.

C'era la sorella del professore, una donnina imbronciata, con due ragazzini più piccoli di Anna che forse erano i suoi figli, o forse no. Ma che ci faceva lì un uomo vestito in completo di seta, con un turbante in testa, che qualcuno diceva fosse un maragià? Anna era a disagio per i suoi pantaloni e il maglione sciupato, ma una signora con i capelli rossi in abito nero le disse gentilmente che era molto carina e addirittura ne chiese conferma al marito, e poi aggiunse qualcosa a proposito del fronte e le domandò cosa si provava a trovarsi nel mezzo di un bombardamento.

Venne fuori che nessuna delle persone presenti nella stanza aveva passato una sola notte a Londra da quando erano cominciate le incursioni, e infatti non la finivano di farle domande, come se Anna fosse una strana creatura arrivata da chissà quale altro mondo. Il maragià, se era un maragià, continuava a ripetere: terribile, terribile, e a chiedere come avevano fatto a resistere, il che sembrò piuttosto sciocco ad Anna, perché che altro potevi fare se non avevi scelta? Poi una vecchia signora con il cornetto acustico le domandò: «Dimmi, cara, è vero che c'è tanto rumore?»

La cena, servita senza entusiasmo da Lotte e Inge, fu deliziosa, e con lo stomaco piacevolmente pieno, Anna quasi si addormentò durante il rituale del notiziario delle nove.

Il professore le mise una benda vera sul taglio, che tutti si ostinavano a chiamare ferita di guerra, e ormai Anna si era così abituata alla sensazione di essere in un sogno che non si stupì nemmeno quando Fraulein Pimke fece il suo ingresso in vestaglia e pantofole, i capelli raccolti in una retina, per dare a tutti il bacio della buonanotte. «È stata buona la cena?» sussurrava a ogni ospite, e perfino il maragià disse di sì e lasciò che lei gli baciasse la mano.

Anna quasi barcollava quando finalmente la zia Louise la accompagnò in camera sua. Era una stanza pulita e molto carina, e le lenzuola del letto erano nuove. Fuori dalla finestra si vedevano gli alberi e il cielo vasto e tranquillo. Niente bombe, niente aerei, niente rumore.

Mamma e papà... pensò mentre la testa affondava nei cuscini, ma era così stanca e il letto era così morbido che non riuscì a finire il pensiero e si addormentò.

Quando si svegliò era pieno giorno. Rimase sorpresa per un attimo alla vista delle pareti bianche e delle tende a fiori. Poi, ancora a letto, si stiracchiò, provando una meravigliosa sensazione di benessere. Si sentiva come se fosse appena guarita da una brutta malattia. Forse perché aveva dormito tutta la notte senza interruzione, pensò. Quando diede un'occhiata all'orologio scoprì che era quasi mezzogiorno.

Si alzò in fretta, indossò la gonna invece dei pantaloni (ma a Londra era diventato difficile lavare i panni, e quindi non fu un grande miglioramento) e andò di sotto. In salotto trovò solo la vecchia signora con il cornetto. «Un sacco di rumore, non è vero?» le gridò con un sorriso appena la vide.

«Sì, ma non qui» le gridò di rimando Anna.

Fuori dalle portefinestre si vedeva il cielo, attraversato da nuvole grigie. Con un po' di fortuna la mamma e il papà avevano passato una notte abbastanza tranquilla, pensò Anna. Non aveva fame e comunque era troppo tardi per fare colazione, perciò si incamminò verso il giardino.

Fuori c'era un vento forte ma tiepido, e mucchietti di foglie turbinavano sulla terrazza. Più avanti c'era quello che un tempo era stato un prato all'inglese, e mentre lo attraversava Anna sentiva l'erba incolta e bagnata che le si appiccicava ai polpacci e perfino alle ginocchia. Era un prato immenso, e Anna si fermò quasi nel mezzo, e per un attimo restò immobile col vento che le soffiava sul volto e l'erba che ondeggiava ai suoi piedi. Le sembrava di essere al mare e, forse perché non aveva fatto colazione, ebbe quasi un capogiro.

Davanti a lei, il prato digradava fino a una fila di alberi e quando Anna li raggiunse scoprì che ai loro piedi scorreva un ruscello. Si accovacciò per guardarlo, e proprio in quel momento il sole fece capolino e l'acqua scura si tinse di un verdazzurro brillante. Anna scorse un pesciolino, quasi immobile sul fondo sabbioso e ben visibile nella luce del sole che rischiarava l'acqua, e riuscì a distinguere le squame lucenti lungo il corpo grassoccio, gli occhi rotondi e sbigottiti, la forma delicata della coda e delle pinne. Guardò il pesce dibattersi nella corrente, mentre diventava verde e poi argento, e apriva e poi richiudeva la piccola bocca triangolare. Seduta sulla sponda, Anna continuò ad osservarlo, tanto intensamente che le sembrava di toccarlo con gli occhi, ma poi probabilmente fece un movimento brusco, perché di colpo il pesce sfrecciò via, e un momento dopo il sole scomparve tra le nuvole e l'acqua del ruscello tornò scura e opaca.

Qualche foglia caduta dagli alberi galleggiava sulla superficie, e Anna stette a guardarle per un momento prima di alzarsi e tornare verso la casa. Nella sua testa, vedeva ancora il pesce. Se solo uno potesse dipingere una cosa del genere, pensò. Il vento soffiava tra i suoi capelli e tra i fili d'erba e, presa da un'improvvisa felicità, Anna pensò: ah, le giraffe e le tigri e gli alberi e le persone, e tutta la bellezza del mondo!

Rientrando in casa, Anna trovò la maggior parte degli ospiti riunita in salotto. Tutti le chiesero se si sentisse meglio, ad eccezione della vecchia signora col cornetto che era troppo occupata a sbirciare oltre la porta della sala da pranzo per vedere se era pronto da mangiare. La zia Louise, ancora provata dal piccolo dramma domestico della sera prima, era in camera sua a riposare e il maragià era sparito chissà dove.

Il professore parlava dei vecchi tempi a Berlino.

«Il compleanno della nonna» disse. «Vi ricordate che venivano tutti i bambini?»

Sua sorella annuì: «Lei aveva sempre un regalo per ognuno.»

«Grazie a Dio non ha fatto in tempo a vedere come siamo finiti» aggiunse il professore.

Poi la porta si aprì e comparve il maragià, alla cui vista Anna sentì una specie di sollievo perché cominciava a pensare di averlo sognato. Aveva ancora in testa il turbante ma ora indossava un completo normale, e tutti i presenti, appena lo videro, per cortesia nei suoi confronti si misero a parlare inglese. Solo la vecchia signora col cornetto disse a voce alta in tedesco: «E da lei potevi mangiare il miglior *gefilte fish* di tutta la Prussia!»

Anna si chiese se le due domestiche che si erano licenziate avrebbero servito il pranzo, ma con sua sorpresa le trovò entrambe in sala da pranzo, tutte sorridenti e premurose. (Più tardi scoprì che la zia Louise aveva concesso loro un aumento di stipendio.) Anna si sedette accanto al maragià, che di nuovo le domandò dei raid aerei, raccontandole che la prima volta lui si era spaventato tanto da ammalarsi, e il professore lo aveva portato con sé in campagna perché fosse al sicuro finché non trovava un modo per tornare in India.

«Sei il mio benefattore» disse al professore, prendendogli una mano e stringendola forte.

«È il benefattore di tutti noi» aggiunse la signora con i capelli rossi, e il professore sembrò contento, ma anche preoccupato, e poco dopo si lasciò sfuggire un commento su quanto fossero aumentati i prezzi dei beni alimentari dall'inizio della guerra.

Anna chiese dove fossero i due ragazzi, e la sorella del professore le rispose che frequentavano la scuola media in una città vicina, ma che non imparavano niente perché gli insegnanti migliori erano stati chiamati alle armi.

«Che sciocchezza, tu ti preoccupi troppo!» intervenne la signora con i capelli rossi, facendo arrabbiare molto la sorella del professore, e nel giro di pochi minuti, con grande sorpresa di Anna, tutti i commensali si ritrovarono a litigare furiosamente. Solo il maragià si limitò a dire: «L'istruzione è il gioiello più prezioso della corona di ogni fanciullo» cosa su cui erano tutti d'accordo, e la vecchia signora chiese ad Anna di passarle la salsa mentre piano piano finiva tutto quello che c'era in tavola.

Fu un vero sollievo per Anna quando il pranzo finì e quasi tutti gli ospiti annunciarono che si sarebbero ritirati nelle loro stanze per riposare. Riposare da cosa?, si domandò Anna. Cominciava a piovigginare e lei non aveva voglia di andare di nuovo in giardino, così si mise a scrivere un biglietto alla mamma, poi lavò qualcuno dei suoi vestiti nella stanza della lavanderia di cui aveva scoperto l'esistenza, accanto alla cucina.

Quando tornò in salotto erano solo le tre e mezza e la stanza era deserta, se non per la vecchia signora che dormiva a bocca aperta in poltrona. Su un tavolo era poggiata una rivista, e Anna la prese per sfogliarla, ma la abbandonò presto perché parlava solo di cavalli. La vecchia signora russava sommessamente. C'erano dei pelucchi sul suo vestito non lontano dalla sua bocca, e a ogni respiro si muovevano quasi impercettibilmente. Anna stette lì seduta per un po' a guardare la vecchia signora, sperando che accadesse qualcosa – che risucchiasse i pelucchi, o che starnutisse – ma non accadde proprio nulla.

Pian piano la stanza si fece buia. La vecchia signora continuava a russare e a far ondeggiare i pelucchi del vestito col suo respiro, e ad Anna ormai sembrava di essere lì da un'eternità quando improvvisamente un'attività frenetica riempì la sala.

Prima fece il suo ingresso Lotte con il carrello del tè. La vecchia signora, che doveva averne sentito il profumo, si svegliò di colpo. La zia Louise, seguita dagli altri ospiti, comparve nella sua lunga vestaglia di velluto, chiuse le tende e accese le lampade, e infine si precipitarono nella stanza i due ragazzi, appena tornati da scuola. La madre cominciò subito a tempestarli di domande. Avevano imparato qualcosa di interessante? E i compiti a casa? Forse Anna poteva dar loro una mano? Ma loro la ignorarono, lanciando un'occhiata piena di disprezzo ad Anna, e alzarono di un bel po' il volume della radio.

La zia Louise si coprì le delicate orecchie con le mani. «Dobbiamo proprio sopportare questo orribile frastuono?» gridò.

Uno dei ragazzi le urlò in risposta: «Io voglio ascoltare Forces' Favourites!»

La madre, passando immediatamente dalla parte dei figli, disse: «Devono pur svagarsi un po', questi ragazzi!» e subito nacque una nuova lite cui non mancarono di partecipare tutti i presenti, e che ancora infuriava dopo che i ragazzi, senza dare nell'occhio, se n'erano andati ad ascoltare il loro programma preferito in cucina. La zia Louise aveva osato dire che i ragazzi erano viziati. La madre aveva ribattuto che la zia Louise, poiché non aveva figli, non capiva proprio nulla. Allora la signora con i capelli rossi era intervenuta dicendo che in casa c'era un'aria terribile – non riusciva a respirare – e la vecchia signora si era lanciata in un lungo discorso che nessuno capì, ma con cui sembrava volesse accusare qualche individuo non meglio specificato di aver armeggiato con la sua razione di zucchero.

Anna non sapeva più cosa fare, e perciò si avvicinò alla finestra e si mise a guardare fuori. Il sole non era ancora tramontato e il cielo era sempre nuvoloso. Se era così anche a Londra, quella notte i suoi se la sarebbero cavata. Pensò alla mamma e al papà che si preparavano per la notte. Probabilmente si stavano chiedendo se passarla in cantina o se correre il rischio e dormire nei propri letti.

Dietro di lei, una voce gridò: «E la settimana scorsa stessa storia con gli stivali da pioggia!», e improvvisamente Anna si chiese che cosa mai ci faceva in quella casa, in quel momento, in mezzo a quelle persone.

Capitolo 11

Dopo il primo giorno a casa del professore, Anna capì che quelli successivi sarebbero andati esattamente allo stesso modo. C'erano lunghe ore di noia, che lei cercava di riempire passeggiando o mettendosi a disegnare, interrotte ogni tanto dalle liti furibonde degli ospiti della casa. A parte il professore, nessuno aveva altro da fare che aspettare i pasti, il notiziario e la fine dei bombardamenti, e poiché gli unici a uscire di casa erano i due ragazzi, ormai gli ospiti non ne potevano più gli uni degli altri.

Era incredibile quali sciocchezze potessero scatenare un battibecco, pensava Anna; per esempio la questione di *God save the King*, che veniva fuori ogni volta che ascoltavano la radio, e sembrava non avere soluzione.

Tutto cominciò una sera che, sentendo l'inno alla radio dopo il notiziario, la zia Louise era balzata in piedi e si era messa sull'attenti. Quando l'inno finì, la zia rimproverò quelli rimasti seduti, dicendo che erano dei gran maleducati e degli ingrati nei confronti del Paese che aveva offerto loro rifugio. La sorella del professore ribatté che, a detta dei suoi più che attendibili ragazzi, nessun inglese si sarebbe mai sognato di alzarsi dalla poltrona, in casa propria, per *God save the King*, e da lì, come al solito, si scatenò una discussione e ciascuno volle dire la propria.

Per questo motivo, Anna aveva preso l'abitudine di svignarsela dal salotto non appena finiva il notiziario, ma servì a poco: la zia Louise non aveva per niente orecchio musicale, e le capitava di scambiare per *God save the King* altre musiche trionfali che la radio trasmetteva. E infatti una volta cercò di fare alzare tutti per *Rule Britannia*, e due volte per *Land of hope and glory*.

E poi c'era il grande mistero delle razioni di zucchero. Inutile dire che fu la vecchia signora a scatenare il caos. Già da un po' si lamentava del fatto che secondo lei qualcuno aveva toccato la sua razione, ma nessuno l'aveva ascoltata, finché una mattina, a colazione, urlò trionfante che finalmente aveva le prove.

Per evitare discussioni, le razioni di zucchero, come quelle di burro e di margarina, venivano pesate con attenzione una volta a settimana, e messe in diversi piattini, ciascuno con il nome della persona cui erano destinate. Poi Lotte metteva i piattini sul tavolo della colazione, e gli ospiti potevano centellinare la loro razione o divorarla in una sola volta. La vecchia signora aveva avuto la furbizia di segnare a matita il livello del suo zucchero sul lato del piattino, e aveva trovato che le era sparito almeno mezzo centimetro di zucchero. Insospettiti, anche gli altri cominciarono fare un segno sul piattino e così il giorno dopo, a sorpresa, sia la sorella del professore, sia la signora con i capelli rossi si ritrovarono con dello zucchero in meno.

La litigata che seguì fu tra le peggiori cui Anna avesse assistito fino a quel momento. La signora con i capelli rossi accusò i due ragazzi, la sorella del professore gridò: «Stai insinuando che siano capaci di derubare la loro stessa madre?», il che, pensò Anna, era un modo ben strano di difenderli, e la zia Louise insisté che il professore doveva interrogare la servitù, al che Lotte e Inge pensarono bene di licenziarsi di nuovo.

Alla fine il mistero fu risolto. Fraulein Pimke, dovendo preparare il dolce per la cena, aveva semplicemente preso dello zucchero dai alcuni piattini a caso. Ma ormai erano volati insulti così terribili che gli ospiti non si parlarono per almeno due giorni. Il maragià, l'unico a essere rimasto fuori dalla mischia, lo trovò molto deprimente. Lui e Anna si consolarono passeggiando mestamente in giardino sotto gli alberi gocciolanti, e Anna ascoltava i suoi nostalgici racconti dell'India, finché l'aria autunnale non li costringeva a rientrare in casa.

Fu dopo la lite dello zucchero che Anna decise di tornare a Londra. Cercò di parlarne alla zia Louise con il maggior tatto possibile.

«La mamma ha bisogno di me» disse, anche se la mamma non aveva mai detto nulla del genere.

Ma la zia Louise la prese male lo stesso. Non voleva che Anna tornasse sotto le bombe, e pensava anche che la cosa avrebbe sconvolto Fraulein Pimke, la quale si era abituata ad avere la ragazzina intorno. E poi le domestiche: se se ne fossero andate davvero, la zia avrebbe avuto un gran bisogno di aiuto in casa. Ma, com'era nel suo stile, proprio quando Anna cominciava a essere piuttosto infastidita da queste rimostranze, la zia Louise le gettò le braccia al collo gridando: «Oh, sono una sciocca, non badare a quello che dico» e volle a tutti i costi darle una sterlina per il viaggio.

Il professore non doveva andare a Londra quella settimana, quindi Anna prese il treno, che impiegò quattro ore e mezza invece dei normali cinquanta minuti. Non aveva detto alla mamma e al papà che tornava, perché loro le avevano scritto di restare in campagna il più a lungo possibile, e lei non aveva nessuna voglia di litigare.

Mentre il treno entrava a Londra, Anna vide le

strade intorno alla stazione piene di crateri, e le case ai lati dei binari senza più vetri alle finestre. Anche le vetrate sempre sporche del tetto di Paddington Station erano saltate, e faceva uno strano effetto vedere il cielo e le nuvole oltre le travi annerite. Degli uccellini ci svolazzavano intorno, entrando e uscendo, e scendendo ogni tanto in picchiata sui binari in cerca di briciole.

Le strade erano deserte – era primo pomeriggio e tutti erano ancora al lavoro – e dall'autobus che avanzava faticosamente per Euston Road, Anna vide che nelle buche cresceva già l'erbaccia, come se fossero state lì da anni. Londra aveva l'aria ferita, ma non sembrava ci fosse un dramma in atto: era come se la città si fosse ormai abituata a essere bombardata.

A Bedford Terrace almeno metà delle case erano state sprangate e abbandonate, ma l'Hotel Continental non sembrava avere subito altri danni, anzi alcune finestre erano state riparate. Anna trovò il papà nella sua stanza – la mamma era ancora in ufficio – intento a battere sulla sua traballante macchina per scrivere.

«Perché non sei rimasta in campagna?» gridò vedendola, ma poiché ormai Anna era lì e non c'era niente da fare, si abbandonò alla gioia di rivederla. La reazione della mamma, un'ora più tardi, fu la stessa. Nessuno dei due sembrò particolarmente sorpreso. Forse perché, pensò Anna, loro conoscevano i Rosenberg molto meglio di lei.

Nell'albergo erano rimaste pochissime persone. La mamma raccontò che la signora tedesca dopo quella notte terribile in cantina non aveva più smesso di piangere, e alla fine un dottore l'aveva mandata in un istituto di carità in campagna dove si sarebbero presi cura di lei finché i suoi nervi non si fossero calmati. Anche l'usciere se n'era andato per raggiungere il fratello a Leicester, e così molti altri ospiti e impiegati dell'albergo. Quelli che erano rimasti avevano facce stanche e grigie, anche se la mamma e il papà le assicurarono che da quando era arrivato l'autunno con le sue bizze atmosferiche, erano riusciti a passare molte notti tranquille.

La cena era diventata quasi una cosa familiare. Il Piccione fece un piccolo discorso di bentornato per Anna. «Anche se sei ragazza sciocchina perché tu non rimani in bellissima campagna con pecore e erba.»

«Signor Piccione» disse Frau Gruber, che non riusciva certo a pronunciare il suo vero nome meglio degli altri, «il suo inglese peggiora a vista d'occhio.»

L'allarme suonò dopo un po' che si era fatto buio, ma la mamma minimizzò con un gesto sprezzante: «Non verranno, stanotte» disse. «Ci sono troppe nuvole.»

«Non capisco come fai a esserne così sicura» disse il papà, ma tutti sembravano propensi a dare ascolto alla mamma come se fosse una grande esperta, e fu deciso che per quella notte non avrebbero dormito in cantina.

Anna scoprì che le avevano dato una stanza al primo piano, accanto a quella della mamma. ("Che senso ha dormire sotto il tetto, quando l'hotel è mezzo vuoto?" aveva detto Frau Gruber.) Anna era molto preoccupata perché temeva di avere di nuovo paura, ma la campagna doveva averle fatto bene perché i rari boati che la svegliarono durante la notte non la spaventarono affatto, e anche quella successiva, che dovettero trascorrere in cantina, non fu così terribile.

Quando tornò alla scuola di Madame Laroche, Anna fu sorpresa di trovare che l'attività ferveva. La direttrice, più magra e nervosa che mai, aveva di nuovo preso in mano le redini della scuola e in ogni aula si poteva sentire il suo incomprensibile inglese belga. C'era di nuovo la carta – qualcuno aveva scovato un fornitore inglese – e perfino delle nuove studentesse.

Nessuno parlava più dei raid aerei. Erano diventati parte della vita di tutti i giorni e quindi non erano più un argomento interessante. Invece si parlava molto del lavoro. Da quando erano cominciati i bombardamenti, la richiesta di segretarie era salita alle stelle, e Madame Laroche aveva affisso una lista di offerte di lavoro nella bacheca in corridoio.

«Secondo lei, quanto mi ci vuole prima di poter trovare un lavoro?» Anna domandò a Madame Laroche, la quale, con grande piacere della ragazza, rispose qualcosa che assomigliava a "torna a esercitarti", seguito da un "qualche settimana". E infatti Anna ritrovò la mano in poco tempo, finché una mattina, una decina di giorni dopo il suo ritorno, annunciò con orgoglio alla mamma: «Oggi da scuola farò delle telefonate per cercare un lavoro. Perciò se qualcuno mi convoca per un colloquio, stasera potrei far tardi.» Si sentì molto importante mentre lo diceva, e non appena finì la prima lezione andò al telefono della scuola con una copia della lista di Madame Laroche e uno scellino in monetine.

I posti migliori erano all'Ufficio della guerra. Una ragazza che Anna conosceva aveva trovato un lavoro lì per tre sterline e dieci scellini a settimana, e parlava solo un francese mediocre. Quindi, quanto avrebbero pagato una come lei, che sapeva perfettamente francese e tedesco? E infatti, quando telefonò e espose le sue qualifiche, la voce all'altro capo del filo sembrò entusiasta.

«Assolutamente fantastico» disse, con un tono quasi militaresco. «Può venire da noi alle undici in punto per un colloquio?»

«Certo» rispose Anna, e già si vedeva dire alla mamma che aveva trovato un lavoro da quattro sterline o addirittura quattro sterline e dieci scellini a settimana. Ma in quel momento, come per un ripensamento, la voce aggiunse: «Do per scontato che lei è di nazionalità inglese.»

«No» disse Anna. «Io sono nata in Germania, ma mio padre...»

«Mi dispiace» la interruppe la voce. «Noi accettiamo solo candidati inglesi.»

«Ma noi siamo antinazisti!» gridò Anna. «Siamo stati antinazisti prima di chiunque altro!»

«Mi dispiace» ripeté la voce. «È il regolamento. Non c'è niente da fare.» E la comunicazione s'interruppe.

Che idiozia, pensò Anna. Era così delusa che le ci volle un po' prima di avere la forza di chiamare il ministero dell'Informazione, il secondo nome sulla sua lista, ma anche da lì ricevette la stessa risposta. Nessuno accettava candidati che non fossero nati in Gran Bretagna.

Con una sensazione di vuoto allo stomaco, Anna pensò che di sicuro dovevano esistere dei posti per cui questa regola non valeva. E invece non era così. C'erano sei uffici importanti sulla lista di Madame Laroche, ma nessuno accettò anche solo di fissarle un colloquio. Dopo che anche l'ultimo ebbe rifiutato, Anna restò per un attimo ferma davanti al telefono, senza sapere cosa fare. Poi andò da Madame Laroche.

«Madame» disse, «lei aveva detto che alla fine del corso avrei trovato un lavoro, ma tutte le persone che ho chiamato rifiutano la mia candidatura perché non sono inglese.»

La risposta di Madame Laroche fu difficile da capire, come al solito. La regola della nazionalità inglese era nuova, o forse non lo era, ma madame Laroche aveva sperato che con la guerra ci fosse una deroga. Ad ogni modo, ormai era chiaro che Anna non aveva nessuna speranza.

«Ma madame» disse Anna, «io devo assolutamente trovare un lavoro. È l'unico motivo per cui ho frequentato questo corso. Lei mi aveva detto che lo avrei trovato, e stamattina ho detto a mia mamma...» S'interruppe, perché quello che aveva detto alla mamma non c'entrava niente, ma dovette fare un grande sforzo per mantenere la calma.

«Be', non posso fare più niente a questo punto» disse Madame Laroche in francese, anche se la cosa non aiutò. Anna, allora, con sua stessa sorpresa, si sentì gridare: «Ma lei deve fare qualcosa!»

«*Comment*?» domandò la direttrice, guardandola con rimprovero.

Anna sostenne il suo sguardo.

Madame Laroche si mise a borbottare tra sé e sé, e cominciò a rovistare tra i fogli sulla sua scrivania.

Alla fine ne tirò fuori uno e disse qualcosa su una croce rossa.

«Non avranno nulla da ridire sulla mia nazionalità?» chiese Anna, ma Madame Laroche le mise in mano il pezzo di carta e disse: «Va', va', telefona subito!»

Una volta al telefono, Anna guardò il foglio. Diceva On. Mrs Hammond, Colonnello della Società della Croce Rossa Britannica, e riportava l'indirizzo di Vauxhall Bridge Road. Anna si fece prestare altri due penny e chiamò. Le rispose una voce rauca e dal tono spiccio, che non le chiese se fosse di nazionalità inglese e le propose un colloquio quel pomeriggio stesso.

Anna trascorse il resto della giornata in preda a una trepidante eccitazione. Si chiedeva se telefonare alla mamma e dirle che sarebbe andata a un colloquio, ma alla fine decise di non farlo, nel caso non ne fosse venuto fuori nulla. A pranzo non ebbe voglia delle solite ciambelle col tè da Lyons, e se ne andò a passeggio, guardando furtivamente il suo riflesso nelle vetrine e chiedendosi inquieta se aveva l'aspetto giusto per una segretaria. Quando si avvicinò l'ora dell'appuntamento, arrivò troppo presto e dovette passeggiare in Vauxall Bridge Road per quasi mezz'ora.

Non era un quartiere particolarmente attraente. In fondo alla strada c'era una birreria e l'odore acido del luppolo risaliva lungo la via. I tram passavano, con il loro stridere e sferragliare, sui binari nel mezzo della strada. I negozi erano stati tutti sprangati e abbandonati.

La sede dell'ufficio della signora Hammond era un po' defilata, un ospedale mezzo distrutto dalle bombe che dava su una piazza piuttosto grande, e dopo il rumore della strada principale ad Anna sembrò un luogo molto silenzioso. Suonò alla porta. Venne ad aprirle una donna con indosso un grembiule da lavoro, che la accompagnò in una sala grande e buia, che doveva essere stata una corsia d'ospedale, e da lì in un'altra sala più piccola, molto illuminata, dove una mezza dozzina di donne anziane lavorava con la macchina per cucire. Attraversata anche questa stanza, arrivarono in un piccolo ufficio dove l'On. Mrs Hammond era seduta alla sua scrivania con aria risoluta, circondata da una gran quantità di gomitoli di lana. Aveva pezzetti di lana tra i capelli grigi e sulla sedia e sul grembo fasciato dall'uniforme: era come se la lana si fosse arrampicata su di lei, e anche il pavimento era tutto pieno di riccioli lanosi.

«Maledetti gomitoli!» stava gridando quando Anna entrò. «Ho perso di nuovo il conto. Tu sei brava in aritmetica?»

Anna rispose che pensava di sì, e Mrs Hammond disse: «Bene bene. Che altro sappiamo fare?» Anna allora snocciolò la lista delle sue qualifiche, dai risultati degli esami scolastici all'abilità di stenografare in tre lingue. Man mano che parlava, in preda a un visibile nervosismo, la signora Hammond assumeva un'espressione sempre più delusa.

«Non va bene!» disse. «Odieresti lavorare qui, ti annoieresti a morte.»

«Non vedo perché» rispose Anna, ma Mrs Hammond scosse la testa.

«Le lingue» disse. «Ecco, qua non servono a niente. Tu dovresti andare a lavorare in posti come l'Ufficio della guerra. Lì impazziscono per le ragazze come te: francese, tedesco, indostano, tutto fa brodo.»

«Ho provato con l'Ufficio della guerra, ma non mi hanno voluta» spiegò Anna.

La signora Hammond stava cercando distrattamente di slegare un filo di lana che si era attorcigliato intorno a un bottone della sua casacca. «E perché mai?» domandò. «Cos'hai che non va?»

Anna fece un profondo sospiro. «Non sono inglese» disse.

«Ah! Irlandese!» gridò Mrs Hammond, e aggiunse con aria di sufficienza: «D'altra parte, hai gli occhi verdi.»

«No» disse Anna. «Sono tedesca.»

«Tedesca?»

«Ebrea tedesca. Mio padre è uno scrittore antinazista. Abbiamo lasciato la Germania nel 1933...» Di colpo si sentì terribilmente stanca di dover spiegare, giustificarsi. «Il nome di mio padre era sulla prima lista nera stilata dai nazisti» continuò a voce alta. «Dopo che siamo scappati dalla Germania hanno addirittura offerto una ricompensa a chi lo avesse catturato, vivo o morto. Dunque è ovvio che io non voglio sabotare i programmi bellici dell'Inghilterra. Ma è incredibile quanto sia difficile farlo capire alla gente.»

Ci fu una pausa. Mrs Hammond disse: «Quanti anni hai?»

«Sedici.»

«Capisco» disse Mrs Hammond, poi si alzò, spargendo pezzetti di lana dappertutto, come un cane che si scuote l'acqua di dosso. «Bene, allora. Perché non andiamo a vedere in che cosa consiste il lavoro?»

Mostrò ad Anna degli scaffali che arrivavano fino al soffitto, pieni di voluminosi pacchetti.

«Lana» disse.

Poi indicò un casellario e aprì un cassetto per mostrarle la documentazione che conteneva.

«Donnine volenterose» disse, mentre Anna la ascoltava con aria perplessa. «Che lavorano ai ferri. In tutta l'Inghilterra.»

«Capisco» disse Anna.

«Noi mandiamo la lana alle donnine, le donnine

la lavorano per farne maglioni, calzini, passamontagna, di tutto. Ce li mandano, e noi li mandiamo ai ragazzi nell'esercito. Questo è quanto.»

«Capisco» ripeté Anna.

«Niente di troppo complicato» continuò Mrs Hammond. «E non c'è bisogno di conoscere le lingue, a meno che non mandiamo qualcosa ai ragazzi delle Forze Francesi Libere. Ma finora non mi risulta che gli sia venuta a mancare la lana, a dire il vero.»

Indicò con un cenno la stanza con le macchine per cucire. «E poi ci sono le vecchiette di là. Una cosa un po' più delicata.»

«Cosa fanno?» domandò Anna.

«Pigiami, bende, cose del genere, per gli ospedali. Abitano nei dintorni e vengono qui a lavorare. Tutte volontarie. Bisogna dar loro brodo di carne a pranzo e tè coi biscotti al pomeriggio.»

Anna fece cenno di sì con la testa.

«Il punto è» proseguì Mrs Hammond, «che è tutto molto utile, lo sai? L'ho scoperto da mio figlio, che è nell'aviazione: mai avuto indumenti di lana, loro. Risultato: tutti mezzi morti di freddo. E io ho bisogno di qualcuno che mi aiuti in questa impresa. Pensi di potercela fare?»

«Penso di sì» rispose Anna. Non era esattamente quello che aveva sperato, ma Mrs Hammond le era simpatica, e in fondo era pur sempre un lavoro.

«E quanto...» balbettò. «Voglio dire, la paga...»

Mrs Hammond si batté una mano sulla fronte. «La cosa più importante!» gridò. «L'idea era di pagare tre sterline a settimana, ma visto che tu con le tue lingue potresti guadagnarne di più, diciamo tre e dieci?»

«Oh, sì!» gridò Anna. «Va bene.»

«Cominci lunedì, allora» disse Mrs Hammond, e, mentre la accompagnava fuori, aggiunse: «Ti aspetto.»

Al settimo cielo, Anna salì su uno dei rumorosi tram che percorrevano Vauxhall Bridge Road. Si stava facendo buio e quando raggiunse Hyde Park Corner, ormai le scale che portavano giù alla metropolitana erano piene di gente che cercava un posto per la notte. Molti avevano già steso le loro coperte sulla banchina, e bisognava stare attenti a dove si mettevano i piedi. A Holborn c'erano persone su letti improvvisati nelle nicchie dei muri o sul pavimento, e una donna in uniforme verde che vendeva tazze di tè su un carrello. In fondo alla strada un gruppetto di persone si era riunito attorno a un uomo che suonava con l'armonica *Roll out the barrel* e un vecchio con un cappello con la visiera le gridò: «Buonanotte, bellezza!»

L'allarme suonò non appena Anna ebbe svoltato per Bedford Terrace e, come in gara con il suo suono, corse a perdifiato fino all'ingresso dell'Hotel Continental, poi attraverso la hall e su per le scale, per irrompere col fiatone nella stanza della mamma. Si sentì un suono simile a un ronzio, che annunciava l'arrivo dei bombardieri.

«Mamma!» gridò Anna, mentre in lontananza scoppiava la prima bomba. «Ho trovato un lavoro!»

Capitolo 12

Per poco Anna non riuscì a cominciare il nuovo lavoro il lunedì successivo, perché nel frattempo accadde qualcosa di molto brutto.

Successe di venerdì. Max era venuto a Londra per una delle sue rare visite alla famiglia, e si sarebbe fermato la notte. Anche se non c'era stato molto da mangiare per cena – il razionamento di cibo diventava sempre più rigoroso – erano rimasti tutti seduti a tavola a lungo, ad ascoltare Max che raccontava della sua vita di insegnante, di cui era piuttosto soddisfatto, e Anna che parlava del nuovo lavoro.

«Lei si chiama On. Mrs Hammond» disse orgogliosa. «Dev'essere parente di un lord o qualcosa del genere. E mi darà tre sterline e dieci a settimana!»

La mamma annuiva. «Per la prima volta possiamo pensare un po' al futuro.»

Era da tanto che Anna non vedeva la mamma così colorita e rilassata. Forse dipendeva dalla presenza di Max, o forse era perché le nebbie novembrine erano finalmente arrivate, e per due notti di fila avevano potuto dormire tranquilli. Anche quella sera il cielo era gonfio di nuvole, e Max, che non era abituato alle notti londinesi, rimase molto sorpreso dal fatto che la mamma desse così poca importanza all'allarme aereo.

Andarono a letto che ormai era piuttosto tardi, e Anna si addormentò quasi subito.

Sognò l'ufficio dell'On. Mrs Hammond tutto pieno di lana, che lei e la signora dovevano cercare di districare. Anna aveva trovato un bandolo e voleva seguirlo, ma Mrs Hammond le disse: "No, devi seguire il suono", e allora Anna si accorse che il filo emetteva uno strano ronzio, come quello di un nugolo di zanzare o di un aeroplano. Tirò piano il filo che aveva in mano e il ronzio immediatamente si trasformò in uno stridio violento.

"Scusi, non volevo..." cominciò Anna, ma lo stridio si fece sempre più forte e più vicino, e poi la risucchiò finché lei e Mrs Hammond si ritrovarono a volare. E mentre volava, Anna udì fortissimo il fracasso di un'esplosione, e si ritrovò sul pavimento in un angolo della sua stanza.

Tutt'intorno a lei c'erano frammenti di vetro – era la terza volta che le finestre dell'hotel andavano in frantumi, pensò Anna – e il pavimento era ricoperto di pezzi dell'intonaco grigio del soffitto. Non devo tagliarmi questa volta, si disse Anna, e facendo molta attenzione cercò a tentoni le scarpe, per arrivare alla porta senza farsi male. Mentre le infilava, vide che le mani le tremavano, ma pensò che fosse solo per lo shock. Non c'era stato il tempo di spaventarsi davvero.

Il pianerottolo era in pessime condizioni, con una lampadina che pendeva incerta dal lampadario e l'intonaco del soffitto che ricopriva tutto il pavimento. Max e la mamma comparvero quasi subito.

Max era furioso: «Avevi detto che stanotte i tedeschi non sarebbero venuti!» gridava alla mamma.

«E infatti così è stato!» urlava lei. «Non sono venuti... tranne uno!»

«Ma per l'amor del cielo!» gridò Max, indicando il pianerottolo. «E guarda quell'uno cosa è riuscito a fare!»

«Be', come facevo io a sapere che l'unico aereo tedesco a volare su Londra stanotte avrebbe sganciato una bomba proprio su di noi? Non è colpa mia se un pazzo ha voluto mettersi in volo anche con questa nebbia. È facile criticare, per te...»

«Per l'amor del cielo» ripeté Max. «Avremmo potuto lasciarci tutti la pelle!» E a quelle parole, tutti e tre pensarono la stessa cosa.

«Papà!» gridò Anna e corse in corridoio verso la sua stanza.

La porta era bloccata, ma dall'interno si sentivano dei movimenti affrettati, e dopo un momento la porta si spalancò e comparve il papà. Era tutto sporco di polvere e aveva pezzi di intonaco tra i capelli e sul pigiama, ma stava bene. Dietro di lui, Anna vide che gran parte del soffitto era crollata, e che solo il grosso armadio aveva evitato che si abbattesse sul letto del papà.

«Sei ferito?» chiese la mamma.

«No» rispose lui, e poi tutti e quattro restarono in silenzio, a guardare i resti di quella che era stata la stanza del papà.

Lui scosse tristemente la testa: «E pensare che avevo appena messo in ordine la scrivania!»

Miracolosamente, nessuno degli altri ospiti era ferito, se non per piccoli tagli e qualche livido, ma tutto l'albergo era nel caos. I soffitti erano crollati dappertutto, il riscaldamento era saltato, e al pianterreno il vento entrava dalle fenditure lasciate dagli stipiti delle porte e dai telai delle finestre che si erano scardinati. La bomba era caduta sull'edificio contiguo all'albergo, che era disabitato, e per fortuna era una bomba molto piccola. («Lo vedi!» gridava la mamma a Max, ancora risentita per le sue accuse. «Te l'ho detto che non era una bomba vera e propria!») Ma era chiaro che i danni all'albergo erano irreparabili.

Gli addetti municipali che arrivarono poco dopo sul posto la pensavano allo stesso modo.

«Sarebbe inutile fare delle riparazioni» dissero a

Frau Gruber. «Anche perché comunque non sareste al sicuro. Dovrete cercare un altro posto dove stare.» Frau Gruber annuiva con fare ragionevole, come se fosse la cosa più normale del mondo, e bisognava guardarla molto da vicino per notare che le tremavano le labbra mentre diceva: «Era il mio unico sostentamento, sapete.»

«Riceverà un indennizzo» disse l'addetto. «La cosa migliore è che si trovi alla svelta un altro alloggio.»

«Altrimenti noi saremo senza tetto sulla testa» disse il Piccione tristemente, e gli altri ospiti si voltarono speranzosi verso Frau Gruber, come se avesse il potere di tirar fuori una casa dal cappello.

Era strano, pensava Anna: fin dall'inizio dei bombardamenti, tutti sapevano che sarebbe potuto accadere, ma adesso che era accaduto davvero, nessuno aveva idea di che cosa fare. Come facevano a trovare un'altra casa in una città distrutta dalle bombe?

Proprio in quel momento arrivò una telefonata della zia Louise. Era a Londra e voleva pranzare con la mamma. Quando la mamma le spiegò cos'era accaduto, la zia Louise gridò: «Mia cara, ma allora dovete assolutamente comprare la casa del maragià!»

La mamma rispose secca che loro avevano bisogno di un alloggio a Londra, non di un palazzo in India, ma la zia Louise la ignorò.

«Se ricordo bene» proseguì, «è a Putney.» E annunciò che avrebbe portato immediatamente all'albergo il maragià, visto che era in città con lui proprio in quel momento.

«Per l'amor del cielo» protestò il papà dopo la telefonata, «non potevi fermarla?»

Lui e Max avevano passato il resto della notte a spostare le cose del papà dalla sua stanza in una meno danneggiata. Nell'albergo faceva molto freddo e da quando era caduta la bomba nessuno aveva più potuto dormire. L'idea di dover affrontare anche la zia Louise era decisamente troppo.

«Lo sai com'è fatta Louise» si limitò a commentare la mamma, e andò ad avvisare Frau Gruber.

Quando fecero la loro comparsa nella hall, il maragià con il suo turbante e la zia in una lunga e bellissima pelliccia nera, sembravano due visitatori arrivati direttamente da un altro mondo, ma Frau Gruber li accolse senza fare una piega. Forse, dopo la bomba, le sembrava che ormai tutto fosse possibile.

«Lei è il primo maragià che incontro» disse in tono del tutto neutro, e lo portò in quel che restava del suo ufficio.

«Louise, dico sul serio» commentò la mamma nella hall ormai gelida, «hai avuto una pessima idea. Frau Gruber non potrà mai dargli tutti i soldi che lui le chiederà.»

«Oddio, tu credi?» gridò la zia. «Pensavo che sarebbe stato un grosso aiuto. Lui non vede l'ora di venderla, la casa, per tornarsene in India. E comunque» aggiunse, «è un maragià piuttosto piccolo, quindi magari la casa non costa molto.»

Dopodiché la zia si mise a insistere perché tutti e tre, e soprattutto Anna, andassero a stare da lei in campagna, ma Anna le disse del suo nuovo lavoro e la mamma, senza entusiasmo, spiegò che dovevano prima trovare una casa, perché ormai era chiaro che non potevano restare nell'albergo più di qualche giorno.

«Proprio adesso che Anna aveva trovato un lavoro» aggiunse. «Ma perché deve sempre andare tutto storto?»

La zia Louise le prese affettuosamente la mano, dicendo: «Non preoccuparti, cara» e proprio in quel momento Frau Gruber e il maragià ritornarono nella hall, entrambi col sorriso sulle labbra.

«Allora» disse il maragià. «Che ne dite di andare a vedere la casa?»

«Che ti avevo detto?» gridò la zia Louise, e subito aggiunse: «Dobbiamo prima andare a pranzo, però.»

Mangiarono in un ristorante che conosceva la zia Louise e bevvero persino una bottiglia di vino, che li fece sentire tutti più allegri – Frau Gruber divenne perfino un po' brilla – e il maragià pagò per tutti. Dopo pranzo Max dovette ripartire, ma gli altri andarono a vedere la casa del maragià con l'auto della zia Louise.

Anna fu sorpresa di quanto fosse lontano. Oltrepassarono file infinite di villette tutte uguali, poi attraversarono il Tamigi per arrivare in una strada piuttosto stretta con tanti negozi in fila.

Il maragià ebbe un moto d'affetto per il suo vecchio quartiere: «La Putney High Street» disse.

Anche se era ancora presto, la giornata era buia e i negozi avevano le luci accese: sembrava quasi di essere in tempo di pace. Anna sentì un profumo di frittura quando passarono davanti a un negozio di *fish & chips*, poi vide i grandi magazzini Woolsworth e Marks & Spencer, e un sacco di gente che faceva spese. I bombardamenti qui avevano fatto di gran lunga meno danni che nel centro di Londra, e quando l'auto lasciò la strada principale e imboccò la via fiancheggiata da ville e giardini che saliva sul fianco della collina, l'aria cominciò a profumare quasi come in campagna.

La casa del maragià si trovava su una strada laterale: una villa molto grande e spaziosa, con una decina di stanze da letto, circondata da un giardino di cui nessuno si prendeva cura da molto tempo. Per una sola persona doveva essere enorme, pensò Anna, ma come hotel sarebbe stato di dimensioni piuttosto modeste. Era completamente vuoto, eccezion fatta per le tende alle finestre e qualche oggetto dimenticato lì: un alto vaso di ottone, un panchetto intarsiato e, questa era la cosa più sorprendente di tutte, un intero stormo di anatre di gesso fissate sulla mensola del camino.

Passarono lentamente da una stanza all'altra, mentre la luce del giorno si affievoliva e il maragià spiegava il funzionamento della corrente elettrica e della caldaia, e le precauzioni da prendere in caso di blackout. Ogni tanto Frau Gruber faceva qualche domanda, e allora tornavano indietro e il maragià le rispiegava tutto.

«Sì, sì, sembra proprio adatto» disse più volte Frau Gruber, e allora il maragià le diceva: «Aspetti di vedere la cucina!», o il retrocucina, o il secondo bagno. Tutte le stanze al pianterreno davano sul giardino abbandonato che si vedeva dalle portefinestre, e quando Frau Gruber per la terza volta disse: «Vorrei solo dare un'altra occhiata allo stato dei fornelli» Anna e il papà si staccarono dal gruppo uscirono nell'umidità invernale.

La nebbia stava sospesa come una coltre tra gli alberi, e dappertutto c'erano foglie cadute che si incollavano ai piedi di Anna, mentre seguiva il papà lungo un sentiero. Arrivarono a una panchina di legno, proprio all'inizio di quello che un tempo doveva essere stato un prato. Il papà asciugò la panca con il suo fazzoletto e si sedettero.

«Com'è grande questo giardino» disse Anna e il papà annuì.

La nebbia fluttuava sopra l'erba alta e i cespugli, rendendo incerti i contorni di ogni cosa, e dando l'impressione che lo spazio davanti a loro fosse infinito. Ad Anna sembrò tutto improvvisamente irreale.

«E pensare...» disse.

«Cosa?» rispose il papà.

Anna aveva un mucchietto di foglie bagnate attaccato alla suola di una scarpa, e lo staccò con attenzione prima di rispondere: «La notte scorsa siamo stati a un passo dalla morte.»

«Sì» rispose il papà. «Se il pilota avesse sganciato la bomba una frazione di secondo prima, o dopo, adesso non saremmo qui seduti in questo giardino.»

Che strano, pensò Anna. Il giardino sarebbe comunque stato lì, immerso nella nebbia, ma lei non avrebbe mai saputo della sua esistenza.

«È difficile immaginarlo» disse. «Che tutto possa andare avanti senza di noi.»

Il papà annuì. «Ma è così che vanno le cose» disse. «Anche se noi fossimo morti, la gente continuerebbe a fare colazione e salire sugli autobus e ci sarebbero ancora gli uccelli e gli alberi e i bambini che vanno a scuola e i giardini con la nebbia come questo. È consolante, in un certo senso.»

«Però ne sentiremmo così tanto la mancanza» disse Anna.

Il papà la guardò con dolcezza: «Non potresti, perché non esisteresti.»

«Lo so» disse lei, «ma non riesco a immaginarlo. Non riesco a figurarmi di essere così morta da non poter più pensare a tutte le cose della vita, come sono fatte, che odore hanno, che sensazione danno quando le tocchi... Mi mancherebbero terribilmente.»

Restarono in silenzio, seduti l'uno accanto all'altra sulla panca, mentre Anna guardava una foglia che cadeva lenta a terra, unendosi alle altre nell'erba.

«L'estate scorsa, per molto tempo ho pensato che non saremmo vissuti fino a oggi. E tu?»

«Anch'io» disse il papà.

«Pensavo che non avremmo mai potuto farcela. E mi sembrava così terribile il pensiero di morire prima di aver scoperto tutte le cose che si possono fare, prima di aver avuto il tempo di provarle. Ma adesso...»

«Adesso siamo a novembre» la interruppe il papà. «E non c'è stata nessuna invasione.» Posò una mano su quelle della figlia. «Adesso» disse, «penso che abbiamo una possibilità.»

In quel momento si sentì il crepitio di passi sulla ghiaia, e nella nebbia comparve la mamma.

«Eccovi qui» disse. «Louise vuole andar via, per lasciare la città prima che faccia buio. Però il maragià torna domani per discutere gli ultimi dettagli con Frau Gruber. Ha deciso di prendere la casa. Non piace anche a voi questo posto?»

Anna si alzò e il papà la seguì.

«Non ci dispiace» disse.

Durante il viaggio di ritorno, per qualche strana ragione, sembrava che in macchina ci fosse meno spazio che all'andata. Anna era schiacciata tra il papà e l'autista, faceva caldo e l'aria era soffocante. Dietro di lei il maragià e Frau Gruber parlavano della casa, con la mamma e la zia Louise che ogni tanto intervenivano. Mentre la macchina si faceva strada tra i sobborghi immersi nell'oscurità, nella mente di Anna i nomi delle strade cominciarono a confondersi con stralci di conversazione, in un miscuglio ipnotico che quasi la fece assopire. Walham Crescent... St Anne's Villas... Parsons Green Road... «un lavandino molto utile» diceva Frau Gruber, e «poi in estate, il giardino...» rincarava la mamma.

Uno scroscio di pioggia si abbatté sul parabrezza. Anna posò la testa sulla spalla del papà, mentre la macchina si lasciava in fretta alle spalle la strada e le case grigie.

Sarà tutto diverso d'ora in poi, si disse Anna. Avrò un lavoro, abiterò in una villa a Putney, avremo soldi per pagare le spese, e forse arriveremo vivi alla fine della guerra, e io diventerò grande, e poi...

Ma era troppo difficile immaginare cosa sarebbe successo poi, e forse portava anche un po' sfortuna, visto che l'ora del bombardamento si avvicinava. Improvvisamente Anna sentì tutta la stanchezza della notte appena trascorsa, e si addormentò.

Seconda parte

Capitolo 13

Rispetto all'estate, l'inverno fu quasi piacevole. Innanzitutto, le incursioni aeree diminuirono. A dicembre per diverse notti l'allarme non suonò, e in ogni caso, quando c'erano dei bombardamenti di rado avevano come bersaglio Putney. Di conseguenza, Anna e i suoi poterono dormire sempre nei loro letti, e anche se a volte si sentiva il rumore delle esplosioni, la disperata stanchezza che era diventata parte della vita di ogni giorno pian piano scomparve.

La casa di Putney era più confortevole dell'Hotel Continental, e il giardino era un vero e proprio lusso.

«Quest'estate prenderemo delle sedie a sdraio» diceva Frau Gruber, ma anche nei giorni invernali il Piccione e gli altri, polacchi, cechi, tedeschi, passeggiavano volentieri all'aperto, tra le foglie cadute e l'erba incolta.

L'unica cosa che non piaceva ad Anna era dover dividere la stanza con la mamma. Nella casa c'erano pochissime stanze singole e il papà, che stava a casa tutto il giorno, aveva bisogno di un posto tutto suo per scrivere; ma anche se c'era una buona ragione, Anna odiava il fatto di non poter stare mai da sola. Ad ogni modo, poiché non si poteva fare altrimenti, si sforzava di non pensarci.

Era concentrata soprattutto sul suo lavoro. Non era difficile, ma la preoccupava parecchio. Il primo giorno era stato un inferno, non solo perché aveva paura di fare disastri, ma anche perché due giorni prima aveva scoperto di essersi presa i pidocchi in metropolitana. Era una cosa piuttosto comune: c'era un'epidemia di pidocchi tra quelli che usavano i rifugi pubblici, ed era facilissimo prenderseli. Ma trovarseli in testa proprio prima di cominciare un nuovo lavoro!

La mamma si era precipitata dal farmacista per comprarle un liquido marrone e puzzolente e Anna aveva passato il fine settimana nell'hotel semidistrutto dalle bombe a lavarsi la testa nel tentativo di sterminare le creature. Alla fine sembrava che se ne fosse liberata, ma anche così per tutto il suo primo giorno di lavoro era stata ossessionata dall'idea che anche una sola di quelle bestioline le fosse sfuggita, e che potesse spuntarle dai capelli o camminarle su un orecchio o sul collo da un momento all'altro, magari proprio mentre l'On. Mrs Hammond la stava guardando. Era così preoccupata che correva in continuazione al bagno per controllarsi i capelli allo specchio, finché una delle vecchiette alle macchine per cucire le chiese con gentilezza se per caso avesse problemi di pancia. Per fortuna Mrs Hammond pensò che tutto questo nervosismo fosse dovuto al recente bombardamento, e una volta che Anna si convinse di non avere più un solo pidocchio in testa, riuscì a concentrarsi sul lavoro e a farlo anche piuttosto bene.

In realtà i suoi compiti non erano troppo complicati. Per prima cosa, al mattino, doveva controllare la posta, raccogliere i gomitoli arrivati e spedirli alle donne che li avrebbero lavorati. Poi doveva tirar fuori i pigiami e le bende non ancora finiti per le vecchiette che arrivavano alle dieci e subito si mettevano a far ticchettare le macchine per cucire.

Doveva stare molto attenta a distribuire il lavoro perché le signore si offendevano facilmente. Venivano ognuna in giorni diversi, ma le più regolari erano Miss Clinton-Brown, che era alta e molto religiosa, la piccola Miss Potter che parlava solo del suo pappagallino, e Mrs Riley, che diceva di essere un'attrice in pensione ma in realtà aveva fatto solo spettacoli di varietà, indossava sempre un orribile scialle con le frange e puzzava, tanto che le signore più distinte al suo passaggio giravano la testa da un'altra parte.

Tutte tentavano in continuazione di convincere Mrs Hammond a sbarazzarsi di lei, ma Mrs Riley lavorava talmente bene che di cacciarla via non se ne parlava.

«Un po' puzzolente, sono d'accordo» diceva Mrs Hammond, «ma i ragazzi in ospedale non faranno mica gli schizzinosi. E comunque i pigiami vengono lavati prima che loro li indossino.»

L'arrivo di Mrs Hammond, alle undici, era il culmine della mattinata. Appena sentivano il rumore del taxi, le signore cominciavano a cinguettare e sistemarsi per bene, e quando lei faceva il suo ingresso nella stanza del cucito tutte le teste erano chine sul lavoro e le macchine andavano al doppio della velocità consueta.

«Buongiorno, signore!» gridava Mrs Hammond, e questo per Anna era il segnale che doveva unire l'acqua bollente all'estratto di carne e distribuire il brodo. La tazza di Mrs Hammond la aspettava nel suo ufficio, ma per la gioia delle vecchiette spesso lei se la portava nella stanza del cucito e stava lì a chiacchierare mentre beveva. Nei giorni della settimana la signora abitava al Claridge's Hotel, ma il sabato e la domenica tornava nella sua proprietà in campagna, e lì le capitava di incontrare un sacco di persone famose, che menzionava distrattamente mandando in sollucchero le vecchiette.

«Ho visto la regina Guglielmina ieri sera» diceva. «Povera cara, mi è sembrata un po' stordita.» Oppure: «C'era Churchill a cena e ha fatto un discorso... un uomo meraviglioso, ma non più alto di me, vi dico» e le signore si ripetevano queste informazioni, facendosele rotolare sulla lingua all'infinito, e spettegolando per il resto della settimana sullo stordimento della regina Guglielmina o sulla statura di Churchill.

Dopo il brodo, la signora chiamava Anna nel suo ufficio per dettarle lettere fino all'ora di pranzo, e Anna nel pomeriggio le batteva a macchina. Le lettere erano quasi tutte indirizzate a ufficiali di alto rango dell'esercito, dei quali Mrs Hammond sembrava essere grande amica, e che le avevano chiesto di mandare maglioni per i loro uomini. Lei riusciva quasi sempre ad accontentarli.

Ogni tanto la signora le faceva scrivere anche un biglietto per il figlio Dickie, che era nell'aviazione. Voleva diventare navigatore, ma finora aveva incontrato qualche difficoltà.

«Il povero ragazzo ha già abbastanza da spremersi sulle rotte degli aerei e cose simili anche senza i miei scarabocchi da decifrare» diceva, e dettava ad Anna un breve e affettuoso biglietto di incoraggiamento, che avrebbe accompagnato regali come un paio di calzini blu o di guanti dell'Air Force.

Una volta suo figlio venne anche in ufficio, e Mrs Hammond lo presentò ad Anna – un ragazzo robusto, dall'espressione sincera, di circa diciannove anni, balbuziente. Il giorno dopo aveva un esame e sembrava piuttosto preoccupato.

«Vedrai che lo passerai senza problemi» disse la madre. «Fai sempre così, alla fine», al che lui rispose con un sorriso di compatimento. «Il p-p-problema» disse «è che io mi d-d-devo sforzare il d-d-doppio degli altri.»

Mrs Hammond gli diede un'affettuosa pacca sulla spalla. «Povero il mio ragazzo!» disse. «Borse di studio neanche col cannocchiale, ma accidenti se è bravo con gli animali, il mio bambino. Te lo dico io, Anna, nessuno se la cava meglio di lui con le mucche.»

Alla fine di ogni settimana Anna riceveva il suo salario e dava a Frau Gruber due sterline e cinque scellini per la stanza. Spendeva quindici scellini per gli spostamenti, il pranzo e piccole necessità come il dentifricio o le riparazioni dal calzolaio, cinque scellini andavano a Madame Laroche per l'apparecchio stenografico il cui utilizzo non era stato incluso nel costo del corso, e i cinque che restavano li metteva da parte. Entro maggio, calcolava, avrebbe estinto il suo debito con Madame Laroche e allora avrebbe risparmiato dieci scellini a settimana. Le sembrava una somma davvero considerevole.

Mrs Hammond la trattava bene, e sembrava incuriosita e quasi divertita da lei. A volte le chiedeva se era tutto a posto, se la sua nuova sistemazione a Putney le piaceva, se il papà aveva un po' di lavoro. Ma voleva a tutti costi che la nazionalità tedesca di Anna restasse un segreto, specialmente per le vecchiette.

«Le vecchie bacucche non capirebbero» diceva. «Ti accuserebbero di sabotarci i passamontagna.»

Una volta che a Londra c'era anche Max, durante le vacanze di Pasqua, li portò tutti e due al cinema. Dopo, lui disse alla sorella: «Mi piace questa Mrs Hammond. Ma non ti annoi, ogni tanto, a fare questo lavoro?»

Quel giorno Max era venuto a prendere Anna in ufficio, e mentre l'aspettava l'aveva vista battere a macchina le lettere e impacchettare la lana.

Lei lo guardò senza capire: «No» gli rispose. Indossava un nuovo maglione verde, comprato con i suoi risparmi. Aveva quasi finito di pagare il debito con Madame Laroche, e quel mattino Mrs Hammond l'aveva presentata a un colonnello venuto in visita come la sua "giovane assistente: praticamente è lei che manda avanti la baracca". Cosa poteva esserci di noioso in questo?

Man mano che il tempo migliorava, la gente aveva sempre più paura di nuovi bombardamenti, finché un giorno, a giugno, poco dopo il diciassettesimo compleanno di Anna, ci fu un annuncio alla radio che lasciò tutti senza parole.

I tedeschi avevano invaso la Russia.

«Ma io pensavo che i tedeschi e i russi fossero alleati!» gridò Anna.

Il papà inarcò un sopracciglio. «Lo pensavano anche i russi» disse. Era chiaro che se i tedeschi avevano aperto un nuovo fronte con la Russia non avrebbero potuto invadere anche l'Inghilterra. Nell'ufficio di Anna ci fu un momento di esaltazione generale. Il rito del brodo si prolungò per quasi un'ora, mentre Mrs Hammond riferì l'opinione di un generale secondo cui Hitler non sarebbe durato un mese contro Stalin. Miss Clinton-Brown ringraziava Iddio; Miss Potter disse che aveva insegnato al pappagallo a dire: «Abbasso Stalin» e aveva paura che adesso potessero fraintenderla; e Mrs Riley improvvisamente si alzò in piedi, afferrò un bastone usato per le spesse tende, e si mise in posa da Britannia, come aveva fatto all'Old Bedford Music Hall nel 1918.

Più tardi Anna e Mrs Hammond si ritirarono nell'ufficio, ma ebbero il tempo di buttar giù solo un paio di lettere quando qualcuno le interruppe. Era Dickie, in permesso imprevisto, con indosso una uniforme nuova di zecca.

«Ho s-s-superato tutti gli esami, ma'» disse. «Sono stato il p-p-penultimo, ma l'ho passato. Ecco a voi il n-n-navigato ufficiale n-n-navigatore Hammond!»

A queste parole la signora fu così contenta che abbandonò immediatamente l'idea di lavorare e invitò Anna a pranzo con loro.

«Andiamo verso casa» disse, intendendo per casa il Claridge Hotel.

Anna c'era stata solo una volta per portare delle lettere che Mrs Hammond aveva dimenticato in ufficio, ma non era andata oltre l'usciere.

Al seguito di Mrs Hammond, percorse il pavimento dell'atrio coperto di tappeti pesanti e attraverso la porta a vento entrò nella sala da pranzo punteggiata di colonne, dove venne loro incontro il capocameriere («Buongiorno Mrs Hammond, buongiorno Mr Richard»), scortandoli fino al loro tavolo. Nella sala c'erano soprattutto uomini in divisa, quasi tutti di alto rango, che parlavano, mangiavano e bevevano, riempiendo la stanza con il ronzio uniforme della loro conversazione.

«Da bere!» gridò Mrs Hammond, e dinanzi ad Anna apparve un bicchiere di quello che doveva essere gin. Il gin non la faceva impazzire, ma lei lo bevve lo stesso, e poi il cameriere portò da mangiare e mentre era alle prese con un grosso pezzo di pollo, di colpo Anna si sentì molto felice. Non doveva partecipare alla conversazione perché Mrs Hammond e il figlio stavano parlando della casa in campagna e di uno dei cani di Dickie («Sei sicura» le stava chiedendo lui «che W-W-Wilson gli abbia tolto i vermi?»), così Anna poteva guardarsi intorno. Fu la prima a notare un uomo dell'Aviazione che si avvicinava al loro tavolo. Aveva un bel po' di galloni d'oro sull'uniforme, e appena Dickie lo vide saltò su dalla sedia e fece il saluto. L'uomo annuì e accennò un sorriso, ma la sua attenzione era per Mrs Hammond.

«Scarpette rosse!» gridò, e lei rispose, deliziata: «Jack! Che bello vederti. Vieni a sederti con noi!»

Lo presentò a Dickie e Anna: era un maresciallo capo dell'Aviazione di cui perfino Anna aveva sentito parlare. Mrs Hammond ordinò un altro giro di gin, e il maresciallo un terzo, per celebrare la notizia della Russia.

«La cosa migliore in assoluto che sia successa durante questa guerra» disse, «da quando gliel'abbiamo fatta vedere a quei bastardi lo scorso settembre», e così cominciò una lunga conversazione con Mrs Hammond sui possibili sviluppi della situazione.

La sensazione di felicità di Anna era aumentata a ogni sorso di gin, e adesso si sentiva come avviluppata da un largo e generoso sorriso; ma Dickie la stava guardando e lei si sentì in dovere di dire qualcosa.

«Mi dispiace che il tuo cane non stia bene» si lasciò uscire infine, biascicando un po', e immediatamente sentì un'ondata di compassione per il povero animale cui non erano stati tolti i vermi come si doveva.

Dickie la guardò con gratitudine. «Siamo un po' p-p-preoccupati» ammise, e cominciò a raccontarle dell'inappetenza del cane, delle condizioni del suo manto («Perché mai avrà un manto?» si chiese Anna, ma poi capì che Dickie si riferiva al pelo), e della scarsa fiducia che riponeva nel dottor Wilson. Poi c'erano i cavalli, e le mucche. Era difficile di questi tempi trovare qualcuno che se ne prendesse cura. Lui era lì che si agitava sulla sedia, con la sua nuova casacca da ufficiale, e Anna ascoltava e annuiva, e intanto pensava che era proprio carino, e che era davvero bello essere lì a pranzo al Claridge con un maresciallo dell'aviazione, e ancora più bello era che la Germania avesse invaso la Russia e quindi l'Inghilterra non fosse più in pericolo.

E quando il maresciallo capo, congedandosi, si congratulò con Dickie per la sua bella fidanzata, be', anche quello per Anna fu bello, oltre che piuttosto divertente. Ma qualcosa di ancora più divertente accadde dopo che il maresciallo se ne fu andato.

«Ma'» disse Dickie, in tono di rimprovero. «Quell'uomo è a capo di un terzo della nostra aviazione. Perché ti chiama Scarpette rosse?» Al che Mrs Hammond, con un'espressione di stupore dipinta in viso, rispose: «L'ha sempre fatto! Fin da quando andavamo insieme a lezione di danza, a cinque anni, e io gli pestavo i piedi.»

Anna rise così tanto da non riuscire a fermarsi, e Mrs Hammond gridò: «Mio Dio! Abbiamo fatto andare su di giri la bambina!»

Le fece bere del caffè nero e poi la portò in macchina alla stazione della metropolitana di Bond Street, dicendole che le dava il pomeriggio libero.

«Porta le mie scuse a tua madre» disse, «ma tra i tedeschi che invadono la Russia e Dickie che ottiene il brevetto da ufficiale...»

Sembrò dimenticarsi il resto della frase, e Anna notò improvvisamente che anche l'eloquio di Mrs Hammond sembrava meno preciso del solito.

«Comunque» disse la signora, rientrando un po' vacillante in macchina, «è stata una gran bella festa!»

Anna continuò a pensare che la storia del maresciallo fosse piuttosto divertente anche dopo che gli effetti del gin furono svaniti. La raccontò a Max la prima volta che lo rivide. Ormai era luglio e lui era in grandi ambasce. Il semestre estivo era quasi finito, e Max non voleva cominciare un nuovo anno di insegnamento, ma tutti i suoi tentativi di arruolarsi si erano conclusi in modo scoraggiante.

Sia l'esercito che la marina avevano regole molto severe riguardo l'arruolamento di stranieri.

L'aviazione, che era un'istituzione più recente, non aveva regole del genere, ma comunque non accettava chi non fosse di nazionalità inglese. Max ormai si era quasi rassegnato, ma quando sentì pronunciare da Anna il nome del maresciallo capo dell'aviazione, gli si rizzarono le orecchie.

«Se solo potessi incontrarlo...» disse. «Pensi che Mrs Hammond potrebbe parlargli di me?»

«Be', potrei chiederglielo» rispose Anna, molto dubbiosa. E invece Mrs Hammond fece molto di più.

Il lunedì successivo, dopo che Anna le ebbe spiegato la situazione, la signora telefonò, in sua presenza, superando la barriera di segretarie, aiutanti, assistenti personali all'altro capo della cornetta, come un nave si apre un varco tra le onde.

«Jack» gli disse. «Ho un ragazzo molto speciale che voglio farti conoscere. Ti va un pranzo?» E rispondendo a una domanda, aggiunse: «Sì, penso proprio che sia molto intelligente.» Dopodiché i due chiacchierarono un po' della guerra e di Dickie che era appena stato assegnato al suo primo squadrone operativo, fecero qualche battuta sulle vecchie lezioni di danza, e misero fine alla conversazione con una risata e un inspiegabile «Tally-ho!» di saluto.

«Bene, questa è fatta!» disse Mrs Hammond. «Max ed io andremo a pranzo con Jack.»

L'appuntamento era quasi due settimane dopo,

e Max era molto nervoso all'idea. Decise di imparare il più possibile sugli aeroplani nel frattempo, e ai suoi allievi assegnava un compito in classe dopo l'altro, mentre lui imparava le caratteristiche dei Tiger Moth o dei Messerschmidt, e in più studiava un libro di teoria del volo.

Il papà lo incoraggiava. «Un maresciallo così importante» disse, «si aspetterà che tu sia molto preparato.» Ma la mamma si rifiutava anche solo di prendere in considerazione l'idea che avrebbero potuto esserci delle difficoltà.

«È naturale che il maresciallo farà un'eccezione per te» diceva, facendo infuriare Max.

«Ma tu che ne sai!» le gridò. «E se invece non fa nessuna eccezione, io non so proprio dove andrò a sbattere la testa!»

Anna si limitava a incrociare le dita. Sapeva che se Max non fosse entrato nell'aviazione, per lui sarebbe stata la fine del mondo.

Qualche giorno prima dell'appuntamento, Anna era in ufficio a smistare i capi. Uno di questi era un maglione, e lei lo sollevò per guardarlo bene, pensando che forse presto Max ne avrebbe indossato uno uguale, quando si trovò davanti Mrs Riley con una faccia scurissima.

«Ho una notizia terribile» disse.

«Cos'è successo?» chiese Anna. Alla radio non aveva sentito niente di nuovo.

Mrs Riley agitò una mano, con l'aria di un'attrice tragica. «Povera donna» disse. «Povera, povera Mrs Hammond. E pensare che ieri era felice come una bambina.»

Mrs Riley faceva sempre drammi per ogni sciocchezza, per cui Anna, irritata, le domandò: «E allora? Che cosa le è successo?» senza aspettarsi di sentire qualcosa di sconvolgente.

Ma restò di sasso quando Mrs Riley le rispose: «Suo figlio è stato ammazzato mentre era in volo.»

Dickie, pensò Anna, con la sua bella faccia e l'espressione non troppo intelligente, e il suo amore per le mucche e i cavalli. Non era nemmeno un volo operativo, solo un'esercitazione. Il motore dell'aereo si era spento e l'aereo era precipitato, e tutto l'equipaggio era rimasto ucciso. Mr Hammond era venuto a dare la notizia alla moglie nel tardo pomeriggio del giorno prima – Anna era già andata via per spedire dei pacchi – e poi l'aveva portata a casa con sé.

«Era il loro unico figlio» disse Miss Clinton-Brown, che era arrivata subito dopo Mrs Riley.

Anna cercò qualcosa da dire, ma non le veniva in mente nulla. Cosa si poteva dire sulla morte di una persona così bella e semplice?

«Era la gloria del suo squadrone» disse Mrs Riley, dandosi un tono. Ma il povero Dickie non era mai stato la gloria del suo squadrone, e questo in qualche modo peggiorava le cose.

Non c'era altro da fare che andare avanti come sempre. Le signore non dissero una parola mentre facevano andare su e giù gli aghi delle loro macchine per cucire, come se una produzione più abbondante di pigiami potesse in qualche modo risarcire Mrs Hammond di quel che aveva perso. Anna decise di fare ordine tra le riserve di lana, e solo a metà mattinata si ricordò di Max. Che ne sarebbe stato del famoso appuntamento, adesso?

Quando, alla fine della giornata, ebbero ricevuto da Mrs Hammond un messaggio recapitato dal suo autista, che le esortava ad andare avanti in sua assenza, Anna decise che quella sera avrebbe telefonato a Max.

«Penso che annullerà l'appuntamento» disse, sentendo la delusione di Max filtrare come un puzzo nauseabondo attraverso la cornetta. «E penso che sia la cosa migliore da fare!» aggiunse, vedendosi improvvisamente davanti l'immagine vivida di Dickie che sorrideva e parlava del suo cane, così poco tempo prima.

Max disse senza espressione: «Se parli con Mrs Hammond, dille che mi dispiace moltissimo. Ma se non ti sento prima, vengo comunque, non si può mai sapere.»

In ufficio, nei giorni successivi, l'atmosfera fu

molto deprimente. Il momento peggiore era quello del brodo. Le signore bevevano in silenzio la loro razione, e tornavano subito ai propri posti. Soltanto una volta la piccola Miss Potter si fermò un attimo, mentre restituiva ad Anna la sua tazza vuota, e chiese: «Perché proprio lui?». Poi, incapace di climax discendente, aggiunse: «Mi chiedeva sempre del mio pappagallino.»

Non avevano avuto notizie di Mrs Hammond, e il giorno dell'appuntamento di Max Anna si sentì male al pensiero che il fratello si fosse messo in viaggio dalla campagna senza motivo. Doveva arrivare alle dodici, e quando fu quasi ora andò ad aspettarlo nella ex corsia d'ospedale, ora inutilizzata, così non avrebbero dovuto parlarsi davanti a tutti nella stanza del cucito.

«Novità?» chiese Max appena arrivò. Anna scosse la testa, notando le sue scarpe lucide e il vestito spazzolato.

«Già, me lo immaginavo.» Di colpo sembrò tutto stropicciato. «Povera donna» disse, e aggiunse quasi in tono di scusa. «È che questa era proprio la mia ultima chance.»

Restarono in piedi nella semioscurità della sala, chiedendosi cosa fare. La cosa migliore era andare a pranzo, si disse Anna, non appena le vecchie signore se ne fossero andate. Magari poteva mettere loro un po' di fretta.

«Vado un momento nella stanza del cucito» disse, e in quel momento sentì il rumore di una portiera che sbatteva.

Anna e Max si scambiarono un'occhiata.

«Pensi che...» chiese Max.

Si sentirono dei passi all'esterno. Non era la camminata di Mrs Hammond, pensò Anna, questi erano passi più lenti e meno decisi; ma un attimo dopo si aprì la porta, ed eccola lì. Strabuzzò un po' gli occhi, sorpresa di trovarsi i due ragazzi davanti nella sala semibuia, ma per il resto sembrava la stessa di sempre, senza un capello fuori posto e con il viso accuratamente truccato. Soltanto i suoi occhi erano diversi, e la sua voce era strozzata, come se dovesse sforzarsi per farla uscire.

Scosse la testa mentre loro cercarono goffamente di farle le condoglianze.

«Tutto a posto» disse. «Lo so.»

Per un momento il suo sguardo indugiò su Max, come se stesse cercando, attraverso di lui, di ritrovare il povero Dickie, che una settimana o due prima avrebbe perfino potuto trovarsi esattamente in quel punto. Poi disse: «Non posso affrontare le signore adesso. Andiamo.»

Si avviò verso la porta, con Max al seguito, ma si fermò prima di raggiungerla.

«Max» disse con quella sua nuova voce arrochita. «Nessuno ti obbliga a farlo. Sei proprio sicuro che è quello che vuoi?»

Max annuì, e lei lo fissò per un momento con un'espressione che assomigliava al disprezzo. «Come un agnello che va al massacro!» gridò. Poi scosse di nuovo la testa e gli disse di non badare a lei.

«Vieni» concluse. «Andiamo a incontrare Jack.»

Capitolo 14

Due settimane dopo Max fu ammesso nell'aviazione.

La mamma commentò: «Te l'avevo detto», e lui fu mandato in un campo di addestramento nelle Midlands, dove le condizioni erano piuttosto dure e si passava quasi tutto il tempo a marciare ed esercitarsi. Eppure quando tornava a casa in licenza, con l'uniforme addosso, Max sembrava più felice di quanto non fosse stato da molto tempo a quella parte.

La prima volta che ebbe un giorno libero, venne a Londra e andò all'ufficio di Mrs Hammond, ma non la trovò. Da quando Dickie era morto, la signora aveva cominciato ad andare in ufficio sempre meno, e Anna si era ritrovata a mandare avanti l'attività come se fosse davvero lei l'unica responsabile. Non era difficile, ma era molto poco stimolante. Anna si rendeva conto solo ora di quanto il suo interesse per quel lavoro fosse dipeso dalla presenza di Mrs Hammond, e anche le signore ne sentivano terribilmente la mancanza.

Guardavano Anna con visi cupi mentre lei versava loro il brodo, come se non valesse nemmeno la pena berlo senza Mrs Hammond che raccontava di Churchill e della regina Guglielmina. E in più litigavano tra loro come non mai.

Miss Clinton-Brown adesso era a capo del taglio dei pigiami – prima supervisionato da Mrs Hammond – e non la smetteva di ringraziare Iddio per averle donato il pregio di essere così affidabile, mentre Miss Potter e Mrs Riley si sedevano vicine e dicevano cattiverie sul suo conto, coperte dal ronzio delle macchine per cucire.

C'erano meno lettere da battere a macchina e Anna passava la maggior parte del suo tempo a controllare lo schedario e a mantenere la pace. A volte, quando proprio non le veniva in mente nulla da fare, si metteva a disegnare le vecchiette su un blocco di fogli che teneva sulle ginocchia, sotto la scrivania. Alcuni disegni le venivano proprio bene, ma ogni volta si sentiva in colpa perché in fondo non era per disegnare che veniva pagata.

L'inverno arrivò presto, e quasi subito cominciò a fare piuttosto freddo. Anna se ne accorgeva al mattino, quando aspettava l'autobus. Il suo cappotto di colpo era diventato troppo sottile per tenerle caldo e proteggerla dal vento, e quando arrivava in ufficio doveva riscaldarsi i piedi davanti alla stufa a gas. Le domeniche, se il tempo era bello, andava a passeggiare a Putney Heath con la mamma e il papà. L'erba ghiacciata scricchiolava sotto i loro piedi, il laghetto di Wimbledon Parkside era gelato anche se era solo l'inizio di novembre, e le papere se ne stavano a contemplare tristemente il ghiaccio.

A volte, quando si sentivano un po' più ricchi, si fermavano al Telegraph Inn, e il papà ordinava una birra, mentre Anna e la mamma prendevano un bicchiere di sidro, prima di tornare a casa per il pranzo. Cercavano di ritardare il momento il più possibile, perché una volta tornati, non c'era più molto da fare.

Dopo pranzo sedevano tutti nel salotto con i tavoli e le poltrone in finta pelle che Frau Gruber aveva portato dall'Hotel Continental, perché era l'unica stanza riscaldata. C'era un grande camino, che ai tempi del maragià, quando il carbone si trovava in abbondanza, doveva essere in grado di riscaldare tutta la stanza. Ma ormai, con il combustibile sempre più difficile da trovare, il salotto non sembrava mai caldo abbastanza.

Non era una prospettiva molto eccitante quella di trascorrere l'intero pomeriggio in una stanza malamente riscaldata, senz'altro da fare che aspettare la cena, eppure ognuno cercava di fare del suo meglio per far passare il tempo. Qualcuno leggeva, le due signore ceche lavoravano a maglia facendo una sciarpa dopo l'altra, e per un po' il Piccione cercò di insegnare il polacco ad Anna. Aveva un libro da cui lei leggeva ad alta voce come meglio poteva, ma un giorno che si sentiva particolarmente depresso, glielo prese di mano e la interruppe a metà di una frase.

«Qual è senso?» disse. «Tanto Polonia non rivediamo più.»

Tutti sapevano che non importava se vincesse la Germania o la Russia: nessuno dei due avrebbe restituito alla Polonia la sua indipendenza.

Qualche volta i signori Poznanski organizzavano dei dibattiti sull'argomento. Non giungevano mai a nessuna conclusione, ma anche solo parlare della Polonia sembrava tirarli su. Anna si divertiva abbastanza in queste occasioni, perché i Poznanski distribuivano carta e penna nel caso qualcuno volesse prendere appunti, e lei di nascosto disegnava le altre persone.

Una volta fece un disegno molto buffo delle due signore ceche che sferruzzavano all'unisono. Lo portò con sé a cena e la mamma glielo prese di mano mentre aspettavano i vassoi con la carne tritata e il cavolo.

«Guarda» disse e lo fece vedere al papà.

Lui lo osservò molto attentamente. «È un disegno molto bello» disse infine. «Sembra un Daumier degli inizi. Dovresti disegnare molto di più.»

«Dovrebbe prendere delle lezioni» lo corresse la mamma.

«Ma mamma» protestò Anna, «io ho il mio lavoro.»

«Be', magari la sera o nei fine settimana» ribatté lei. «Se solo avessimo un po' di soldi...»

Sarebbe bello, pensò Anna, avere qualcosa da fare la sera, invece di star qui ad annoiarsi. Lei e la mamma avevano già letto metà dei libri della biblioteca pubblica, e l'unico altro passatempo era il bridge, che Anna odiava. Per questo, fu contenta quando la mamma annunciò che erano stati invitati a trascorrere la serata dalla zia Bonbon.

La zia Bonbon era la mamma del cugino Otto, e li aveva invitati per festeggiare il suo ritorno dal Canada, dove era stato prima internato, poi rilasciato, e da dove infine era stato rimandato a casa per un qualche speciale motivo su cui la zia Dainty si mantenne vaga.

«Vieni anche tu, papà?»

Ma il papà aveva finalmente convinto la BBC a mandare in onda uno dei suoi pezzi in Germania, ed era impegnato a scriverne un secondo nel caso prendessero anche quello. Così Anna e la mamma andarono da sole.

Mentre l'autobus avanzava nelle strade buie per il coprifuoco, in direzione di Golders Green, Anna chiese: «Perché la chiamate zia Bonbon?»

«L'hanno soprannominata così da bambina» disse la mamma. «Chissà come le è rimasto, anche se ormai non le si addice più molto.» Poi aggiunse. «Ha avuto dei momenti molto difficili. Suo marito è stato fatto prigioniero in un campo di concentramento. L'hanno liberato prima dell'inizio della guerra, ma da allora non è mai più stato lo stesso.»

Fu difficile trovare la casa: era un seminterrato in una lunga strada costeggiata di case tutte uguali. Non appena la mamma suonò il campanello, la porta si spalancò e apparve una delle donne più grosse e ordinarie che Anna avesse mai visto. Era avvolta in una lunga gonna nera che arrivava fino a terra, e indossava diversi strati di maglioni, cardigan e scialli.

«Ach, hallo... entrate!» gridò in tedesco, scoprendo una chiostra di denti irregolari, ma gli occhi semisepolti tra i solchi della sua faccia appesantita avevano uno sguardo caldo e amichevole, e lei abbracciò la mamma con slancio.

«Ciao, Bonbon» disse la mamma. «Che piacere vederti.»

La zia Bonbon le spinse in fretta giù per gli scalini fino a una stanza che doveva essere stata una cantina, ma che ora era talmente zeppa di tappezzeria, tende e arazzi di vario genere che aveva perfino assunto una certa aria di sontuosità.

«Sedetevi, sedetevi» continuava a ripetere, indicando ad Anna e alla mamma un divano con sopra un'intera pila di cuscini, e aggiunse: «Mio Dio, Anna, come sei cresciuta. Assomigli proprio al tuo papà.»

«Davvero?» chiese Anna, contenta, e mentre si riscaldava le mani sulla stufa a petrolio, la mamma e la zia Bonbon cominciarono la solita conversazione: da quanti anni è che non ci vediamo, e ti ricordi quella volta da Lyons in Oxford Street, e no, forse lei era a scuola quel giorno, ma sono sicura che l'hai vista comunque... finché entrò nella stanza Otto.

Era la prima volta che Anna lo vedeva vestito così bene, e la zia Bonbon gli mise un braccio intorno alla spalla come se non si fosse ancora abituata ad averlo in casa con sé.

«Parte di nuovo tra non molto» disse. «Torna in Canada.»

«In Canada?» gridò la mamma. «Ma è appena tornato da lì.»

«Sono venuto per vedere alcune persone e risolvere certe faccende, preparare documenti e cose simili» disse Otto. «Poi torno in Canada per fare ricerca. Incrociando le dita...» aggiunse per andare sul sicuro, superstizioso com'era.

«Avanti e indietro sull'Atlantico come un pendolo» si lamentò la zia Bonbon. «E con i sommergibili tedeschi ad aspettarlo.»

Aveva strascicato le "m" di sommergibili, facendo pensare che fossero pronti a mangiarsi di gusto il povero Otto.

«Che tipo di ricerca farai?» chiese la mamma, che era stata brava in fisica, a scuola. «Qualcosa di interessante?»

Otto annuì. «Purtroppo è top-secret, mi dispiace» disse. «Ti ricordi quel professore di Cambridge che era stato internato con me? C'è anche lui nel progetto, e alcuni altri studiosi. Potrebbe essere una cosa importante.»

«Ma lo sapete» si mise a gridare la zia Bonbon, «che quando è tornato a casa suo padre non l'ha riconosciuto? Gli ho dovuto parlare. Gli ho detto, Victor, questo è tuo figlio, non te lo ricordi? Ma non siamo sicuri che l'abbia capito, nemmeno ora.»

«Mi dispiace» commentò la mamma. «Come sta Victor?»

La zia Bonbon sospirò. «Non bene» disse. «Se ne sta quasi sempre a letto.» Poi gridò: «La zuppa! È ora di cena» e si precipitò fuori dalla stanza.

Otto avvicinò alcune sedie al tavolo, che era stato apparecchiato in un angolo, e poi aiutò la madre a portare il cibo in tavola. C'erano fette di pane scuro, e un magnifico brodo.

«I canederli!» gridò la mamma, aggredendone subito uno. «Sei sempre stata una cuoca favolosa.»

«Be', mi piace cucinare» disse la zia. «Perfino in Germania, quando avevamo un cuoco e sei domestiche. Ma adesso ho imparato qualcosa di nuovo: ti piacciono le mie tende?»

«Bonbon!» esclamò la mamma. «Non le avrai fatte tu!»

La zia Bonbon annuì. «E i cuscini sul divano, e questa gonna, e un sacco di cosette qua e là per i miei pensionanti.»

«Ha risparmiato i soldi per una macchina per cucire prendendoli dall'affitto» disse Otto. «Ha dovuto subaffittare le stanze di sopra quando io ero internato, con papà ridotto così. E adesso» disse con affetto, «sta trasformando questo posto in un palazzo.»

«Ach, Otto... un palazzo!» gli fece eco la zia, e pur essendo una donna così grossa, sembrò per un attimo una bambina.

La mamma, che non sapeva nemmeno cucire un bottone, non riusciva a crederci. «Ma come hai fatto?» chiedeva. «Voglio dire, chi te l'ha insegnato?»

«La scuola serale» rispose la zia. «Al County Council di Londra. Non costa praticamente nulla, dovresti provarci anche tu.»

Mentre parlava, aveva raccolto e portato via i piatti della zuppa, e ora stava facendo il suo ingresso con una torta di mele. Ne tagliò un pezzo che Otto portò al padre, e distribuì accuratamente il resto.

«Pensi che a Victor farebbe piacere se andassi a salutarlo?» chiese la mamma, ma la zia Bonbon scosse la testa.

«Non servirebbe a nulla, mia cara» rispose. «Non ti riconoscerebbe.»

Dopo cena si spostarono vicino alla stufa a petrolio e Otto raccontò del Canada. Il viaggio per arrivarci era stato terribile – l'avevano rinchiuso dentro la stiva della nave, in mezzo alla folla degli altri internati – ma nemmeno quello aveva scosso la sua fede negli inglesi.

«Non era colpa loro» disse. «Dovevano rinchiuderci per forza. Per quanto ne sapevano, potevamo essere dei nazisti. Comunque, la maggior parte dei soldati inglesi si sono comportati bene con me.»

Certo, anche i canadesi si comportavano bene, ma era sottinteso che non fossero allo stesso livello degli inglesi, e a Otto faceva particolarmente piacere che il suo nuovo lavoro avesse a che fare con l'Inghilterra. «Ma mi pagheranno in dollari canadesi» disse. «E potrò mandarne una parte a casa.»

La mamma gli fece altre domande sul suo lavoro, ma lui sorrise e disse solo che aveva a che fare con cose molto piccole.

«E dire che Otto è così imbranato con le dita»

intervenne la zia Bonbon. «Proprio come suo cugino Bonzo.»

«E lui che fine ha fatto?» chiese la mamma, e senza neanche accorgersene, scivolarono in una di quelle conversazioni che Anna aveva dovuto sorbirsi a ogni incontro di adulti fin da quando aveva lasciato Berlino a nove anni. Era un elenco senza fine di parenti, amici e conoscenti che avevano fatto parte della loro vecchia vita in Germania, e che adesso erano sparpagliati per il mondo. Ad alcuni la vita era andata bene, altri erano caduti nelle mani dei nazisti, e quasi tutti cercavano con difficoltà di sopravvivere.

Anna non conosceva queste persone o non ricordava quasi niente di loro, perciò non la interessava affatto ascoltare quelle chiacchiere. Il suo sguardo vagava per la stanza, dalle tende della zia alle finestre, alla pila di libri di Otto sullo scaffale, al tavolo con la sua tovaglia sgargiante e alla porta che c'era dietro. Quest'ultima era socchiusa e Anna d'improvviso si accorse che dall'altro lato c'era qualcuno che guardava all'interno. Era una cosa così inaspettata che si spaventò molto, e immediatamente guardò la zia, che però era impegnata a versare il caffè, e poi Otto e la mamma, che davano le spalle alla porta.

La figura era quella di un vecchio, calvo e con una strana testa asimmetrica e una lunga cicatrice che correva su tutta una guancia. Aveva addosso una specie di camicia da notte, e mentre Anna lo guardava mosse una mano in un gesto che poteva essere un saluto o un'intimazione a non dire nulla. Come un fantasma, pensò Anna, ma gli occhi che l'avevano guardata erano quelli di un essere umano. Poi il vecchio si sistemò la camicia da notte e un attimo dopo non c'era più. Non poteva avere le scarpe ai piedi, perché non aveva fatto alcun rumore.

«Un po' di latte?» chiese zia Bonbon.

«Sì, grazie» rispose Anna, e mentre la zia le porgeva la tazza sentì la porta di ingresso chiudersi.

La zia sussultò. «Chiedo scusa» disse, e corse fuori dalla stanza. Tornò quasi subito, con l'aria sconvolta.

«Otto!» gridò. «È tuo padre. Presto!»

Otto balzò in piedi dal divano e corse alla porta d'ingresso, mentre la zia Bonbon restò in piedi senza sapere cosa fare, in mezzo alle tazze di caffè.

«Ha preso il vizio di scappare» spiegò. «Lo fa in continuazione. Una volta è arrivato fino alla fine della strada in camicia da notte. Per fortuna un vicino l'ha visto e lo ha riportato indietro.»

«Perché lo fa?» domandò la mamma.

La zia cercò di parlare in tono neutro.

«Be', sai» disse. «Quando era appena tornato dal campo di concentramento lo faceva di continuo. Non riuscivamo a fargli capire che non era più lì dentro, ma immagino che lo tormentasse ancora l'idea di dover scappare. Poi le cose sono migliorate, ma ultimamente...» La zia guardò la mamma con uno sguardo triste. «Be', il suo cervello ha subito dei danni, e man mano che l'età avanza queste cose possono solo peggiorare.»

Si sentivano delle voci indistinte fuori, e la zia Bonbon disse: «Otto deve averlo trovato.»

Le voci si fecero più chiare, e si poté distinguere quella di Otto che cercava di consolare il padre, e un pianto disperato.

«Oddio» sospirò la zia. Guardò Anna con aria preoccupata e disse: «Tesoro, non lasciarti impressionare.» Cominciò a parlare molto in fretta. «Vedete, quando ha questi momenti non riconosce nessuno di noi, tanto meno Otto che non ha visto per tutto questo tempo. Pensa di essere ancora nel campo di concentramento, e pensa che noi siamo... Dio solo sa chi pensa che siamo. Il povero Otto ne soffre moltissimo.»

La porta di ingresso sbatté, e Anna li sentì che salivano le scale, con Otto che parlava e la voce del padre che supplicava debolmente. Si sentì un tonfo – uno dei due doveva essere scivolato sui gradini – ma poi comparve Otto con il padre tra le braccia, diretto alla stanza di quest'ultimo. Ma il vecchio si liberò dalla presa e barcollando andò verso la zia, che involontariamente fece un passo indietro.

«Lasciami andare!» gridò con la sua voce flebile, «lasciami andare! Per l'amore di Dio, lasciami andare!»

Otto e la zia Bonbon si scambiarono una rapida occhiata.

«È andato lontano?» chiese la zia, e lui scosse la testa.

«Solo un paio di case più in là.»

Il vecchio aveva trovato un pezzo di torta di mela sul tavolo e aveva cominciato a mangiarlo, con aria del tutto assente.

«Papà...» cominciò Otto.

«Mio caro, non serve a nulla» disse la zia, ma Otto la ignorò. Si avvicinò piano al padre, cercando di non spaventarlo.

«Papà, sono io... Otto.»

Il vecchio continuò a mangiare.

«Non sei più in campo di concentramento» disse. «Siamo riusciti a farti liberare, non te lo ricordi? Adesso sei al sicuro, in Inghilterra. Sei a casa.»

Il padre si voltò a guardarlo. Aveva ancora in mano la torta e un lembo della sua camicia da notte in qualche modo si era arrotolato intorno alla caviglia nuda. Fissò Otto intensamente con i suoi occhi da vecchio. Poi mandò un urlo.

«Chiama il dottore» disse la zia.

«Papà...» ripetè Otto, ma davvero non serviva a nulla.

La zia Bonbon corse dal marito e lo prese per le spalle. Lui cercò di divincolarsi, ma non c'era gara tra i due, e la zia lo riportò a letto mentre Otto andò al telefono. Anna lo guardò in faccia mentre le passava accanto: era come un morto che cammina.

Lei e la mamma non aprirono più bocca, finché la zia non tornò nella stanza. «Mi dispiace» disse. «Vorrei che non fosse accaduto in vostra presenza.»

La mamma mise un braccio intorno alle spalle larghe della zia, e disse: «Mia cara Bonbon, io non avevo idea!»

«È tutto a posto, davvero. Ormai ci ho fatto l'abitudine, per quanto uno può fare l'abitudine a una cosa del genere...» Improvvisamente le lacrime cominciarono a scorrerle lungo le guance. «È per Otto» disse. «Lui non ce la fa a vederlo in questo stato. Ha sempre adorato suo padre. Mi ricordo che quando era bambino parlava di lui come del suo eroe.» Guardò verso la stanza da letto, dove il vecchio dava dei deboli colpi alla porta. «Come possono le persone essere così crudeli con altre persone?» si chiese la zia. «Come?»

In autobus, durante il lungo viaggio di ritorno,

Anna domandò: «Come hanno fatto a liberare zio Victor dal campo di concentramento?»

«Pagarono una specie di riscatto. La zia vendette tutto quello che aveva – era piuttosto ricca – e diede i soldi ai nazisti. E Otto era già in Inghilterra. Parlò con qualcuno al Dipartimento Immigrazione e riuscì a fare in modo che lo zio potesse venire qui. Altrimenti i nazisti non lo avrebbero mai lasciato andare.»

«Ecco perché Otto dice sempre che gli inglesi sono un grande popolo.»

Si chiese come si sarebbe sentita al posto di Otto. Immaginò che fosse suo padre a essere finito in campo di concentramento... Non riusciva a sopportarne nemmeno il pensiero. Era contenta che alla fine Otto avesse ottenuto il lavoro che voleva. Se lo figurava in Canada, che si gettava a capofitto nel lavoro per dimenticare tutto il resto, per non pensare a quello che avevano fatto a suo padre, e per aiutare gli inglesi a vincere la loro guerra. Qualunque fosse il tipo di ricerca che gli avevano commissionato, Anna era certa che Otto l'avrebbe portata a termine nel migliore dei modi.

«Mamma, che vuol dire "molto piccolo" in fisica?» domandò ancora Anna.

La mamma era stanca e aveva freddo. «Oh, lo sai anche tu. Le molecole, gli atomi, queste cose qui.»

Gli atomi, pensò Anna. Che peccato. Non sembrava che la ricerca di Otto fosse poi così importante.

Qualche giorno dopo Otto venne a salutarli prima della partenza. Il padre stava meglio, disse. Il dottore gli aveva prescritto dei nuovi calmanti e adesso dormiva quasi tutto il tempo.

«Ti prenderai cura di mia madre?» chiese alla mamma, che glielo promise.

Poco prima di andarsene, le lasciò un volantino. «La mamma mi ha chiesto di darti questo» disse, un po' imbarazzato. «Pensa che potrebbe interessarti. Ci sono tutte le informazioni sulla scuola serale.»

Dopo che il cugino se ne fu andato, Anna gli diede un'occhiata. Era incredibile quante cose potevi imparare, e per così poco denaro: dalla contabilità al greco antico alla tappezzeria. Poi qualcosa attirò l'attenzione di Anna.

«Guarda, mamma. Ci sono anche le lezioni di disegno.»

«Fammi vedere» rispose lei.

Scettiche, guardarono il costo: otto scellini e sei pence per un intero semestre.

«Domattina per prima cosa chiamiamo» decise la mamma.

Capitolo 15

Trascorsero il Natale in campagna, dai Rosenberg. La sorella del professore e i due ragazzi erano andati a stare da un altro parente a Manchester, dove c'erano scuole migliori, e l'atmosfera nella grande casa era molto più tranquilla di quando Anna c'era stata la prima volta. Erano tutti contenti perché finalmente erano entrati in guerra gli americani, e il professore disse perfino che forse alla fine del 1942 sarebbe tutto finito.

La zia Louise aveva decorato l'albero e lo aveva sistemato in un angolo della sala da pranzo. Grazie a una serie di passaggi, il giorno di Natale riuscì ad esserci anche Max. Stava imparando a pilotare e aveva quasi finito l'addestramento. Come sempre, aveva avuto il massimo dei voti in tutti gli esami, ed era già stato segnalato per una missione.

Anna gli disse che dopo le vacanze avrebbe cominciato a prendere lezioni di disegno.

«Disegno dal vivo» precisò, «in una vera scuola d'arte.»

«Ben fatto!» esclamò Max, perché era così che si diceva nell'aviazione, ma la zia Louise partì subito in quarta, facendo mostra di grande meraviglia.

«Disegno dal vivo!» gridò. «Oh, mio Dio! Incontrerai ogni tipo di persona, a lezioni del genere!»

Era impossibile capire se per lei si trattava di una prospettiva pericolosa o, al contrario, attraente, ma era chiaro che la zia immaginava il corso di disegno come una cosa terribilmente eccitante. Per questo Anna restò un po' delusa quando, un paio di settimane più tardi, fece la sua prima lezione alla Scuola d'Arte di Holborn.

Le indicarono una grande stanza vuota, con in fondo un palco di legno e un paravento. C'erano diverse persone sedute, alcune con la tavola da disegno appoggiata di fronte a loro sul cavalletto, altre intente a leggere il giornale. Quasi tutti avevano tenuto addosso il cappotto, perché nell'aula faceva piuttosto freddo.

Poco dopo l'ingresso di Anna, arrivò una donnina con in mano una borsa della spesa, e andò diretta dietro il paravento. Si sentì un tonfo quando posò la borsa per terra, e una patata rotolò fuori da sotto il paravento, ma lei riuscì a riprenderla e, un attimo dopo, venne fuori avvolta in una vestaglia rosa.

«Accidenti, che freddo» disse, poi accese una stufa elettrica indirizzandola verso il palco, e vi si accovacciò davanti.

A questo punto Anna prese un foglio da disegno da una pila su cui c'era scritto che ogni foglio costava un penny, e lo appuntò su una delle tavole, che sembrava essere lì per uso collettivo. Tirò fuori matita e gomma per cancellare e si sedette a cavalcioni del sedile di legno di uno dei cavalletti, sistemando davanti a sé la tavola, come gli altri studenti. Adesso era pronta a imparare a disegnare, ma per un po' non successe nulla. Accanto a lei, da un lato c'era una vecchia che lavorava a maglia un calzino, e dall'altro un ragazzetto di sedici anni o giù di lì che finiva un panino.

Alla fine la porta si aprì ancora una volta, e fece il suo ingresso un uomo con indosso un montgomery.

«Di nuovo in ritardo, John!» gridò il ragazzo seduto accanto ad Anna, con un fortissimo accento gallese.

Il tizio si guardò intorno, con uno sguardo confuso negli occhi azzurri, prima di individuare il proprietario della voce.

«Non fare l'impertinente, William» disse. «E oggi ti conviene farmi un bel disegno, altrimenti dico a tuo padre quello che penso davvero di te!»

Il ragazzo gallese si mise a ridere e rispose con un ironico «Sissignore», mentre l'insegnante si toglieva il montgomery e andava a parlare con la modella.

Anna lo sentì dire qualcosa a proposito di una posa in piedi, ma lei scosse la testa.

«Non stasera, signor Cotmore» disse. «Ho i piedi a pezzi.»

Si era tolta la vestaglia e adesso era lì senza vestiti, e con la stufa incandescente che gettava una luminescenza rossa sulla sua pancia non proprio piatta.

Anna aveva atteso questo momento con un certo nervosismo. Si era chiesta che effetto le avrebbe fatto stare in una stanza insieme ad altre persone, tutti a guardare una donna nuda. Ma gli altri non facevano una piega, così dopo un paio di minuti anche ad Anna sembrò una cosa tutto sommato normale.

«Sono stata in fila un'ora per il pesce» disse la modella, e in effetti, anche vedendola nuda, non era difficile immaginarsela con in mano una borsa della spesa.

«Allora una posa seduta» concluse l'uomo di nome Cotmore, e ricoprì una sedia sul palco con quella che sembrava una vecchia tenda, per farvi sedere la modella. Quando fu soddisfatto di come la ebbe sistemata, disse: «Bene, resta in questa posa per tutta la sera.» Si sentì il fruscio dei giornali che venivano messi via, la donna che lavorava al calzino riavvolse riluttante la sua lana, e tutti cominciarono a disegnare.

Anna guardò la modella e poi il foglio bianco, e si chiese da dove iniziare. Non ci aveva mai messo più di cinque minuti a fare un disegno, e adesso aveva due ore e mezza. Come avrebbe potuto impiegare tutto quel tempo? Si guardò intorno e vide una ragazza che a quanto sembrava faceva scorrere la matita su tutto il foglio. Ma certo, pensò Anna: più grande è il disegno, più tempo ci metti a farlo, e più dettagli puoi aggiungerci. Così prese la matita e cominciò.

Dopo un'ora, aveva disegnato la modella dalla testa fino all'ombelico. C'era qualcosa che non andava nelle spalle, ma era soddisfatta di come aveva disegnato i capelli, raffigurandone minuziosamente ogni singolo ricciolo. Stava giusto cominciando a disegnare le mani, che erano piegate su un lato della pancia, quando l'uomo di nome Cotmore annunciò: «Riposo!»

La modella si stiracchiò, si alzò e si infilò di nuovo la vestaglia. Gli studenti posarono tutti la matita. Che fastidio, pensò Anna, proprio ora che aveva preso il ritmo.

Ci fu un mormorio nell'aula, mentre qualcuno riapriva il giornale e la donna accanto ad Anna ricominciava a sferruzzare. Anna si accorse che nonostante avesse tenuto il cappotto, aveva mani e piedi congelati.

«Fa freddo stasera» disse un uomo con una gran

sciarpa, che le offrì una caramella morbida da un sacchetto di plastica.

La modella scese dal suo trono e fece lentamente il giro dei cavalletti, per vedere le diverse versioni di se stessa che avevano disegnato gli studenti.

«Ti hanno reso giustizia?» chiese il signor Cotmore. Era circondato da un gruppetto di studenti, tra cui il ragazzo gallese, e tutti chiacchieravano e ridevano.

La modella scosse la testa. «Mi fanno sembrare tutti grassa» si lagnò, e tornò cupamente alla sua sedia.

Quando Anna tornò al suo disegno al termine dell'intervallo, trovò che non era poi così bello. Le spalle erano proprio sbagliate: il problema, si rese conto, era che aveva disegnato la destra più alta della sinistra, mentre dal modo in cui la modella era seduta, doveva essere il contrario. Come aveva fatto a non accorgersene prima? Ma ormai era troppo tardi per cambiare, perciò Anna si concentrò sulle mani.

La modella aveva le dita intrecciate in un modo difficile da riprodurre, e mentre cercava di disegnare quel caos di giunture, nocche e unghie, Anna si ritrovò sempre più confusa. Come se non bastasse, si era accorta che a causa delle spalle sbagliate, un braccio era venuto fuori più lungo dell'altro. Anna stava guardando il suo disegno, chiedendosi cosa potesse fare, quando una voce dietro di lei chiese: «Posso?»

Era il signor Cotmore.

Le fece segno di alzarsi e si sedette al suo posto.

«Non devi disegnare a pezzi» disse, e cominciò un nuovo disegno in un angolo del foglio.

Anna lo guardava, e all'inizio non riusciva a capire cosa stesse disegnando. C'era una serie di linee diritte, come una sorta di schema, che andavano in diverse direzioni, poi una forma rotonda che si rivelò essere la testa della modella e infine, gradualmente, si distinse l'intera figura della donna, come appoggiata sull'impalcatura di linee che, Anna lo capì solo allora, indicavano l'angolazione delle spalle, dei fianchi, e delle mani rispetto alle braccia.

«Visto?» disse il signor Cotmore, poi si alzò e si allontanò.

Anna rimase a guardare il suo lavoro. Be', naturalmente era più facile fare un disegno più piccolo. E aveva il dubbio che disegnare tutte quelle linee sotto il disegno vero e proprio fosse un po' come imbrogliare. Ma anche così...

Dopo aver visto il disegno dell'insegnante, Anna non riusciva più nemmeno a guardare il suo. Le sembrava un nauseante scarabocchio informe, con quelle spalle strane e un braccio lungo e un altro corto e le dita che parevano salsicciotti. Aveva voglia di accartocciare il foglio e gettarlo via, ma pensò che così avrebbe attirato troppo l'attenzione. Proprio in quel momento si accorse che il ragazzo gallese lo stava guardando.

«Non male» commentò.

Ebbe un tonfo al cuore. Forse, in fondo...?

«Uno dei migliori di Cotmore» continuò il ragazzo. «È in forma stasera.» E subito dopo, forse cogliendo la delusione di Anna, le domandò: «Primo tentativo?»

Lei fece di sì con la testa.

«Sì. Be'...» Il ragazzo distolse lo sguardo dal disegno e cercò delle parole gentili. «È sempre difficile cominciare.»

Quando Anna tornò a casa, trovò la mamma che la aspettava per sapere com'era andata. «Penso che sia molto buono» disse quando vide il disegno, «per una principiante.»

Al papà invece interessava di più quello di Cotmore. «John Cotmore» disse. «Devo aver letto qualcosa su di lui di recente. Una mostra, credo... ha avuto ottime critiche.»

«Davvero?» disse la mamma. «Allora dev'essere molto bravo.»

«Sì» le fece eco il papà. «È piuttosto famoso, anche.»

Erano seduti sul letto nella stanza di Anna e della mamma, e quest'ultima stava cercando di riscaldare la cena per Anna, che non aveva fatto in tempo a mangiare con loro. Aveva acceso il piccolo fornello a gas di cui Frau Gruber aveva fornito ogni stanza, e stava rimescolando un indefinibile intruglio di carne, patate bollite e rape in una padella comprata da Woolworth.

«È un po' bruciacchiato» disse. «Non so, la prossima volta forse sarà meglio che lo mangi freddo.»

Anna non disse nulla.

Erano quasi le dieci ed era stanca. Il suo orrendo disegno era sul pavimento accanto al letto. La prossima volta? si chiese. Ma si sentiva piuttosto scoraggiata.

Ad ogni modo, la settimana successiva si sentì tutta eccitata all'idea di provarci ancora. Di certo, pensò, questa volta sarebbe andata meglio.

La modella era la stessa, ma il signor Cotmore l'aveva convinta a provare una posa in piedi. Tolta la vestaglia rosa, la donna teneva la mano appoggiata allo schienale della sedia per non perdere l'equilibrio, e si guardava i piedi con aria poco allegra.

Anna, ricordandosi la lezione della volta scorsa, aveva subito aggredito il foglio disegnando la struttura di base fatta di linee che andavano in ogni direzione, come le aveva mostrato l'insegnante. Cercava di non farsi distrarre dai dettagli, e la parte superiore del disegno questa volta venne meglio di quella precedente, anche se tutto quel che aveva imparato non le fu di aiuto quando si trattò di disegnare gambe e piedi.

Non riusciva a far stare eretta la figura del suo disegno. I piedi erano in basso, ma sembrava che la donna fluttuasse nel vuoto o fosse appesa a qualcosa, priva di peso e di supporti. Cancellò e ridisegnò molte volte, ma non servì a nulla, finché, verso la fine della lezione, il signor Cotmore si avvicinò al suo tavolo. Si sedette senza dire una parola e disegnò un piede in un angolo del foglio. Era visto di fronte, come quello della modella, ma invece di disegnarvi una linea intorno, come aveva cercato di fare Anna, lui lo disegnò sezione per sezione, prima il davanti con le dita accorciate, poi l'arco del piede fino al tallone, e ogni pezzo seguiva naturalmente l'altro, finché sulla carta apparve un bel piede robusto, saldamente piantato su un pavimento invisibile.

«Visto?» disse.

«Sì» disse Anna, e sorrise appena.

Deve avere sui quarant'anni, pensò, guardandolo. E notò gli occhi intelligenti e la bocca grande e mobile.

«Difficili, i piedi» commentò lui, e si allontanò.

*

Da allora Anna non perse una lezione. Disegnare per lei cominciò a essere un'ossessione. Ah, se fosse riuscita a fare anche un solo disegno come voleva lei, pensava... ma ogni volta che superava una difficoltà, ecco che ne spuntavano altre due o tre di cui nemmeno sospettava l'esistenza. A volte il signor Cotmore la aiutava, ma più spesso Anna passava l'intera serata a lottare da sola.

«Stai migliorando, comunque» le disse il ragazzo gallese. Si chiamava Ward, anche se tutti lo chiamavano William il Gallese. «Te lo ricordi il primo disegno che hai fatto? Era veramente uno schifo!»

«Anche i tuoi lo erano, quando hai cominciato?» domandò Anna.

William il Gallese scosse la testa. «Per me è sempre stato facile disegnare. Anche troppo, forse. John Cotmore dice che ho un talento naturale.»

Anna sospirò e guardò il bel disegno sinuoso che il ragazzo aveva prodotto, a quanto pareva senza alcuno sforzo.

«Vorrei avercelo anch'io» disse Anna. Il suo disegno era annerito e la carta quasi bucata per tutte le cancellature che aveva fatto.

A volte, tornando a casa nella metropolitana quasi vuota dopo la lezione, si sentiva disperata e totalmente priva di talento. Ma la settimana dopo era di nuovo in classe, con la matita in mano e un nuovo foglio di carta, a pensare: «Magari, questa volta...»

Tornava a casa così sfinita che la mamma cominciò a preoccuparsi.

«Non ti fa bene, stare seduta per delle ore in quell'aula così fredda» le diceva, perché con la scarsità di combustibile spesso la scuola restava completamente priva di riscaldamento. Ma Anna rispondeva: «Non fa niente, mamma. Tengo addosso il cappotto.»

A febbraio nevicò molto, e così anche a marzo. Tutti erano giù di corda perché Singapore era caduta per mano dei giapponesi, e sembrava che l'esercito tedesco, per niente propenso a lasciarsi sopraffare dai russi, dovesse entrare a Mosca da un momento all'altro. Mrs Hammond si era presa l'influenza, e non si faceva vedere in ufficio da quasi tre settimane, e così le vecchiette erano tutte di umore ancor più nero. Miss Clinton-Brown non ringraziava più Iddio per l'incarico del taglio dei pigiami, ma si era unita in una nuova alleanza con Miss Potter contro Mrs Riley, la quale disturbava tutte con le sue storie truci sui giapponesi.

Ne conosceva un numero spropositato, e le raccontava con tutta la foga possibile. Con una mano appoggiata sul tavolo, guardava dentro il suo brodino strizzando gli occhi per interpretare un comandante giapponese di indicibile crudeltà, e poi li spalancava per fare la parte dei poveri prigionieri inglesi, civilissimi e nobilissimi, che tuttavia erano invariabilmente destinati a fare una brutta fine. Queste storie e il teatrino di Mrs Riley angosciavano moltissimo Miss Potter, che una volta dovette andarsene a casa lasciando a metà la giacca di un pigiama per andare a controllare, così disse in preda alla confusione, che il suo pappagallino stesse bene.

Quando Mrs Hammond guarì dall'influenza, fu molto dura con Mrs Riley e le intimò di non ripetere più quelle storielle infondate sulla brutta fine dei prigionieri inglesi. Mrs Riley tenne il broncio per due giorni, Miss Clinton-Brown ringraziò Iddio che fossero rimaste ancora delle persone sensibili su questa terra, che non avevano paura di dire la loro. Sarebbe stato tutto piuttosto buffo, pensò Anna, ma c'era il sospetto che la maggior parte di quelle storie fossero vere.

Andare al corso, dopo tutto questo, era un bel sollievo. Anna aveva scoperto che c'era un'altra lezione di disegno dal vivo il giovedì, che lei poteva seguire per altri tre scellini e sei pence, e così adesso ci andava due volte a settimana. In entrambe le classi c'erano meno persone ultimamente, perché il freddo teneva a casa quelli più interessati a leggere il giornale o sferruzzare, e così Mr

Cotmore aveva più tempo da dedicare ai pochi studenti rimasti. Quasi ogni volta correggeva tutti i disegni, e durante l'intervallo sedeva in un angolo dell'aula e chiacchierava con il gruppetto dei suoi allievi preferiti. Anna stava a guardarli da lontano. Sembrava che si divertissero sempre un mondo da come discutevano e ridevano, e Anna pensò che sarebbe stato bello far parte di quella cerchia. Ma era troppo timida per avvicinarsi, e dopo la lezione loro se ne andavano sempre via tutti insieme e in fretta.

Una sera, finita la lezione, Anna stava raccogliendo le sue cose; aveva lavorato in preda a qualcosa di molto vicino alla disperazione, e alla fine aveva ottenuto un risultato che più o meno si avvicinava a quello che lei aveva in mente. Ma agitandosi con la matita in mano, aveva finito per farsi dei segnacci di matita sulle mani e perfino sulla faccia.

William il Gallese la guardò incuriosito.

«Per caso sei riuscita a disegnare anche un po' sulla carta?»

«Certo» rispose Anna e gli porse il foglio.

Il ragazzo sembrò favorevolmente colpito. «Molto forte, complimenti» disse. «Prometti bene, dopo tutto. Perché non ti lavi la faccia e andiamo a bere un caffè?»

Anna si strofinò per bene la faccia nel lavandino, e poi i due si incamminarono verso un caffè lì vicino. Quando aprirono la porta, furono accolti da grida di benvenuto. Anna strizzò gli occhi per la luce improvvisa, e poi si accorse che c'erano Mr Cotmore e il suo gruppetto di studenti. Sedevano a due tavoli uniti per l'occasione, bevevano caffè, e occupavano gran parte dell'angusto locale.

«È la ragazzina che si imbratta tutta di matita» gridò uno di loro, un piccoletto più o meno dell'età di Mr Cotmore.

«Ma lo fa per un buon fine» disse quest'ultimo, prima che Anna avesse il tempo di arrossire. «Tu sei Anna, non è vero?»

Lei disse di sì, e il gruppo fece spazio a lei e a William il Gallese. Qualcuno le mise davanti una tazza di caffè e lei, per metà eccitata e per l'altra metà preoccupata, vi seppellì il viso, così che nessuno potesse mettersi a farle domande.

«Sbagli a proposito di Cézanne, John» riprese il piccoletto, e John Cotmore replicò secco: «Sciocchezze, Harry, stai solo cercando di dare inizio a una discussione!»

Due ragazze a un'estremità del tavolo si misero a ridere, perché doveva essere vero: era già nata una discussione, e ognuno stava dicendo la sua su Impressionisti, Primitivi italiani, Giotto, Matisse, Mark Gertler, Samuel Palmer. Chi diavolo erano costoro, pensava Anna, e se ne stava zitta per paura di svelare la propria ignoranza.

Da un lato aveva Harry che agitava le braccia, infervorato dalla discussione, e dall'altro William il Gallese, che disegnava qualcosa nell'angolo di un foglio di giornale. Un uomo pallido con la cravatta di un colore ancor più pallido sussurrava con veemenza qualcosa a proposito di forma e contenuto, una delle ragazze aveva ordinato delle patate fritte e le stava passando agli altri, tutti volevano dell'altro caffè, e intanto John Cotmore, con la sua voce profonda e gradevole, sembrava un po' il regista di tutta la scena. Parlava pochissimo, ma quando lo faceva tutti si zittivano per ascoltarlo.

A un certo punto si rivolse direttamente ad Anna. «E tu che ne pensi?» domandò. Stavano parlando degli stili di disegno, e alcuni studenti avevano esaltato le linee delicate di qualcuno di cui Anna non aveva mai sentito parlare in vita sua, mentre altri difendevano un altro pittore con un approccio più squadrato.

Lei lo guardò, terrorizzata.

«Non so» balbettò. «Io voglio solo disegnare le cose esattamente come le vedo. Ma trovo che sia molto difficile.»

Che risposta idiota, pensò, ma lui rispose seriamente: «È un buon inizio» e Anna notò che gli altri la guardarono con rispetto.

Più tardi, mentre tutti gli altri parlavano, Anna

trovò il coraggio per parlare a Mr Cotmore di una cosa che la tormentava da settimane.

«Uno che diventerà davvero bravo» gli chiese, «certo non può avere così tanta difficoltà a disegnare.»

«Non credo che sia per forza così» rispose lui. «Può anche voler dire soltanto che lo studente in questione ha parametri di confronto molto elevati. Nel tuo caso» aggiunse, sorridendo appena un po', «direi che la situazione è molto promettente.»

Molto promettente, pensò Anna, e per tutto il resto della serata continuò a ripetersi e analizzare quelle parole, in cerca dei loro possibili significati nascosti. Ma non c'erano significati nascosti: Mr Cotmore intendeva dire esattamente quello che aveva detto, e cioè che i suoi disegni erano molto promettenti. Era incredibile. Anna restò abbarbicata a quel pensiero finché non fu ora di tornare a casa.

Contarono i caffè e stabilirono chi li avesse ordinati, e poi restarono un momento in piedi fuori dal locale, nel freddo della strada.

«Ci vediamo giovedì, Anna» disse William il Gallese, e altre voci gli fecero eco. «A giovedì.» Nel buio sembravano stranamente slegate dai corpi. Buonanotte Harry. Buonanotte Doreen. Poi il suono di passi, e le figure indistinguibili che si allontanavano nel buio dell'oscuramento antiraid.

Anna si abbottonò il cappotto per proteggersi dal vento, quando una voce, più profonda di tutte le altre, gridò: «Buonanotte, Anna!»

«Buonanotte... John!» rispose lei dopo un momento di esitazione, e mentre sentiva crescere dentro di lei la felicità, si staccò dal gruppo e si incamminò per l'invisibile strada che aveva davanti.

John Cotmore le aveva dato la buonanotte. E il suo lavoro era "molto promettente". Il marciapiede risuonava ai suoi passi e l'oscurità sembrava brillarle tutto intorno, come se lei potesse toccarla. Fu sorpresa di trovare la stazione di Holborn identica alle altre volte.

Sentiva che quella sera era successo qualcosa di straordinario nella sua vita.

Capitolo 16

Qualche settimana dopo, arrivando in ufficio, Anna trovò Mrs Hammond. Si sentiva in imbarazzo perché, come al solito, era in ritardo – le sembrava inutile precipitarsi al lavoro quando c'era così poco da fare – ma per fortuna Mrs Hammond non sembrò accorgersene. Era in piedi nella ex corsia d'ospedale, intenta a esaminare scaffali polverosi e armadi, e non appena vide Anna annunciò: «Cara, ho un nuovo compito per te.»

«Di che si tratta?» domandò Anna.

Per la prima volta da quando aveva perso Dickie, Mrs Hammond aveva un'aria propositiva e ottimista.

«Un compito non troppo allegro, a dire il vero. Ma terribilmente utile. Le uniformi da ufficiali.» Anna la guardò perplessa, ma lei continuò, con più energia: «Le scarpe dei morti! Non possiamo dire così, ovvio. Sennò la gente si spaventa. Ma alla fine è di questo che si tratterà. Passare le uniformi, e qualunque altro capo di abbigliamento, da uomini che sono morti a quelli che sono ancora vivi e ne hanno bisogno.»

Anna notò soltanto allora che su un telo in un angolo era adagiata una pila di vestiti. C'erano completi, maglie, cravatte, pezzi di un'uniforme dell'aviazione. Un borsone usato aveva il nome di Ufficiale Pilota Richard Hammond stampigliato in grosse lettere bianche. Mrs Hammond seguì il suo sguardo.

«È sciocco rimanere aggrappati a quegli oggetti» disse, «quando ci sono altri ragazzi che ne hanno un gran bisogno.» Poi aggiunse: «Dopotutto, lui non era l'unico al mondo.»

Venne fuori che Mrs Hammond aveva una socia in questa sua nuova impresa, una certa Mrs James che aveva perso entrambi i figli: uno nell'esercito, durante una spedizione nel deserto africano, e l'altro nell'aviazione, nei cieli tedeschi. Anna la conobbe quel pomeriggio, una donna anziana e scarna, con enormi occhi tristi e una vocina che quasi non si sentiva.

Aveva portato con sé un uomo basso e tarchiato con la faccia da carlino, che si mise subito all'opera per trasformare la vecchia corsia in un deposito dove sistemare tutti i vestiti che le signore speravano di ricevere. Pulì la stanza e piantò chiodi e spostò mobili, finché alla fine della settimana tutto era pronto, e in un angolo c'era perfino un piccolo ufficio per Mrs James.

In realtà, l'ufficio consisteva di una sedia e una

scrivania dietro due paraventi, e faceva un freddo terribile in quella stanza perché non c'era il riscaldamento, ma solo una piccola stufa elettrica a una barra che riscaldava i piedi di Mrs James, eppure lei non sembrava preoccuparsene. Se ne stava lì seduta, a guardare nel vuoto, come se non facesse alcuna differenza dove si trovasse.

Mrs Hammond aveva tenuto il suo ufficio accanto alla stanza del cucito, ma faceva in continuazione avanti e indietro per vedere come andavano le cose. Fu lei che scrisse l'annuncio per il *Times*, chiedendo vestiti alle mogli e ai genitori dei caduti. Anna lo batté a macchina e dalla settimana successiva cominciarono ad arrivare gli abiti.

C'erano capi tristi e solitari e bauli zeppi, e tutto doveva essere registrato e smistato. Era un lavoro che metteva addosso una strana sensazione. Alcuni bauli, che arrivavano direttamente dalle stazioni di servizio, sembravano contenere quasi tutto ciò che i caduti avevano posseduto in vita, e c'erano mazze da golf, libri e astucci per scrivere, di cui nessuno sapeva cosa farsene. Una volta, mentre Anna stava tirando fuori da una valigia una giubba della RAF, ne uscì una palla da ping pong che rimbalzò sul pavimento, e questo per qualche ragione lasciò Anna terribilmente sconvolta.

Allo stesso tempo, bisognava continuare ad occuparsi anche delle vecchie signore – ancor più di prima, se possibile, perché ora erano tutte gelose del nuovo interesse di Mrs Hammond – e c'era sempre la lana da mandare alle donne che la lavoravano. Così di colpo Anna si ritrovò a essere molto occupata. Non arrivava più in ritardo e a stento riusciva a trovare il tempo di pranzare. A volte, quando alle sei di sera finiva, si chiedeva se non era troppo stanca per andare a lezione di disegno, ma finiva sempre per andarci.

Nel frattempo, Mrs Hammond aveva informato tutti i generali, ammiragli e marescialli che conosceva del suo nuovo progetto per aiutare i militari, e così, meno di tre settimane dopo il suo inizio, arrivò il primo giovane soldato a fare rifornimento di vestiti. Era un luogotenente della marina, che aveva perso tutti i suoi averi quando la sua nave era stata affondata da un sommergibile tedesco, e Mrs Hammond e Mrs James fecero a gara per dargli qualunque cosa volesse.

Mrs Hammond era in fermento fin dall'inizio dell'impresa, e quindi nessuno si stupì di vederla mettere sottosopra l'intero magazzino per trovare dei pantaloni della lunghezza esatta o un berretto con il distintivo giusto. Ma, pensò Anna, era davvero sorprendente osservare il cambiamento di Mrs James. Per la prima volta i suoi occhi smisero di guardare nel vuoto, e mentre interrogava il ragazzo per sapere cosa gli servisse esattamente, sembrava che lui le stesse fornendo la medicina che le avrebbe salvato la vita. Sorrideva e gli parlava e fece anche una piccola battuta, poi Mrs Hammond lo portò con sé per fargli provare delle scarpe e allora lei ripiombò nel suo stato di inattività come un giocattolo a molla cui è finita la carica.

Dopo il giovane luogotenente arrivarono molti altri soldati, e un altrettanto nutrito rifornimento di vestiti appartenuti a uomini caduti in guerra. Anna a volte si chiedeva cosa si provasse a indossarli, ma sembrava che ai soldati interessasse l'aspetto puramente pratico. Da quando l'estate prima era stato introdotto il razionamento, era difficilissimo trovare vestiti di qualsiasi genere, quindi non aveva senso fare troppo gli schizzinosi.

I giovani soldati che arrivavano erano sempre molto allegri, e a volte, inebriati dal pensiero di tutti i soldi che avevano risparmiato, invitavano Anna fuori. La portavano al cinema e al teatro, e nei ristoranti del West End. Era divertente indossare i più eleganti abiti smessi di Judy e Jinny e farsi portare in quei posti importanti, facendo finta di essere la brava ragazza inglese che loro immaginavano. Alla fine della serata, di solito cercavano di baciarla, e anche quello era eccitante. Devo essere abbastanza attraente, allora, pensava Anna piuttosto meravigliata, ma in realtà non trovava nessuno di quei ragazzi particolarmente interessante, e comunque non usciva mai con loro le sere delle lezioni.

«Perché no?» le chiedeva la mamma. «È molto meglio che andare a quelle noiose lezioni serali!»

Anna scuoteva la testa. «È una terribile perdita di tempo» diceva, con il suo nuovo tono da donna matura che sa cosa è meglio per sé. «E, francamente, mamma, sono così giovani!»

«Ho sentito che stai facendo una gran vita mondana» disse Max. «Be', visto che la guerra a quanto pare durerà in eterno, tanto vale che te la spassi.»

Era di nuovo depresso, perché anche se era stato il migliore del suo corso ed era stato nominato Ufficiale Pilota, l'Aviazione aveva stabilito che non avrebbe pilotato né i bombardieri né i caccia.

«Solo per il mio passato» spiegava Max. «Pensano che se i tedeschi abbattessero il mio aereo e scoprissero la mia identità, non mi tratterebbero come gli altri prigionieri di guerra. E così mi tocca essere istruttore di volo.»

«Anche quello è importante» lo consolava il papà. Max, però, era troppo di cattivo umore per stare ad ascoltarlo.

«Non capisci» continuò. «Quasi tutti gli altri parteciperanno alle operazioni. È la solita storia: devo sempre avere qualcosa di diverso.»

A questo punto la mamma, che di solito assecondava sempre il desiderio di Max di essere uguale agli altri, sbottò.

«Per l'amor di Dio, non avrai mica intenzione di farti ammazzare?» gridò, e aggiunse, non proprio a proposito: «Come se non avessimo abbastanza preoccupazioni così!»

«Non serve che ti agiti» rispose Max. «Tanto non ho scelta.»

La mamma era diventata molto nervosa ultimamente, e qualche giorno dopo Anna scoprì perché. Era appena tornata dal lavoro, e poiché negli ultimi tempi non passava molte sere in casa, questa l'aveva programmata nei minimi dettagli. Prima avrebbe passato della vernice marrone comprata nell'intervallo del pranzo sulle spaccature che aveva scoperto nelle scarpe. Poi, se c'era l'acqua calda, si sarebbe lavata i capelli, e dopo cena avrebbe rammendato le due paia di calze che le restavano, così da averne per i giorni successivi.

Passando davanti alla stanza del papà, sentì delle voci ed entrò. La mamma era semisdraiata sul letto con il papà che le teneva la mano. Aveva gli occhi gonfi, la bocca all'ingiù, e la faccia bagnata di lacrime.

«Cos'è successo?» gridò Anna, ma il papà scosse la testa.

«Va tutto bene» rispose. «Niente di grave. La mamma ha perso il lavoro.»

La mamma immediatamente si sollevò e si mise a sedere.

«Che vuol dire, niente di grave?» gridò. «Come faremo a tirare avanti?»

«In qualche modo ce la caveremo» rispose il papà, e pian piano Anna scoprì cos'era successo. Non era tanto la mamma che era stata licenziata, quanto il lavoro che a un certo punto era finito.

«Io comunque lo odiavo» diceva la mamma tra le lacrime. «Doveva essere solo un tappabuchi dopo che Lord Parker è morto.»

Anna si ricordò di essere andata a trovare la mamma una volta, quando lei era ancora l'addetta alle pubbliche relazioni di Lady Parker. Era seduta in una graziosa camera dalle pareti imbiancate e con il caminetto acceso, e un lacché le aveva portato tè e biscotti, tornando poi con una tazza anche per Anna. La mamma non aveva mai granché da fare, salvo rispondere al telefono e occuparsi di mandare inviti, e la sera lei e Anna si meravigliavano sempre della vita che conduceva Lady Parker.

«Le sue calze costano una ghinea al paio» diceva la mamma. «E le puoi indossare solo una volta perché sono così delicate.»

Da quando Lord Parker era morto, la mamma

aveva lavorato in un seminterrato zeppo di scartoffie: pile e pile di documenti, talmente tanti che non le era mai passato per la testa che un giorno potesse finire di schedarli.

«Adesso cosa farò?» gridava. «Devo trovare assolutamente un altro lavoro!»

«Magari troverai qualcosa di più interessante» disse Anna.

La mamma si illuminò.

«Sì» disse. «Non dovrebbe essere così difficile, ora che così tanta gente è stata chiamata alle armi. E da quando tu ti mantieni da sola, sono riuscita anche a risparmiare qualche soldo, così avrò tutto il tempo di cercare qualcosa che faccia al caso mio.» Ma poi la disperazione ebbe di nuovo il sopravvento. «Dio!» gridò. «Sono stufa marcia di dover ricominciare sempre tutto daccapo!» Guardò il papà che le teneva ancora stretta la mano. «Sarebbe tutto così facile se la BBC ti chiedesse qualche altro testo da trasmettere in Germania.»

Il viso del papà si irrigidì. Non era più riuscito a vendere niente alla BBC dopo quel primo pezzo, e anche se ogni giorno si sedeva alla scrivania e scriveva, non portava a casa neanche un penny.

«Li chiamerò di nuovo» disse, ma sapevano tutti che non sarebbe servito a nulla.

Il fine settimana successivo la mamma era ragionevolmente allegra; il tempo era quasi estivo ed erano tutti seduti in giardino. Il Piccione aveva tagliato l'erba con un vecchissimo tosaerba che aveva trovato in un capanno, e le due signore ceche indossavano entrambe dei triangoli di carta bianca rigida sul naso, perché non si scottasse al sole.

La mamma era seduta su una sedia a sdraio con una pila di giornali accanto a sé. Leggeva tutti gli annunci di lavoro e preparava domande di colloquio per i posti che le sembravano adatti. Ogni volta che ne finiva una, diceva: «Secondo voi va bene?», mostrandolo ad Anna e al papà. Erano tutti annunci per posti di segretaria, e mentre Anna e il papà leggevano, lei li avvisava: «Ho sorvolato sul fatto che non so stenografare, perché penso che me la caverei...» Oppure, «lo so che vogliono solo persone di nazionalità inglese, ma magari una volta che mi conoscono...»

Sembrava così determinata, seduta al sole sulla sdraio, con gli occhi azzurri fissi sul giornale e la mano che impugnava con decisione la penna, che era facilissimo immaginarla mentre convinceva qualcuno a darle un lavoro.

E invece dovette aspettare fino al giovedì successivo per ricevere una sola risposta. Era un ufficio nella City, e l'ometto con cui la mamma avrebbe dovuto fare il colloquio, appena la vide, le disse che in realtà cercavano qualcuno più giovane –

una ragazzina, niente di più – rimandandola a casa più depressa che mai.

La mamma scrisse delle altre lettere e aspettò le risposte, ma non accadde nulla. Continuava a esserci bel tempo e a fare caldo, e così la mamma se ne andava in giardino, e lì scriveva altre lettere o leggeva i libri della biblioteca. In fondo, si diceva, una vacanza se l'era guadagnata.

Quando il tempo cambiò e in giardino cominciò a fare troppo freddo, la mamma fece ordine nel suo guardaroba. Andò fino a Putney High Street con il papà, per spendere lo scellino e i sei pence che avevano tenuto da parte per il pranzo, e mangiarono insieme nella stanza. La sera, la mamma giocava a bridge con il Piccione o con i Poznaski, e qualche volta con Miss Thwaites, una nuova arrivata. In realtà Miss Thwaites non giocava molto bene, ma poiché era inglese – non per metà inglese o naturalizzata inglese o sposata a un inglese, ma una vera, autentica inglese, nata, cresciuta e pasciuta in Inghilterra – era la persona più ricercata della casa. Era una zitella dall'aria avvizzita con i capelli grigi a forma di coppa per il pudding rovesciata, e lavorava nella banca del quartiere. Miss Thwaites accettava il rispetto che le accordavano i rifugiati come se le fosse dovuto.

Fu circa quattro settimane dopo aver perso il lavoro che la mamma cominciò a preoccuparsi seriamente. Calcolò che in tutto quel tempo solo in quattro avevano risposto alle sue lettere, e solo due l'avevano chiamata per un colloquio. Come se non bastasse, quando controllò i suoi risparmi, si accorse che, come sempre, diminuivano più in fretta di quanto si aspettasse. Cominciò a stare sempre intorno al telefono e a vagare per il soggiorno in attesa del postino. Quando Anna arrivava a casa la sera, le diceva a labbra strette: «Non ho ancora sentito nessuno», prima ancora che Anna avesse il tempo di chiederglielo, e di notte si girava e rigirava nel letto senza riuscire a dormire.

«Che cosa faremo?» gridò una domenica, mentre sedevano tutti e tre nella stanza del papà, dopo pranzo. Il papà aveva letto una poesia scritta il giorno prima. Era per sua sorella, che si trovava da qualche parte in Palestina, e nella poesia lui ricordava la loro infanzia in Slesia e si chiedeva se si sarebbero mai rivisti, o se, forse, si sarebbero incontrati direttamente in Paradiso. Se un posto del genere esisteva, pensava il papà, probabilmente assomigliava ai boschi e ai prati dove lui e la sorella erano cresciuti. Era una poesia bellissima.

Quando la mamma gli chiese cosa avrebbero fatto, lui la guardò pieno di affetto e di fiducia.

«Ti verrà in mente qualcosa, vedrai.»

La mamma, che finora aveva stretto nervosamente il giornale nella mano, lo lanciò sul pavimento.

«Ma io non voglio farmi venire in mente niente!» gridò. «Perché devo essere sempre io? Perché non puoi pensarci tu per una volta?»

Il papà, con il foglio della poesia ancora in una mano, sembrò soffermarsi seriamente su questa domanda, e per un attimo Anna pensò che avrebbe trovato la soluzione a tutto. Poi posò l'altra mano sulla spalla della mamma.

«Ma tu sei molto più brava di me» le disse.

A queste parole la mamma scoppiò in lacrime, e Anna disse: «Io posso darvi cinque scellini a settimana, e forse addirittura sette e sei pence.» La mamma ribatté: «Ma non sarebbe abbastanza!» Poi si soffiò il naso e disse: «Andrò a parlare con Louise.»

«Louise?» chiese il papà e fece una smorfia, ma poi si accorse dell'espressione sul viso della mamma e disse: «Bene, vada per Louise.»

La zia Louise diede volentieri alla mamma quindici sterline, per aiutarla a non intaccare i suoi risparmi.

«Mi dispiace non poterti dare di più» aggiunse, «ma non mi va di chiedere a Sam in questo momento.»

I soldi erano diventati un problema per il professore da quando la sorella, senza preavviso, era tornata a stare da lui insieme ai ragazzi. A ogni pasto, lui stava lì a guardare tutto il ben di dio che scompariva nelle fauci dei suoi numerosi parenti poveri.

«Si preoccupa per il futuro, si chiede che fine faremo tutti» spiegò la zia Louise.

Anna aveva insistito per contribuire con i suoi cinque scellini a settimana, e Max mandò un assegno di dieci sterline prese dal suo salario dell'Aviazione, così per un po' avrebbero potuto andare avanti senza troppi problemi. Ma la mamma continuava a essere terribilmente in ansia. Era difficile passare del tempo con lei, perché quando era lì seduta con le mani attorcigliate in grembo e gli occhi azzurri che guardavano nel vuoto, la sua ansia diventava quasi una presenza fisica, e nulla poteva alleviarla.

«Credi davvero?» gridava ad Anna quando lei le diceva che un qualche posto di lavoro sembrava adatto a lei e, cinque minuti dopo, aggiungeva: «Pensi davvero che potrebbero darmelo, quel lavoro?»

L'unica cosa che riusciva a distrarla era giocare a bridge la sera. In quel momento, tutti i suoi pensieri si concentravano sulle carte, e mentre litigava sul Culbertson, sul punteggio o su un grande slam pasticciato, sembrava che riuscisse a dimenticarsi di non avere un lavoro.

Di tanto in tanto Anna veniva costretta a partecipare – il papà non distingueva i bastoni dalle picche – ma solo se proprio non c'era nessun altro, perché si annoiava talmente che finiva per rovinare la partita a tutti: faceva un sacco di errori, si distraeva mettendosi a disegnare sulla tabella dove avrebbe dovuto segnare il punteggio. Alla fine lasciava il tavolo da gioco contenta che la partita fosse finita, e le era completamente indifferente se avesse vinto o perso. Le dispiaceva per la mamma e avrebbe voluto fare qualcosa per aiutarla, ma era anche dura condividere la piccola stanza con lei, per questo Anna si sentiva colpevolmente sollevata ogni volta che la mamma, con la scusa di giocare, restava fuori fino a tardi.

Una mattina, mentre Anna usciva per andare al lavoro, la mamma la fermò alla porta: «Miss Thwaites vuole giocare a bridge stasera» disse. «E anche il Piccione. Abbiamo bisogno di un quarto.»

«Io non posso» rispose Anna. «Ho lezione.»

La mamma aveva dormito male e anche quella mattina la posta non aveva portato buone notizie.

«Su, andiamo» disse. «Che importa se per una volta non ci vai.»

«Ma io voglio andarci» rispose Anna. «Non possono giocare i Poznanski?»

La mamma rispose di no, e Anna sentì che il nervosismo le stava montando dentro, come in un bollitore che sta per fischiare. Disse: «Ascolta, mamma, mi dispiace, ma davvero non vorrei mancare alla lezione di stasera. Sono certa che troverai qualcun altro che giochi con voi.»

E s'incamminò piano verso la porta. Ma prima che potesse raggiungerla, la mamma esplose.

«Possibile che non puoi fare una piccola cosa per me! Non ti chiedo molto! Voglio proprio vedere come la salti di corsa, la lezione, appena uno dei tuoi spasimanti ti invita a uscire!»

«Non è vero!» gridò Anna. Non aveva mai accettato inviti le sere che aveva lezione. Ma ormai la mamma aveva dato la stura alla sua rabbia.

«È l'unico piacere che mi resta nella vita» diceva. «L'unica cosa che mi distrae dall'ossessione di non avere soldi. E in questa famiglia nessuno si è mai preoccupato di come facciamo a sbarcare il lunario. Tu te ne vai tutta tranquilla ogni mattina a fare il tuo bravo lavoretto, il papà se ne sta seduto a scrivere poesie, e io resto qui con il peso di tutto, tutto, sulle mie spalle.»

«Mamma...» cominciò Anna, ma lei la interruppe.

«Chi è andato a chiedere soldi alla zia Louise?» gridò. «Ci sei andata tu? O il papà? No, come sempre me la sono dovuta vedere io. Secondo te mi sono divertita? E chi si è occupato del tuo corso per segretaria e ha trovato il modo di pagare la retta?

E chi ha fatto liberare Max dal campo di internamento? Non certo tu o il papà! Non pensi che forse, date le circostanze, potresti rinunciare a una serata per alleggerire un po' la mia vita?»

Anna guardò il viso arrossato e disperato della mamma, ed ebbe la strana, angosciante sensazione di esserne risucchiata. Fece qualche passo indietro, sentendosi impallidire e provando improvvisamente una sensazione di freddo.

«Mi dispiace, mamma» disse. «Devo andare alla lezione.»

La mamma le gettò uno sguardo terribile.

«In fondo» gridò Anna, «è solo una partita a bridge!»

«Tu invece, immagino, passerai la serata a disegnare un grande capolavoro, non è vero?» urlò la mamma.

Anna andò dritta verso la porta.

«Se anche fosse così» sentì se stessa urlare in risposta, «tu non sapresti nemmeno riconoscerlo!»

Poi si avviò di corsa, tremante, lungo il corridoio.

Per tutto il giorno, in ufficio, Anna continuò a tormentarsi pensando al litigio con la mamma. Voleva farle una telefonata, ma intorno al telefono c'era sempre qualcuno, e comunque non avrebbe saputo cosa dirle. Alle sei, non aveva ancora deciso se andare a casa o a lezione di disegno. Decise di lasciar scegliere al caso. Se fosse passato il tram prima che lei raggiungesse Victoria, l'avrebbe preso e sarebbe andata a casa; altrimenti no. Il tram arrivò quasi subito, ma Anna lo ignorò, e prese l'autobus per Holborn, arrivando giusto in tempo per l'inizio della lezione.

Perché mai non avrei dovuto venirci? si diceva. Dopotutto, non era nemmeno uscita così tanto ultimamente. Due dei ragazzi che vedeva più spesso erano stati mandati lontano da Londra, quindi la sua vita sociale si era molto ridotta. Ho fatto bene, continuava a ripetersi, ma questo non la aiutò: non riusciva a concentrarsi sul lavoro e il disegno le venne così male che accartocciò il foglio e lo buttò via. Alla fine della lezione non andò a bere il caffè con gli altri, ma si avviò subito verso la metropolitana. Se torno in fretta, pensava, potrei essere in tempo per una partita o due di bridge.

In treno, improvvisamente, si vide davanti l'immagine della mamma che piangeva sul letto dopo aver perso il lavoro. Come ho potuto? pensò, e fu sopraffatta dal senso di colpa e dalla compassione. Mentre camminava in fretta per strada, pensò alla mamma a Parigi, alla mamma che le comprava il suo primo paio di pantaloni, alla mamma che la portava a festeggiare il suo sedicesimo compleanno.

«Mamma!» gridò entrando nel soggiorno, e trovandola che giocava a bridge con Miss Thwaites contro il Piccione e Mrs Poznanski.

«Sei in anticipo» disse la mamma, e Miss Thwaites aggiunse: «Alla fine Mrs Poznanski non è più dovuta uscire.»

«Ma mamma...» mormorò Anna.

Poi le montò dentro la rabbia, girò sui tacchi e se andò in camera sua.

«Non potevo fare diversamente» disse più tardi al papà. «Io ho la mia vita e non posso cancellare i miei impegni per giocare a bridge ogni volta che lo vuole la mamma.»

«No, certo che no» rispose il papà. Aveva un'aria stanca, e Anna capì che anche per lui non doveva essere stata una giornata facile.

«È un momento molto difficile per la mamma» disse il papà dopo una pausa. «Vorrei tanto che potessimo vivere tutti in modo diverso. E vorrei poter dare una mano anch'io.»

C'era una pila di fogli coperti di una scrittura fitta sulla scrivania, e Anna chiese: «Cosa stai scrivendo?»

«Una specie di diario. Parla di noi. Ci sto lavorando da molto tempo.» Scosse la testa vedendo lo sguardo di speranza che si era acceso negli occhi di Anna. «No» disse, «non credo che ci sia un editore disposto a pubblicarlo.»

C'era ancora del pane avanzato dal pranzo, e poiché Anna non aveva nessuna voglia della cena ormai fredda, il papà le preparò un toast. Prese due fette di pane tenute insieme da una grossa clip per i fogli, e Anna lo guardò mentre la teneva sospesa sulla stufa a gas, fissata a un bastoncino preso dal giardino.

«È così difficile» disse, «dover condividere i propri spazi con qualcun altro.»

Il papà sembrò preoccupato. «Vorrei poter...»

«No» disse Anna, «lo so che tu hai bisogno della tua stanza per scrivere.»

Sul pianerottolo si sentì una porta che sbatteva e poi delle voci e dei passi sulle scale. La partita doveva essere finita.

Subito il papà disse: «Cerca di essere gentile con lei. Molto gentile. È tua madre e quello che dice in fondo è vero: la sua non è una vita facile.»

«Lo sarò, e lo sono sempre stata.»

Mentre lei si alzava lui aggiunse: «E dimentica quello che è successo oggi.»

Ma non era così facile, pensò Anna, e sospettava che non lo sarebbe stato neanche per la mamma. C'era una sorta di circospezione nel modo in cui quella sera si comportarono l'una con l'altra, una indifferenza che non c'era mai stata prima. Da un lato, Anna ne fu rattristata, ma una parte di sé, quella più insensibile e finora mai venuta allo scoperto, fu quasi contenta di questo cambiamento: voleva dire che finalmente avrebbe goduto di un po' più di privacy. E tutto questo solo perché sono voluta andare alla lezione, pensò Anna. Come diventa tutto più complicato quando c'è qualcosa a cui si tiene davvero, si disse.

La settimana dopo, al caffè, Anna chiese a John Cotmore: «Pensi che l'arte, se uno la prende sul serio, abbia un brutto effetto sui rapporti con la gente?»

Non aveva mai usato così tanti concetti astratti in una sola frase, e Anna notò che la bocca di Mr Cotmore si contrasse mentre la guardava. «Be'» rispose infine. «Probabilmente li rende più difficili.»

Anna fece cenno di sì con la testa, poi arrossì. Si era appena ricordata di quello che le aveva detto qualcuno degli studenti: che Mr Cotmore non andava molto d'accordo con sua moglie.

Capitolo 17

Quell'autunno, la National Gallery inaugurò una mostra di dipinti degli impressionisti francesi. Fu un grande evento, perché dall'inizio della guerra tutti quei capolavori erano rimasti nascosti per evitare che fossero danneggiati dalle bombe. Ma negli ultimi tempi c'erano stati pochissimi raid su Londra – la Lutwaffe era evidentemente troppo impegnata sul fronte russo – e quindi era stato deciso di esporli di nuovo al pubblico.

Anna non li aveva mai visti. C'era un libro sull'impressionismo nella biblioteca, ma le riproduzioni dei quadri erano solo in bianco e nero, ed era molto difficile farsene un'idea. Così, la prima domenica dopo l'apertura della mostra, Anna andò a dare un'occhiata.

Era un giorno limpido e freddo, e lei era felice perché era arrivato finalmente il fine settimana, perché quella settimana aveva fatto due bei disegni, e soprattutto perché la mamma alla fine aveva trovato un lavoro; non un gran lavoro, ma dopo tutta l'angoscia dei mesi precedenti le andava benissimo anche così. A Trafalgar Square i leoni di pietra gettavano lunghe ombre sul marciapiede, e intorno alla colonna di Nelson c'era più gente del solito, che passeggiava nell'aria pungente. Le fontane non funzionavano da quando era cominciata la guerra e mentre le costeggiava, Anna osservò un gruppetto di piccioni che si alzava in volo, e guardò le loro ali che diventavano più scure man mano che si allontanavano nel cielo luminoso. D'improvviso Anna si sentì invasa da un'ondata di gioia, come se stesse volando anche lei. Sta per succedere qualcosa di meraviglioso, pensò, ma cosa?

La National Gallery era piena di gente e Anna dovette faticare per salire la scalinata ed entrare in una delle sale principali. Anche questa era affollata, e Anna riusciva a vedere i quadri solo a pezzi, tra una testa e l'altra. Anche così, capì immediatamente che le sarebbero piaciuti moltissimo. Le ricordavano la piazza là fuori, scintillante di luce, una specie di gioiosa promessa.

I quadri erano esposti senza un ordine preciso, e passando da una sala all'altra Anna si stupiva che ce ne fossero così tanti. Non sapeva quale guardare per primo, perché per lei erano tutti egualmente sconosciuti; così osservava i paesaggi, le figure, gli interni di case dipinti sulle tele senza seguire un ordine, a seconda di come si muoveva la folla. Quando arrivò alla fine fece un altro giro, e questa volta alcuni dipinti attirarono la sua attenzione: un insieme di ninfee in uno stagno verde, una donna in un giardino, una ballerina dipinta in modo miracoloso che si allacciava la scarpetta.

Ma al terzo giro il suo gusto era già cambiato. Le ninfee che l'avevano incantata le sembravano meno straordinarie, e invece fu affascinata dalle bagnanti dipinte con tanti minuscoli puntini di colori brillanti. Continuò a osservare i quadri finché non vide più nulla, e allora si fece strada tra la folla per arrivare nell'ufficio accanto all'entrata principale, dove sperava di trovare delle riproduzioni da potersi guardare a casa, ma era quasi l'ora della chiusura e le cartoline erano finite tutte. Doveva essere rimasta imbambolata a guardare quei dipinti per quasi tre ore, pensò stupita.

Uscendo dal museo, sulla scalinata che scendeva verso Trafalgar Square immersa nella luce viola del tramonto, Anna si fermò un momento. All'improvviso, non ebbe alcuna voglia di pensare all'autobus, alla metropolitana, o alla cena che la aspettava a casa. Restò ferma a guardare la piazza su cui stava calando il crepuscolo, sentendosi come sospesa nell'aria.

Una voce dietro di lei disse: «Ciao» e voltandosi Anna si ritrovò faccia a faccia con John Cotmore che indossava il suo solito montgomery.

«Allora» disse, raggiungendola alla balaustrata, «cosa ne pensi degli impressionisti?»

«Mi sono piaciuti moltissimo.»

Lui sorrise. «È la prima volta che vedi i loro quadri?»

Anna disse di sì.

«Io la prima volta li ho visti vent'anni fa» disse lui. «A Parigi. Ero un ragazzo niente male, a quei tempi.»

Anna non sapeva cosa rispondere. Alla fine disse: «Io ci ho vissuto, a Parigi. Sono anche andata a scuola lì.»

«Che scuola? Di galateo?» chiese lui, e Anna si mise a ridere.

«No, l'*école communale*, le scuole elementari.»

All'improvviso, un mare di gente si riversò dal museo sulla scalinata, e loro si ritrovarono nel mezzo della fiumana.

«Sono una rifugiata tedesca» disse Anna, e immediatamente si chiese perché mai l'avesse detto. Lui sembrò interessato e non troppo sorpreso, e allora lei gli parlò di Max, della mamma e del papà, e della loro vita da quando avevano lasciato Berlino.

«Di solito non lo racconto a nessuno» concluse.

Questo invece lo sorprese.

«Perché no?» chiese.

«Be'...» Ad Anna sembrava ovvio. «La gente pensa che sia strano.»

Lui aggrottò la fronte. «Io non penso che sia strano.»

Forse non lo è, pensò Anna, mentre l'oscurità si chiudeva intorno a loro e i passi degli ultimi visitatori si allontanavano. Di colpo aveva cominciato a fare freddo, ma John Cotmore non sembrava aver fretta di andarsene.

«Non devi fingere di essere qualcosa che non sei» disse. «Il posto da dove vieni è parte di te esattamente come il tuo talento per il disegno.»

Lei sorrise, registrando solo la parola "talento".

«Quindi basta con la finzione.» Le prese un braccio. «Andiamo, ti accompagno alla metropolitana.»

S'incamminarono sullo stretto marciapiede di una stradina laterale, e quando raggiunsero Embankment Anna si sentì di nuovo invasa della felicità che aveva provato quel pomeriggio. Ma questa volta, invece di essere una sensazione vaga, la sua felicità era fatta delle immagini che aveva visto nei quadri del museo, e della passeggiata a braccetto con John Cotmore nella luce del crepuscolo, e di una immensa e misteriosa aspettativa.

Anna sentiva tutto questo con tale intensità da sorridere involontariamente, e John Cotmore le chiese: «Che c'è di così divertente?» con aria un po' contrariata.

Era da un po' che stava parlando, ma lei non lo

aveva quasi ascoltato. Diceva qualcosa sul fatto di vivere da soli, di non aver nessuno che ti faccia trovare un piatto caldo quando torni a casa. Allora sua moglie se n'era andata?

Anna si affrettò a dire qualcosa. «Mi... dispiace...» balbettò, «no, non c'è nulla di divertente, è solo che...» Esitò perché le sembrava una cosa terribilmente stupida da dire. «Oggi mi sento così terribilmente felice» disse infine.

«Oh» fece lui, annuendo. «Immagino che alla tua età... scusa, quanti anni hai, esattamente?»

«Diciotto.»

«Davvero?» disse lui, e lei ne fu imbarazzata. «Sembri molto più piccola.»

Erano arrivati alla stazione della metropolitana; rimasero un momento lì, l'uno vicino all'altra, prima che lei comprasse il biglietto. Poi, quando Anna entrò nell'ascensore, lui le gridò: «Ci vediamo martedì!»

«A martedì!» rispose lei, e di nuovo la felicità la inondò, senza più abbandonarla fino a Putney.

Il bel tempo durò ancora alcuni giorni, e così la felicità di Anna. Sentiva con una consapevolezza intensa, quasi dolorosa, tutto ciò che aveva intorno a sé: i suoni, le forme, i colori, e provava l'impulso di disegnare qualunque cosa le capitasse di vedere. Disegnava in metropolitana e nell'intervallo del pranzo, e a casa, la sera. Riempiva un blocco dopo l'altro di persone sedute o che si reggevano alle maniglie del treno, che mangiavano o parlavano, e quando non poteva disegnare, immaginava di farlo.

Tutto del mondo la interessava. Si sentiva come si fosse appena risvegliata dopo un sonno durato anni. Al mattino, quando prendeva l'autobus da Putney Hill verso la stazione della metropolitana, restava sulla piattaforma esterna, in modo da non perdersi nemmeno un attimo del panorama mentre attraversavano il fiume nella luce del mattino. Guardava per ore le immagini di un libro sugli impressionisti che le aveva prestato John Cotmore, e alcune riproduzioni le piacevano così tanto che era quasi come se le toccasse con gli occhi. Quando nel soggiorno della casa di Putney sentiva della musica alla radio, le sembrava bella in modo quasi insopportabile, e quando in ufficio guardava gli abiti degli uomini caduti al fronte, provava un'altrettanto insopportabile tristezza (ma anche quella, in qualche modo, le risultava piacevole). Ora faceva anche parte del servizio antincendi, il che voleva dire uscire di notte non appena suonava l'allarme antiraid, e una volta fuori starsene fermi, al buio, in piedi. Ma Anna non si stancava mai di ammirare i contorni indistinti del paesaggio suburbano illuminato solo dalle stelle.

Una notte era in servizio con Mr Cuddeford, che era il responsabile del suo gruppo. Erano cadute alcune bombe, ma piuttosto lontano, e c'era qualche piccolo incendio in Putney Heath dovuto al fuoco antiaereo. Nessuna bomba incendiaria, che era ciò su cui dovevano vigilare Anna e Mr Cuddeford. Faceva molto freddo e per il cessato pericolo c'era ancora un bel po' da aspettare, così Mr Cuddeford cominciò a raccontare ad Anna le sue esperienze durante la Prima guerra mondiale.

Era stato in trincea, dove si pativano sofferenze indicibili; in particolare Mr Cuddeford aveva avuto problemi con le gambe. Alcuni erano stati feriti, ad altri erano venuti i piedi da trincea: Mr Cuddeford, invece, aveva le vene varicose. Nel caso Anna non sapesse cos'erano, lui glielo spiegò, dicendole esattamente cosa si provava ad averle e cosa ne aveva detto il dottore.

Come tutto in quelle ultime settimane, Anna si vide davanti le vene varicose di Mr Cuddeford con straordinaria vividezza, e infatti man mano che lui proseguiva con la descrizione, cominciò a sentirsi leggermente disgustata. Che stupida sono, pensò, ma la sensazione di disgusto si fece sempre più forte, finché, quando Mr Cuddeford disse: «E il dottore decise: "Tagliamo"», Anna fu sopraffatta da una soffocante ondata di nausea.

Mormorò: «Scusi, ma non mi sento troppo bene» e poi, con sua sorpresa, il cielo si spostò di lato e la terra le si fece incontro, finché Anna non si ritrovò sdraiata in mezzo alle foglie bagnate con Mr Cuddeford che soffiava nel fischietto.

«Va tutto bene» mormorò Anna, ma lui le disse di restare distesa e quasi subito lei vide gli stivali di un altro addetto al controllo incendi che si avvicinavano.

«È svenuta» disse Mr Cuddeford con una certa soddisfazione. «Penso che sia per il freddo.»

«No, in realtà...» fece Anna, ma i due la stavano già sollevando su una barella.

«Oh-issa!» disse Mr Cuddeford, sistemandola sulla barella, e poi cominciarono a trasportarla nell'oscurità. Sopra di lei scorrevano alberi e nuvole, e per un po' Anna stette a guardarli ammirata; ma man mano che si avvicinavano a casa, cominciò a immaginare l'effetto che il suo arrivo in quelle condizioni avrebbe avuto sui genitori.

«Davvero» disse, «ce la faccio a camminare.»

Ma erano mesi che i due uomini non avevano occasione di fare un po' gli eroi, e non c'era modo di fermarli. Varcarono la porta d'ingresso della casa e la mamma, che doveva averla vista dalla finestra al piano di sopra, si precipitò, ancora in camicia da notte, giù per le scale.

«Anna!» gridò così forte che le porte di diverse stanze si aprirono, e dietro di lei apparve il

Piccione, seguito dalle due signore ceche e dai Poznanski.

«Dove lei ferita?» gridò Piccione.

«Sì, dove?» gli fece eco con un urlo la mamma, al che il signor Poznanski, che con sorpresa di tutti indossava una retina per capelli, gridò dalla cima delle scale: «Io chiamo dottore!»

«No!» gridò Anna, e a quel punto, finalmente, Mr Cuddeford la lasciò scendere dalla barella, così poté mostrare a tutti che stava bene.

«Sono state solo le vene varicose di Mr Cuddeford» spiegò quando i suoi salvatori ebbero tolto il disturbo, e a lei stessa sembrò del tutto ridicolo.

Quando le fu passato lo spavento, anche la mamma convenne che l'intera vicenda era piuttosto buffa, ma commentò: «Un tempo non ti lasciavi impressionare così facilmente.»

Era vero, pensò Anna, e si meravigliò di quanto fosse cambiata.

Le lezioni serali erano ormai diventate il centro della vita di Anna. Ormai ci andava tre volte a settimana, e John Cotmore non solo la aiutava con i disegni in classe, ma aveva cominciato a interessarsi anche agli schizzi che Anna disegnava nel tempo libero.

«Questi sono davvero notevoli» le disse una

volta, commentando una serie di disegni di operai che rimuovevano le macerie dopo un bombardamento, e lei si sentì come se d'improvviso le fossero spuntate le ali.

Era strano, ma anche eccitante, essere così assorbiti da qualcosa di cui i suoi genitori sapevano così poco. Nessuno di loro aveva mai nutrito il minimo interesse per il disegno. Una volta, al bar, mentre John Cotmore parlava, Anna d'un tratto capì finalmente il senso della pittura astratta, che a casa era sempre stata oggetto di battute, e la gioia della scoperta fu oscurata per un momento da qualcosa di simile al rimorso.

Come mi sto allontanando da loro, pensò, e la mamma doveva essersene accorta, perché anche se elogiava sempre i disegni di Anna cominciava a essere innervosita dalla frequenza delle lezioni serali.

"Tu e il tuo corso di disegno" diceva alla figlia. "Mica succede qualcosa se per una volta non ci vai!" E le chiedeva che razza di persone incontrasse lì e cosa mai avessero da dirsi tutto il tempo.

A volte Anna cercava di spiegarlo alla mamma, e lei ascoltava, con gli occhi azzurri che brillavano per la concentrazione, mentre la figlia le esponeva i suoi pensieri sul disegno.

"Oh, sì, capisco, è semplice" diceva la mamma alla fine, e ripeteva tutto per far vedere che aveva capito.

Ma Anna aveva sempre la sensazione che alla mamma sfuggisse qualcosa di fondamentale, ed era convinta che non solo non avesse affatto capito, ma che le sue teorie sul disegno in qualche modo uscissero impoverite dall'esposizione che ne faceva lei.

Parlare con il papà le dava più soddisfazione. C'era una difficoltà iniziale da superare: Anna non conosceva le parole tedesche per esprimere alcuni concetti, e il papà non le conosceva in inglese. Così Anna parlava un po' una lingua e un po' l'altra, e ogni tanto, per non farsi mancare proprio nulla, infilava nel discorso anche un po' di francese, finché non riusciva a farsi capire dal papà. E lui capiva tutto perfettamente, anche se qualche volta Anna aveva la sensazione che fosse più che altro per telepatia.

«È interessante che tu mi dica questo» diceva il papà, e faceva dei paragoni con la scrittura, o le chiedeva cosa ne pensasse di un pittore di cui lei non aveva parlato.

Sia lui che la mamma erano molto curiosi di John Cotmore e degli studenti del corso, con cui Anna passava così tanto tempo.

«Che tipo di persone sono?» le chiedeva il papà.

«E da quali famiglie provengono?» domandava la mamma.

«Da famiglie di ogni genere, penso» rispondeva

Anna. «Alcuni hanno un accento cockney. Mi sa che Harry viene da una famiglia importante. Il motivo per cui mi sono simpatici è che tutti hanno la passione del disegno.»

«E questo John Cotmore, quanti anni ha?» chiedeva la mamma.

(Perché doveva sempre chiamarlo "questo" John Cotmore?)

«Non saprei» rispondeva Anna. «È abbastanza vecchio, intorno ai quaranta, penso.» E poi aggiungeva, ipocrita: «È un peccato che tu non possa conoscerli», sapendo benissimo che c'erano ben poche possibilità che la mamma potesse incontrarli.

Invece Max propose di raggiungerla al bar dopo la lezione, una volta che era in permesso ed era venuto a trovarli. Anna immaginò che fosse un'idea della mamma, ma non le dispiacque: le faceva piacere che suo fratello venisse.

All'inizio fu un po' imbarazzante. Max se ne stava seduto tra le tazze di caffè sbrecciate, con il suo sorriso aperto e l'uniforme che gli dava l'aria di un manifesto di propaganda della RAF, mentre il giovanotto pallido e Harry discutevano dell'influenza del Cubismo sull'arte successiva, e le ragazze fissavano Max con aria ammirata ma senza dire una parola. Ma poi arrivò Barbara. Era una nuova studentessa, una ragazza alta e bionda intorno ai trent'anni con un viso sereno e gradevole.

Si sedette accanto a Max e cominciò a fargli un sacco di domande intelligenti sull'Aviazione, cosa che a lui fece molto piacere. Poi disse: «In classe pensiamo tutti che Anna abbia un grande futuro.» Un'esagerazione, che nondimeno fece arrossire di piacere Anna.

«Non è vero, John?» chiese Barbara al professore, e senza aspettare la risposta aggiunse, rivolta a Max: «John pensa che abbia davvero talento da vendere.»

Il professore annuì e Anna, seduta tra lui e Barbara, si sentì compiaciuta ma anche un po' ridicola, come le capitava quando la mamma andava a parlare con gli insegnanti a fine semestre.

Max doveva sentirsi più o meno allo stesso modo, perché assunse un'aria compresa mentre intorno a lui parlavano di "corso di arte a tempo pieno" e "aiuti dall'amministrazione comunale", e ritornò a essere se stesso solo quando il giovanotto pallido gli chiese se non fosse pericoloso volare e Barbara gli porse delle patatine fritte.

«Sono simpatici i tuoi amici» disse più tardi ad Anna. «Specialmente quella Barbara. E Cotmore, a quanto pare, pensa che tu sia molto brava.»

Erano sulla scala mobile che scendeva verso la metropolitana, e ascoltando le parole del fratello Anna si sentì raggiante.

«Sanno da dove vieni?» le chiese poi Max.

Harry, a un certo punto, aveva fatto un fugace accenno alla Germania.

«Sì... cioè, prima l'ho detto a John Cotmore» rispose Anna, con un tono un po' ansioso, «e lui mi ha detto che non bisogna mai fingere di essere quello che non si è. Ha detto che le persone che valgono qualcosa mi avrebbero accettato lo stesso, e per questo non c'era bisogno di mentire.»

«È davvero forte, John Cotmore» commentò Max.

«Sì, non è vero?» gridò Anna tutta eccitata. «Non è vero?»

Max si mise a ridere. «Vuoi che rassicuri la mamma su di lui, vero? Non preoccuparti, dirò esattamente quello che lei vuole sentire.»

Ora stavano scendendo i gradini che portavano direttamente alla banchina del treno. Anna lo prese sotto braccio. «Ti piace davvero?» chiese.

«Sì» rispose Max. «Davvero.» Poi aggiunse: «È divorziato o qualcosa del genere, vero?»

Capitolo 18

In primavera ricominciarono le incursioni aeree. La gente le chiamava "mordi e fuggi" perché gli aerei arrivavano bassi, lanciavano le bombe, e ripartivano immediatamente, a tutta velocità. Raid di questo tipo non facevano troppi danni, ma erano molto snervanti. Anna doveva presentarsi al servizio antincendio ogni volta che suonava l'allarme. Aveva ancora i geloni dall'inverno precedente, e per lei era una vera e propria tortura dover infilare i piedi gonfi per il calore del letto, che le prudevano da morire, nelle scarpe troppo strette.

Una volta, mentre erano in servizio, Mr Cuddeford le disse: «Ho sentito dire che sei un'artista.»

Quando Anna rispose di sì, Mr Cuddeford sembrò soddisfatto della risposta, e, come se fosse la cosa più ovvia da dire, ribatté che una sua zia li aveva appena lasciati. Non era chiaro in che modo questa notizia potesse riguardare Anna, ma poi venne fuori che anche la zia era stata un'artista – un'artista convinta, puntualizzò Mr Cuddeford – e che aveva lasciato parecchi attrezzi per dipingere di cui nessuno in famiglia sapeva che farsene.

«Se c'è qualcosa che ti può servire, vieni pure a prenderla» le offrì Mr Cuddeford, e il fine settimana successivo Anna andò a dare un'occhiata. Era quasi tutto di epoca vittoriana, perché la zia era vissuta fino a novantatré anni e aveva dipinto fin da ragazzina. C'erano due cavalletti, diverse tavolozze e un mucchio di tele, e tutto era di ottima qualità. Anna era estasiata. Da qualche tempo John Cotmore continuava a suggerirle di provare con la pittura a olio, e lì c'era quasi tutto quel che poteva servirle allo scopo.

«Prenderei tutto quanto, se posso.»

Mr Cuddeford era solo contento di sbarazzarsi di quelle carabattole e le prestò perfino una carriola per portarsele a casa.

Il problema era dove metterle. La camera di Anna e della mamma era decisamente troppo piccola. Anna suggerì di usare il garage, che era un edificio separato, dove stavano ammucchiati un sacco di attrezzi e cianfrusaglie varie e anche un tosaerba.

«Ma non puoi trascinare il cavalletto in casa ogni volta che ti serve» obiettò la mamma, «e in ogni caso, dove lo sistemeresti? Non puoi certo metterti a dipingere coi colori a olio nella sala comune.»

Poi Frau Gruber ebbe un'idea. Sopra il garage c'era una stanzetta vuota, dove ai tempi del maragià alloggiava l'autista. Era piena di polvere e senza riscaldamento, ma era completamente vuota e aveva perfino un lavandino con l'acqua corrente.

«Non la usa nessuno» le disse Frau Gruber. «Potresti usarla come studio.»

Anna ne fu felicissima. Vi sistemò l'attrezzatura, spolverandola senza convinzione, perché la polvere non le dava fastidio. Quando tutto fu pronto, si guardò intorno: ora le serviva solo qualcosa per fare un po' di calore, e naturalmente pittura e pennelli. Comprò una stufa a paraffina di seconda mano, con cui esaurì tutti i suoi risparmi. Era difficile mettere da parte qualcosa, in quel periodo, perché i prezzi salivano mentre la sua paga restava uguale.

«Max» disse Anna la prima volta che il fratello venne a trovarla, «potresti prestarmi otto scellini e nove pence?»

«Per farci cosa?» chiese lui. Anna glielo spiegò, e lui tirò fuori una banconota da dieci scellini e gliela porse.

«È un regalo» disse, «non un prestito.» E quando lei lo ringraziò lui sospirò e disse: «Ho sempre desiderato fare il mecenate.»

Erano seduti a un tavolo nel caffè della stazione di Paddington, in attesa del treno che avrebbe riportato Max alla sua base RAF. In quel periodo il ragazzo faceva molte puntate a Londra, spesso riservando alla famiglia solo visite brevissime, sempre con l'aria di qualcuno che ha altro per la testa. Anna lo guardava mentre sbriciolava nervosamente nel piatto qualcosa di un giallo acceso che lì dentro chiamavano focaccia.

«Va tutto bene?» gli chiese. «Come mai torni così spesso a Londra? C'è qualcosa che ti frulla per la testa?»

«Certo che no» rispose lui in fretta. «Vengo per vedere te, Sally, Prue, Clarissa, Peggy...»

Max aveva un mucchio di amiche, ma Anna sapeva che non erano loro il motivo di quelle visite così frequenti.

«E va bene» capitolò infine il fratello. «Ma non dirlo a nessuno: sto cercando di passare all'operativo.»

«Stai dicendo che vuoi volare nelle operazioni militari?»

Max annuì. «Finora ho fatto solo qualche colloquio, senza ottenere nulla. Per questo non ne ho parlato con nessuno.»

«Ma non è una cosa molto pericolosa?»

Max alzò le spalle. «Non più di quello che sto facendo adesso.»

«Ma Max!» gridò Anna. Le sembrava una follia.

«Ascolta» disse. «Ne ho abbastanza di fare l'istruttore di volo. Lo trovo noioso, e io quando mi annoio divento distratto. L'altra notte...» s'interruppe.

«L'altra notte cosa?» chiese Anna, agitata.

«Be', diciamo che mi sono quasi ammazzato. E ho rischiato di ammazzare il mio allievo.» All'improvviso si accorse della focaccia che aveva tra le mani e la lasciò cadere sul piatto, disgustato.

«È stato per un errore stupido, uno sbaglio di rotta. Ero convinto di essere quasi sopra Manchester e invece... Be', c'è mancato poco che andassi a finire contro una montagna in Galles.»

«Oddio! E come hai fatto a evitarla?»

Lui sorrise. «Ho virato a sinistra» disse. «Molto, molto in fretta.»

Vedendo la faccia di Anna, aggiunse: «Non preoccuparti, da allora sto attentissimo. Ma mi raccomando, non dire nulla alla mamma.»

Il giorno dopo, nell'intervallo del pranzo, Anna comprò i pennelli e la pittura. La sera, al corso, chiese a John Cotmore qualche consiglio. Lui le spiegò come sistemare i colori sulla tavolozza, come diluirli se necessario, e come pulire i pennelli. Quando arrivò il fine settimana, Anna si sentiva ormai pronta a cominciare.

Poiché il suo primo dipinto non sarebbe stato un granché (anche se non si poteva mai dire), Anna aveva deciso che non avrebbe sprecato una delle tele bianche. Cotmore le aveva detto che si poteva dipingere anche sopra una tela usata, e così lei ne scelse una non troppo grande. Doveva essere stata una delle ultime fatiche della zia di Mr Cuddeford, pensò, perché era rimasta incompleta. Vi era dipinto un cervo dall'aria spaventata che faceva capolino da un cespuglio, ed era evidente che, nelle intenzioni della pittrice, dovessero comparirne altri sullo sfondo, ma la zia doveva essersi scoraggiata, o forse l'età che avanzava le aveva impedito di portare a termine il progetto. In ogni caso, quella parte era appena abbozzata.

Anna prese un carboncino e, incurante dello sguardo di rimprovero del cervo, cominciò a tracciarvi i contorni della scena che aveva in mente. Voleva dipingere un gruppo di persone che cercavano rifugio dalle bombe. Da quando i raid erano ricominciati, la gente era tornata a rifugiarsi nelle stazioni della metropolitana con fagotti e coperte, e il dipinto avrebbe dovuto mostrare non solo il loro aspetto, ma anche il loro stato d'animo. Doveva essere cupo e commovente. Anna tracciò in fretta le sagome di tre donne – due sedute e una distesa sopra un giaciglio sulla banchina – che occupavano quasi tutto lo spazio. Poi dispose i colori sulla tavolozza e a quel punto si fermò.

Per diluire i colori bisognava usare la trementina o l'olio di semi di lino? Anna era quasi sicura che John Cotmore avesse parlato di trementina, ma d'improvviso pensò che sarebbe stato bello fare una chiacchierata con lui prima di cominciare. Uscì, corse a un telefono pubblico, cercò il suo numero nell'elenco, lo compose e si sentì quasi soffocare per il nervosismo quando sentì la sua voce dall'altro capo del filo.

«Pronto?» disse. Dalla voce sembrava mezzo addormentato.

«Sono Anna» rispose lei, e di colpo lui sembrò sveglissimo.

«Oh, ciao» disse. «Cosa posso fare per te?»

«Sto per dipingere il mio primo quadro» cominciò Anna. Le mancava un po' il fiato, così aggiunse in fretta: «È la trementina o l'olio di lino che devo usare per i colori?»

«La trementina. L'olio di lino li renderebbe collosi.»

Ci fu una pausa, poi lui aggiunse. «È tutto qui quello che dovevi dirmi?»

«Sì» fece lei, ma per far durare ancora la conversazione aggiunse: «Mi sembrava di ricordare che avessi detto trementina, ma non ne ero sicura.»

«Oh, invece sì, proprio trementina.»

Ci fu un'altra pausa, poi lui disse: «Be', è bello sentire la tua voce.»

«Anche la tua» disse lei, con tutto il coraggio che riuscì a racimolare.

«Davvero?» rise lui. «Be', buona fortuna con il quadro, allora.»

A quel punto ad Anna non venne in mente nient'altro da dire, e non le restò che mettere giù la cornetta.

S'incamminò verso casa, e le ci volle un bel po' prima di tornare in sé ed essere in grado di lavorare.

Anna trascorse la maggior parte della giornata a coprire il cervo. Non poteva rendersi conto di come stava venendo il suo quadro finché c'era quella testa che la guardava dal centro della tela, e nella fretta di sbarazzarsene finì per dipingervi sopra le sue sagome alla bell'e meglio. Il mattino seguente si dedicò a migliorarle, ma già nel pomeriggio cominciò ad avere qualche dubbio. Ormai aveva dipinto tutto tranne il giaciglio – che non era un soggetto molto interessante – ma l'insieme non la convinceva ancora. Decise di fermarsi lì e ripensarci il fine settimana successivo, a mente fresca.

«Come va con il quadro?» le chiese John Cotmore a lezione. Era la prima volta che si avvicinava a lei in aula di propria iniziativa.

«Non saprei» rispose Anna.

Il sabato dopo, quando rivide il quadro, Anna ne fu sconvolta. Adesso che la pittura si era asciugata, non solo i colori le sembrarono orrendi, ma l'immagine risultava completamente piatta. E poi, per chissà quale reazione chimica, un occhio del cervo era ricomparso sulla tela, e brillava debolmente attraverso la faccia di uno dei rifugiati.

Be', adesso almeno so cosa c'è che non va, pensò Anna. Il quadro mancava completamente di luce. Coprì di nuovo l'occhio del cervo e passò il resto del fine settimana a ravvivare i colori e aggiungere pennellate di luce in punti diversi. Era difficile perché, come comprese pian piano, non le era chiaro da dove dovesse arrivare la luce. Alla fine, il quadro era un po' diverso, ma non molto migliore di prima – la luce lo illuminava a macchie invece di mancare del tutto – e Anna si sentì molto depressa.

«Il quadro mi sta facendo impazzire» confidò a John Cotmore. «Posso fartelo vedere una volta?»

«Certo» rispose lui. E aggiunse come per caso: «Non si può parlare in pace qui. Perché non me lo porti a casa? Vieni a prendere un tè da me sabato.»

Di colpo Anna piombò nella confusione più totale.

Le ragazze non vanno da sole a casa degli uomini... o sì? D'altro canto, perché no? Lo guardò: era seduto con disinvoltura su uno sgabello, e aveva un'aria molto tranquilla, come se le avesse appena proposto la cosa più normale del mondo.

«Va bene» rispose Anna, con una curiosa sensazione di eccitazione, e lui le scrisse l'indirizzo su un pezzo di carta. Poi aggiunse il numero di telefono: «Nel caso cambiassi idea.»

Nel caso cambiasse idea? Allora la sua non era una proposta così normale? Oh, pensò Anna, come vorrei essere nel mio Paese, dove la mamma saprebbe dirmi cosa è giusto fare e cosa non lo è.

Passò il resto della settimana in preda all'inquietudine. Pensò di chiedere consiglio alla mamma, poi di telefonare all'ultimo momento e cancellare l'appuntamento, e intanto, dentro di sé, sentiva con un'eccitazione via via più intensa che alla fine ci sarebbe andata, che non avrebbe detto nulla alla mamma, e che mentre una parte del suo cervello era impegnata a fabbricare una scusa plausibile da dire a John Cotmore, l'altra parte stava già decidendo cosa indossare per l'occasione. Quando arrivò il sabato, successe quello che lei aveva sempre saputo: Anna disse alla mamma che doveva vedersi con una sua compagna del corso di disegno, e uscì.

John Cotmore abitava in una tranquilla stradina di Hampstead. Era il primo giorno caldo dell'anno e uscendo dalla stazione della metropolitana Anna vide alberi fioriti, persone che lavoravano in giardino e finestre aperte dappertutto. Era in anticipo ed ebbe il tempo di fare un giro nella zona prima di presentarsi alla porta del suo professore. Un cartello sopra il campanello diceva GUASTO e dopo un momento Anna bussò sulla porta col batacchio. Non successe nulla e lei fu presa dal panico al pensiero che John Cotmore si fosse dimenticato del loro appuntamento e fosse uscito, ma poi tirò un sospiro di sollievo e si lasciò invadere da un panico di tutt'altro genere quando la porta si aprì e lui comparve sulla soglia.

«Ciao» la salutò. Indossava un maglione blu che Anna non gli aveva mai visto, e aveva in mano un cucchiaio.

«Il tè è quasi pronto» disse.

Lei gli indicò il quadro avvolto in carta marrone, come se fosse il suo lasciapassare, e poi lo seguì all'interno.

La casa era luminosa e poco arredata, e granelli di polvere volteggiavano nella luce del grande soggiorno in disordine.

«Siediti» disse, e lei si accomodò su una sedia, appoggiando il quadro accanto a sé sul pavimento.

Dalla porta in fondo alla stanza Anna poteva vedere il suo studio, e dappertutto c'erano pile di schizzi e disegni.

«Sto lavorando a un'altra mostra» disse lui. «Questi sono alcuni dei più recenti.»

«Oh» fece Anna, e si alzò per guardarli meglio.

Si trattava soprattutto di figure umane, ma c'erano anche alcuni paesaggi disegnati ad acquerello, con la tipica precisione del suo tratto. Era un po' imbarazzante stare a guardarli in sua presenza, ma poiché le piacevano molto, Anna trovò diverse cose intelligenti da dire. Un acquerello in particolare, alcuni alberi sotto un vastissimo cielo, trasmetteva una tale sensazione di primavera e foglie bagnate di rugiada che Anna dimenticò i suoi commenti studiati e si lasciò andare, gridando: «È incantevole!»

Alle sue spalle, lui osservava l'acquerello con aria dubbiosa.

«Pensi che debba includerlo nella mostra?»

«Oh, sì» rispose Anna, «assolutamente. È bellissimo.»

Era in piedi, molto vicino a lei, e per un attimo Anna sentì la sua mano sfiorarle un braccio.

«Sei molto gentile» disse. Poi aggiunse: «Devo accendere il bollitore» e sparì in cucina, lasciandola sola e leggermente intontita.

Lo sentiva armeggiare – doveva avere dell'altro da fare oltre che mettere su l'acqua per il tè – e dopo un po' Anna prese a guardare un'altra pila di disegni lasciati sul divano. Erano quasi tutti bozzetti o disegni incompleti, ma ce n'era uno diverso da tutti gli altri. Raffigurava un uomo intento a lavorare a un macchinario. L'uomo era forte e robusto, e il macchinario disegnato nei minimi particolari, fino alla più piccola delle viti, con un attento gioco di sfumature. Anna lo osservava sorpresa, quando udì la voce di lui dietro di sé.

«Non è mio» disse. «È di mia moglie.»

Sembrava contrariato, e Anna lasciò immediatamente andare il foglio, come se fosse incandescente.

«In effetti mi chiedevo come mai fosse così diverso dagli altri» disse in fretta, e con suo grande sollievo lui sorrise.

«Sì. È pazzesco, con tutti quei dadi e bulloni...»

Mise via il disegno e vi posò sopra gli altri. «È molto preciso, lei è sempre stata interessata al sociale nell'arte, mentre io...» e indicò i suoi disegni. Anna fece di sì con la testa, per mostrargli che capiva. Doveva essere difficile per un uomo sensibile come lui stare insieme a una persona così interessata a dadi e bulloni.

«Stiamo meglio da quando ci siamo separati» continuò John Cotmore. «Ognuno può andare per la sua strada: un accordo piuttosto amichevole.»

Anna non sapeva cosa dire e lui aggiunse. «Alla tua età, probabilmente non puoi capirlo, ma la gente fa degli errori e i matrimoni finiscono. È inutile dare la colpa a qualcuno.»

Lei annuì di nuovo, colpita dalla sua generosità.

«Be'» decise lui, «è il momento di bere il tè.»

La cucina era ancor più in disordine del soggiorno, ma lui aveva fatto un po' di spazio per il vassoio tra le pentole, i barattoli e i piatti sporchi. Anna lo aiutò a portarlo nell'altra stanza, improvvisamente meno luminosa, perché il sole era sparito dietro l'angolo. Lui accese la stufa a gas e vi trascinò accanto due sedie. Anna lo guardò mentre versava il tè in due tazze di servizi diversi e poi sedettero insieme nella luce fievole del fuoco.

«Ho lavorato senza sosta in questo periodo» disse, e le parlò dei suoi disegni, del suo corniciaio, della difficoltà di trovare la carta giusta in tempo di guerra.

Pian piano la stanza si riscaldò. Anna notò che le maniche del suo maglione formavano delle piccole pieghe sui gomiti, e le dita robuste avvolgevano la tazza con una presa salda. Si sentì felice. La voce di John Cotmore era un piacevole sottofondo, e lei aveva da tempo smesso di ascoltare le sue parole quando tutt'a un tratto lui si fermò.

«Come?» fece lei, colta di sorpresa. Il suo insegnante doveva averle fatto una domanda.

«Il tuo quadro?»

«Il quadro!» esclamò Anna, e balzò in piedi per andare a prenderlo, sentendosi vagamente in colpa.

«È orribile, lo so. Ma ho pensato che tu forse potevi darmi un consiglio.»

Lui guardò in silenzio la tela. Poi indicò una forma sfumata al centro e chiese: «Che cos'è quello?»

«Un cervo.»

«Un cervo?» chiese lui, stupito.

Improvvisamente, Anna si sentì piena di rabbia e di vergogna per aver rovinato quel magnifico pomeriggio mostrando a John Cotmore il suo quadro.

«Sì» gridò. «Un grosso, maledetto cervo che era già dipinto sulla tela, e che continua a venir fuori, e non so proprio come si possano usare questi colori impossibili, e anzi secondo me la cosa migliore è che io smetta di dipingere!»

Lo guardava minacciosa, facendogli capire che non era il caso che ridesse, e lui le cinse le spalle con un braccio.

«Andiamo» disse, «non è così terribile. Non c'è niente di irreparabile in quello che hai fatto. È solo che hai ancora molto da imparare.»

Lei non disse nulla.

John Cotmore appoggiò il quadro su una sedia, ma lasciò il braccio dov'era.

«Ascolta» disse, «mi hanno chiesto di insegnare una sera in più. Pensavo che potrei usarla per delle lezioni di pittura, invece che di disegno. Che ne pensi?»

Per un attimo a lei venne in mente che se ci fossero state lezioni di pittura, non avrebbe più potuto venire a casa sua a mostrargli i suoi quadri, ma scacciò subito il pensiero.

«Sarebbe meraviglioso» disse piano.

Il viso di lui era vicinissimo a quello di Anna.

«Volevo solo sapere cosa ne pensavi» le mormorò.

E poi successe quello che lei aveva sempre saputo: lui le mise anche l'altro braccio intorno al collo, e la baciò con dolcezza, lentamente e teneramente, sulle labbra.

Il mio primo bacio!, pensò Anna, e con orrore si ritrovò a guardare lo specchio sul camino, dietro di lui, per vedere che aspetto avessero loro due insieme. Vide le proprie mani cingere energicamente il collo di lui, tanto che subito lasciò la presa e gliele appoggiò sulle spalle. Allo stesso tempo, sentì dentro di sé qualcosa che non aveva mai provato, e quella strana felicità che l'aveva accompagnata così a lungo raggiunse il suo momento più intenso. È così è questo, pensò Anna. Ecco com'era. Era questa la cosa meravigliosa che prima o poi doveva succedere.

Dopo un lungo momento lui la lasciò andare.

«Perdonami» disse lui. «Io... non volevo.»

Anna si ritrovò seduta senza sapere bene come fosse arrivata alla sedia.

«Va tutto bene» rispose. E stava per aggiungere: «Mi ha fatto piacere» ma poi pensò che fosse inopportuno.

Lui si sedette accanto a lei su un'altra sedia, e per molto tempo non ci fu altro che la stanza e il fuoco e l'incontenibile felicità di Anna.

«Devo parlarti molto seriamente» disse lui infine.

Lei lo guardò.

«No, dico sul serio» continuò. «Tu sei molto giovane.»

«Ho diciotto anni» disse Anna. Non riusciva a smettere di sorridere.

«Diciotto» annuì. «E sei felice, non è vero?»

«Sì» disse, «naturalmente.»

«Be', come dire... Io non vorrei turbarti, ecco.»

Perché doveva fare tutti quei discorsi? Lei sarebbe stata contenta anche solo di restare lì con lui. E cosa voleva dire, turbarla? Se fossi inglese, pensò Anna, capirei cosa sta cercando di dirmi.

«Turbarmi?» chiese.

«Se facessi l'amore con te, adesso...» Aspettò. «Ti turberei, non è vero?»

Ma non l'avrebbe turbata se l'avesse baciata di

nuovo, o se le avesse preso la mano. E cosa voleva dire, fare l'amore con lei?

Per nascondere la sua confusione, Anna disse in tono noncurante: «Non è detto.»

«Non ti turberebbe se facessimo l'amore?» chiese lui, molto stupito.

Una ragazza inglese capirebbe, pensava Anna disperatamente, capirebbe esattamente cosa sta tentando di dire. Perché non poteva aver vissuto anche lei nello stesso Paese per tutta la vita, come la gente normale?

Lui aspettava la risposta, e infine lei si strinse nelle spalle e, con la voce più disinvolta possibile, disse: «Non mi ha turbato fino a un attimo fa!»

Lui si raddrizzò sulla sedia.

«Vuoi ancora un po' di tè?» domandò dopo un momento.

«No.»

Lui ne versò una tazza per sé e si mise a berlo lentamente. Poi si alzò e le prese la mano.

«Vieni con me. Adesso ti lascio andare a casa.»

«Adesso?»

«Adesso.»

Prima che lei potesse riaversi dalla sorpresa, le aveva portato il cappotto e glielo aveva infilato come se fosse una bambina. Poi le porse il suo quadro, che aveva rimesso nel sacchetto di cartone.

«Ecco» le disse. «Così arriverai a casa prima del blackout.»

«Ma non c'è problema...» disse lei, mentre lui la spingeva gentilmente fuori dalla stanza, «per il blackout...»

Erano arrivati alla porta, e il resto della frase si perse nella sua mente mentre lui la baciava di nuovo.

«Lo capisci, vero?» mormorò. «È che non voglio turbarti.»

Lei annuì, commossa dal calore nella sua voce. Il professore sembrava aspettarsi qualcosa di più, e allora Anna disse: «Grazie.»

Per tutto il viaggio di ritorno Anna pensò a lui, a quanto fosse meraviglioso. Perché, in realtà, aveva voluto dire che... Ma no, l'amava troppo, la rispettava troppo per fare una cosa del genere. Per approfittarsi di me!, pensava, e le sembrò deliziosamente buffo. Ripercorse col pensiero tutto il pomeriggio, ogni sguardo, ogni parola, ogni gesto. Mi ama!, si diceva incredula. John Cotmore mi ama! Aveva l'impressione che la cosa dovesse essere visibile all'esterno: era certa di avere addirittura un aspetto diverso, solo perché John Cotmore la amava. Guardò il proprio riflesso nei finestrini del treno in movimento, e si sorprese del fatto che non avesse nulla di speciale. Mi ama, pensò di nuovo, io sono qui seduta sulla linea Bakerloo e lui mi ama.

Poi le venne in mente che non avrebbe mai dovuto dimenticare quel momento. Perché anche se non le fosse mai più accaduto nulla di bello, sarebbe valsa la pena di vivere solo per sentirsi come si sentiva lei in quel momento.

Capitolo 19

Era un'estate noiosa, ma Anna quasi non se ne accorse. Pensava solo a John Cotmore e a dipingere. Le lezioni di pittura erano il venerdì, quindi lei poteva vederlo quattro volte a settimana. In aula o al bar con gli altri studenti lui la trattava come tutti gli altri. Be', è ovvio, pensava Anna. Ma quando si trovavano da soli in corridoio, o si incamminavano insieme verso la metropolitana, lui la baciava come l'aveva baciata la prima volta, e qualsiasi dubbio sui sentimenti che provava per lei svaniva come d'incanto. Dopo, lui si rimproverava la propria debolezza, e questo agli occhi di Anna era la prova di che uomo meraviglioso fosse, e faceva sì che lo amasse ancora di più. Viveva in una nuvola di felicità dal lunedì al venerdì, con un piccolo calo il mercoledì, quando non c'erano lezioni, e in qualche modo sopravviveva all'arido deserto dei fine settimana, finché il lunedì era di nuovo in vista.

Sono innamorata, pensava. Spesso si era chiesta se le sarebbe mai capitato, ed era felice che fosse finalmente successo. Se solo la gente sapesse, si diceva mentre metteva la lana nei pacchi o inventariava le uniformi. Se d'un tratto dicessi: sono innamorata del mio insegnante di disegno! Ma poi pensava, che banalità: le ragazze vittoriane si innamoravano sempre dei loro insegnanti di disegno. Ma lei era arguta al punto da capire perfino questo. Eppure, che strano: sapere che tutto ciò era banale non faceva nessuna differenza. Anna abbracciava un'intera gamma di nuovi sentimenti, e mentre spediva la lana a vecchie signore senza risorse che avevano chiesto espressamente solo il blu aviazione, la sua mente andava in tutt'altra direzione. Sono innamorata, pensava con aria di sfida, di un uomo sposato!

Per fortuna le sue emozioni non influenzavano gli studi di disegno. Al contrario, Anna sembrava aver sviluppato una sensibilità nuova, e i suoi disegni e perfino i suoi dipinti miglioravano una settimana dopo l'altra.

«Sembra che tu sia in un momento molto favorevole» le disse William il Gallese, e lei sorrise dentro di sé pensando a quanto fosse vero.

Perfino con la guerra le cose si stavano mettendo bene. Gli inglesi alla fine avevano vinto in Nord Africa, e ad agosto i tedeschi cominciarono a ritirarsi dal fronte russo. Molti pensavano che nel giro di un anno sarebbe finalmente tutto finito.

Solo a casa c'era qualche problema. Frau Gruber,

che aveva sempre tentato di tenere basso l'affitto, aveva chiesto un aumento di cinque scellini a settimana per il vitto e l'alloggio. Anna in qualche modo sarebbe riuscita a prenderli dalla sua paga, ma per la mamma e il papà era un bel problema.

Disperata, la mamma chiese un aumento al suo capo. Era un sarto rifugiato, con una modesta sartoria dietro Oxford Circus. Il suo inglese non era un granché, e la mamma non solo scriveva a macchina le sue lettere, ma doveva anche correggerle. Però l'attività non portava grandi profitti, e quando lei avanzò la sua richiesta, lui spalancò le braccia e disse: «Io mi dispiace, mia cara, ma non più posso!»

La mamma si consolò ridendo con Anna della strana sintassi di quella frase, ma entrambe sapevano che la situazione era disastrosa. Perché voleva dire che, ancora una volta, sarebbero andati in crisi per un tubetto di dentifricio finito troppo presto, o per un paio di scarpe da riparare; e soprattutto, per quanto avessero cercato di risparmiare, non sarebbero stati in grado di saldare tutti i conti alla fine della settimana.

«Forse Max potrebbe...?» chiese Anna, ma la mamma gridò: «No!»

Max era riuscito a farsi trasferire nella sezione operativa, e la mamma era terribilmente preoccupata per lui. Aveva convinto il Coastal Command ad accettarlo con l'argomentazione che, anche se le regole dell'Aviazione non gli consentivano di volare in territorio nemico, niente gli impediva di volare sul mare. Al momento Max era ancora in prova, ma presto avrebbe cominciato a rischiare la vita tre, quattro, cinque volte a settimana.

«No» ripeté la mamma. «Io non chiedo soldi a Max.»

Alla fine, come al solito, fu la zia Louise a venire in loro soccorso. Regalò alla mamma venti sterline, che sarebbero durate molti mesi, dal momento che l'ammanco settimanale era solo di scellini.

«È davvero una buona amica» commentò la mamma. Si era commossa quando la zia Louise le aveva chiesto, esitante, se per caso, in cambio, il papà avrebbe potuto dare un'occhiata a qualcosa che il professore stava scrivendo. «Sarebbe molto importante per lui avere l'opinione di un grande scrittore» spiegò la mamma.

Il papà sospirò e disse che non riusciva proprio a immaginare il professore che scriveva un libro, tranne forse un manuale di medicina.

«E Dio non voglia che si tratti di poesia!» esclamò, ma la mamma rispose con fare nervoso: «Qualunque cosa sia, lo leggerai e sarai gentile con lui!»

Venne fuori che non si trattava di poesia, né di medicina, ma delle memorie del professore. Le dettava alla sua segretaria in campagna, e finora avevano steso i primi due capitoli.

«Che ne pensi?» chiese Anna al papà, dopo che li ebbe letti.

Il papà si strinse nelle spalle.

«Non sa scrivere» rispose, «ma ci sono alcune notizie interessanti. Per esempio, non sapevo che il ministro della Giustizia della Repubblica di Weimar avesse l'ulcera.»

Neanche questo suonava troppo interessante alle orecchie di Anna.

«Che cosa farai?» chiese.

Il papà fece una smorfia. «Penso che dovrò andare a parlargli.»

Il professore si sentì incoraggiato dai commenti, pur molto cauti, del papà. Ascoltò con aria assente i suoi consigli sulle frasi troppo lunghe e l'abuso di aggettivi.

«Aspetta di vedere i prossimi due capitoli!» gridò. «Parlano della mia vita mondana.» A Berlino aveva pazienti ricchi e famosi, e veniva invitato regolarmente alle loro feste.

«Ho paura che scriverà un mucchio di sciocchezze» disse il papà quando tornò a casa, ma la mamma ribatté: «Be', e che male c'è a dargli un'occhiata?»

Il professore dovette metterci più del previsto a scrivere i due capitoli successivi, perché per molto tempo non arrivò nessun manoscritto per il papà.

Anna continuava ad andare in ufficio e a frequentare le lezioni serali, e naturalmente a fantasticare su John Cotmore. Aveva perso ogni interesse per il suo lavoro di segretaria, e una volta combinò un pasticcio non da poco: per sbaglio lasciò della stoffa da ritagliare alla postazione di Miss Potter anziché da Miss Clinton-Brown, e quella, prima che potessero fermarla, aveva ritagliato tre paia di pantaloni da pigiama, per un totale di sei gambe destre e neanche una sinistra. Quando Mrs Riley le fece notare l'errore, Miss Potter scoppiò a piangere e corse a casa dal suo pappagallino, mentre Miss Clinton-Brown era così furiosa che dovette rivolgersi a Dio perché le desse la forza di essere paziente, ma non servì a granché.

Quanto alle uniformi degli ufficiali, ultimamente non c'era molto da fare. Ormai affondavano sempre meno navi, e i soldati della marina che prima venivano tanto spesso per avere delle nuove uniformi, adesso comparivano molto di rado. Sembrava che non ci fossero abbastanza soldati per tenere occupate sia Mrs Hammond che Mrs James, e così, piuttosto che mettere in imbarazzo i pochi che si presentavano coprendoli entrambe di attenzioni, decisero di fare a turno. Questo voleva dire che tutte e due avevano un mucchio di tempo libero. Mrs Hammond lo impiegava dettando molte più lettere di prima, e chiacchierando con le vecchiette nella sala del cucito, ma Mrs James sembrava aver perso ogni entusiasmo. Se ne stava nel suo ufficetto improvvisato, fissando con quegli occhi enormi e vuoti le pile di uniformi degli ufficiali morti, e a volte non si accorgeva nemmeno di Anna che veniva per portarle un messaggio o una tazza di tè.

«Sono preoccupata per lei» diceva Mrs Hammond, anche se, appena entrava un soldato, Mrs James subito riprendeva vita.

Un giorno, Anna stava prendendo degli appunti nell'ufficio di Mrs Hammond, la quale aveva appena finito di servire un tenente dell'aviazione che aveva perso tutti i suoi effetti personali durante un raid aereo. Il tenente si era mostrato particolarmente riconoscente e per questo Mrs Hammond aveva deciso di scrivere al suo ufficiale comandante per offrire il proprio aiuto a chiunque altro, tra i suoi uomini, ne avesse bisogno. Ma aveva appena cominciato a dettare ad Anna il testo della lettera che sulla porta apparve Mrs James. Aveva un'aria più grigia e desolata del solito, e, ignorando completamente Anna, si rivolse direttamente a Mrs Hammond, guardandola dritta negli occhi.

«Non vorrei creare problemi» disse, «ma dovevo occuparmi io del tenente. Era il mio turno.»

«Ma ti sei già occupata del pilota di stamattina» rispose Mrs Hammond, sorpresa.

Mrs James rimase lì impalata, fissandola con gli occhi sgranati, e con un gesto Mrs Hammond invitò Anna a tornare nella sala del cucito. Mentre lei usciva, Mrs James disse: «Voleva solo un berretto. Non conta.»

Le vecchiette avevano smesso di cucire quando era entrata Mrs James.

«È passata accanto a quei pigiami che sembrava Lady Macbeth» commentò Mrs Riley.

«E con l'aria più afflitta del solito» le fece subito eco Miss Potter, e Miss Clinton-Brown mormorò: «Strano modo di comportarsi.»

Cercavano tutte di sentire cosa stesse succedendo nell'ufficio, ma si udivano solo mormorii sommessi. Anna aveva appena deciso di mettere su l'acqua per il tè quando una delle voci si sentì più distintamente.

«Non è giusto!» gridava Mrs James. «Io non posso lavorare con una persona disonesta!»

Poi la porta si aprì e Mrs James uscì di corsa.

«Tanto più che questa delle uniformi per gli ufficiali è stata una mia idea!» gridò, e si precipitò verso il magazzino, con Mrs Hammond che la seguiva. Cercò di chiudere la porta dietro di loro, ma nella fretta non ci riuscì, e Anna poté vedere Mrs James che si fermava davanti alle uniformi e cominciava ad accarezzarle nella semioscurità della stanza.

«Devo spiegarti» cominciò con un tono allo stesso tempo ragionevole e inquietante, «che gli uomini morti in questa guerra sono più di quelli rimasti vivi. Ecco perché ci ritroviamo con tutti questi vestiti che nessuno vuole.»

Mrs Hammond disse qualcosa come «No» o «Che sciocchezza», ma Mrs James la ignorò.

«E poiché ci sono così pochi ragazzi ancora vivi» continuò con la stessa voce strana, «dobbiamo spartirceli nel modo più equo. E l'unico modo equo è che io mi occupi di loro il doppio di te.»

Fino a quel momento Mrs Hammond aveva tentato di calmarla, ma di fronte a questa affermazione restò così stupita che gridò: «Per l'amor del cielo, e perché mai?»

Mrs James si voltò e Anna vide per un momento il suo viso, che aveva un'espressione piuttosto folle.

«Be', è ovvio. Perché tu hai perso un figlio, io due!»

E mentre Mrs Hammond la guardava a bocca aperta, aggiunse, in tono neutro: «Ecco, sapevo che non avresti capito. Non ha senso che continuiamo a lavorare insieme.»

Più tardi, Mrs Hammond disse ad Anna che la sua amica aveva i nervi a pezzi e che sperava di risolvere la questione quando si fosse calmata. Ma Mrs James non si fece mai più vedere in ufficio. Qualche giorno dopo, arrivò l'uomo con la faccia da carlino con una lettera in cui si diceva che in futuro Mrs James avrebbe continuato il progetto delle uniformi per gli ufficiali da sola, in un'altra sede.

Poiché effettivamente quella delle uniformi era stata un'idea sua, non c'era niente che si potesse fare. L'uomo con la faccia da carlino prese tutte le uniformi, le scarpe, i fazzoletti e le camicie, e i libri, le varie mazze da golf sciolte, e gli astucci per la corrispondenza di cui nessuno sapeva che farsene, e se ne andò, lasciando Mrs Hammond da sola nella stanza vuota.

Diverse settimane dopo, Anna venne a sapere che Mr James aveva dovuto rinunciare al lavoro perché troppo malata, e un'associazione benefica aveva preso in mano l'attività.

«Chissà cosa l'ha fatta crollare all'improvviso, dopo tutto questo tempo» si domandava Anna.

«Quattro anni di guerra» rispose Mrs Hammond. «E il fatto che stia finendo.»

Anna la guardò senza capire, e lei aggiunse con impazienza: «La pace: il momento in cui constateremo che tutto ciò non ha avuto alcun senso.»

Senza il progetto delle uniformi per gli ufficiali, in

ufficio era rimasto ben poco da fare. Per un po' Mrs Hammond continuò a venire tutti i giorni, come a dimostrare che non era cambiato nulla, ma non c'era davvero niente che la tenesse impegnata, e così finì per restare a casa una, poi due, poi tre o quattro volte la settimana. I giorni erano di nuovo noiosi e infiniti, e per Anna il tempo non passava mai.

Sono solo le nove, pensava non appena metteva piede in ufficio al mattino. Come trascorrere quelle ore senza fine e senza senso che la separavano dalle lezioni di disegno? L'unico momento piacevole era l'intervallo del pranzo; Anna non vedeva l'ora che le vecchiette mollassero il lavoro e uscissero, così poteva farlo anche lei.

Quando pioveva, se ne andava alla caffetteria Lyons e lì disegnava la gente che vedeva; quando invece era bel tempo mangiava in fretta e poi passeggiava. Scoprì una stalla sul retro dei magazzini dell'Esercito e della Marina, dove venivano tenuti i muli utilizzati in quegli anni di guerra per i carretti della posta, e passò diverse settimane a cercare di disegnare le loro facce malinconiche e dalle strane proporzioni. Una volta, in Vincent Square, vide delle ragazze con l'uniforme dell'Aviazione che armeggiavano con un pallone di sbarramento, e cercò di ritrarle. A volte non trovava nessun soggetto interessante, o i disegni non le venivano bene, e allora tornava alla sua macchina per scrivere sentendosi depressa e colpevole, e i pomeriggi le sembravano più lunghi che mai.

Il mercoledì era il giorno peggiore, perché non c'era nemmeno la prospettiva della lezione di disegno alla sera. L'unico modo per dare un senso alla giornata era fare qualche piccolo acquisto – una matita di prima della guerra ricoperta di vernice gialla, proveniente da un magazzino segreto e scovata in un negozio di Victoria Street; un'oncia di polvere al gusto di frutta, sfuggita al razionamento, da aggiungere all'acqua e da bere di nascosto nel pomeriggio; un pacchetto di saccarina per John Cotmore, che aveva difficoltà a procurarsela ma amava il tè molto dolce. Il solo fatto di avere una cosa del genere in tasca la faceva sentire meglio, perché era la prova che lo avrebbe rivisto prestissimo.

Un mercoledì, tornando a casa, trovò la zia Louise sulla soglia. Stava salutando la mamma e il papà prima di andar via e sembrava di ottimo umore.

«Sono certa che saremo tutti molto soddisfatti di questo accordo» diceva.

Poi vide Anna, che indossava il logoro cappotto della vecchia scuola su una gonna e un maglione sciupati, perché il mercoledì era un giorno talmente squallido che non valeva nemmeno la pena di vestirsi decentemente.

«Ciao» disse la zia, e le sue sopracciglia si inarcarono alla vista degli orrendi vestiti di Anna. Poi si girò verso la mamma: «Be', potrebbe essere d'aiuto anche per Anna» disse.

«Che accordo?» chiese Anna quando la zia se ne fu andata a bordo della sua grande auto blu.

«La zia mi ha chiesto di lavorare al manoscritto delle memorie di Sam» rispose il papà.

«Per altre venti sterline» aggiunse la mamma.

Anna guardò prima l'uno, poi l'altra.

«E tu lo farai, papà?»

«Ho detto che avrei dato un'occhiata» rispose lui cauto.

A cena il papà non disse una parola. Per ingannare il tempo tra il piatto principale – pasticcio di rape – e il dolce, la mamma si era messa a fare il cruciverba del *Times*. Era stata Miss Thwaites che l'aveva iniziata a questo passatempo, e la mamma aveva mostrato di possedere un gran talento. E poi la cosa la faceva sentire molto inglese. Leggeva ad alta voce le definizioni, annunciava trionfante le risposte, e ogni tanto chiedeva aiuto, che Anna le diede volentieri, finché non si accorse che tutto questo escludeva completamente il papà.

«Com'è il libro del professore?» chiese in tedesco.

Lui alzò gli occhi al cielo. «Incredibile.»

La mamma immediatamente interruppe il cruciverba.

«Ma hai detto che ci lavorerai!» gridò.

In quel momento arrivò la cameriera con il dessert, e il papà disse: «Ne parliamo dopo.»

Più tardi, nella sua stanza, si mise a sfogliare le ultime fatiche del professore.

«È scritto incredibilmente male» disse. «Sentite questa: "Aveva degli occhi penetranti in una faccia incorniciata da una grande barba grigia." Sarebbe Hauptmann, il drammaturgo.»

«Be', non è così terribile» commentò la mamma.

«Aspetta!» gridò papà. «Questa è Marlene Dietrich.» Girò la pagina e lesse: «"Aveva degli occhi penetranti in una faccia incorniciata da boccoli d'oro" e poi...» fece un gesto alla mamma perché non lo interrompesse «"fui sorpreso nel vedere i suoi occhi penetranti nella faccia incorniciata da baffi sottili." Questo era Einstein, e posso immaginare che Sam fosse sorpreso. Anzi, penso che anche Einstein sarebbe sorpreso, se vedesse come sono stati trattati i suoi baffi.»

«Be', è naturale che Sam non sia abituato a...» cominciò la mamma, ma Anna la interruppe.

«Ma perché il professore vuole che tu sistemi questa roba?» chiese. «Sa benissimo anche lui che non gliela pubblicheranno mai.»

«E tu che ne sai?» fece la mamma, innervosita. «Uno dei suoi pazienti è un editore e Louise dice che è molto interessato. Ha perfino suggerito il nome di un traduttore.»

«Sono pettegolezzi» aggiunse il papà. «E per i pettegolezzi c'è sempre mercato.»

Ad Anna tornò d'improvviso in mente il brano che il papà aveva letto al Club Internazionale degli Scrittori tanto tempo prima, in cui non c'era una sola parola fuori posto, e si ricordò quanto l'avesse commossa e come tutti avessero applaudito.

«Secondo me tu non dovresti avere niente a che fare con questa robaccia» gridò. «È disgustoso... uno che scrive come te che deve lavorare su questa... spazzatura! Per me dovresti dire di no e basta!»

«Oh» intervenne la mamma. «E io a Louise cosa dico? Che le siamo grati per tutto l'aiuto che ci ha dato in passato, e di cui avremo certamente ancora bisogno, ma che il papà si rifiuta di fare l'unica cosa che ci abbiano mai chiesto in cambio?»

«No, certo che no! Ma dev'esserci un altro modo!» rispose Anna.

«Sarei felice di sapere quale» disse la mamma.

Anna ci pensò su.

«Be', ci sarà pure qualcosa che puoi fare» disse infine, e aggiunse, facendo definitivamente infuriare sua madre: «In fondo basta usare un po' di tatto.»

La mamma sbottò e ci volle un bel po' perché il papà riuscisse ad arginare il fiume in piena della sua rabbia, e a chiarire che non era un problema di Anna, e che lui e la mamma ne avrebbero parlato da soli.

Anna uscì dalla stanza indignata e si chiuse nel bagno. Per una volta l'acqua era bella calda, e lei si concesse un bagno generoso, guardando con aria di sfida la linea a dieci centimetri dal fondo che segnava il limite massimo dell'acqua in tempo di guerra. Non avrebbe osato superarlo, ma questo non la faceva certo sentire meglio.

Più tardi, nella loro camera, la mamma spiegò ad Anna, con molta cautela, che lei e il papà erano giunti a un compromesso. Il papà avrebbe corretto le parti peggiori, ma tutti gli altri cambiamenti li avrebbe fatti l'editore se mai il libro fosse stato tradotto in inglese.

Anna rispose: «Capisco» in tono altrettanto cauto, e finse di addormentarsi. Distesa sul suo letto, nella stanza piccola e buia, Anna poteva sentire la mamma che piangeva piano a pochi centimetri da lei.

«Mamma...» disse, sopraffatta dalla pietà. Ma lei non la sentì, e Anna si ritrovò improvvisamente a desiderare di non sentire neppure lei i suoni che provenivano dall'altro letto, di non esserne coinvolta, di essere da qualche altra parte.

John, pensò. La sera prima, al corso, John Cotmore aveva mostrato degli schizzi di Anna a Barbara. "Una ragazza piena di talento, non è vero?" aveva detto, e più tardi, mentre camminavano verso la metropolitana, l'aveva baciata dietro una colonna. Anna avrebbe voluto essere con lui in quel momento, anzi sempre.

E se mi dessi a lui? pensò. E si sentì piena di amore e di ardimento, anche se le veniva da ridere per quelle parole da romanzetto rosa: darsi a lui. Ma come si fa a deciderlo? Avrebbe dovuto dirgli qualcosa del tipo: sono tua? E poi? Se lui si fosse mostrato imbarazzato, o addirittura non particolarmente interessato all'idea? E anche se lui avesse risposto la cosa giusta, come "Tesoro" o "Ti amo", cosa sarebbe successo dopo? E poi, dove l'avrebbero fatto? pensò allarmata. Non era mai stata nella sua camera da letto, ma se era in ordine come la cucina...

Dall'altro letto non arrivava più nessun suono. La mamma doveva essersi addormentata.

Farò pace con lei domattina, pensò Anna. E mentre anche lei scivolava nel sonno, desiderò con tutta se stessa che il papà guadagnasse molti soldi, che non dovessero mai più chiedere aiuto ai Rosenberg, e che le cose fossero molto, molto diverse.

Capitolo 20

«Credo sia arrivato il momento che tu faccia qualcosa» John Cotmore disse ad Anna qualche settimana dopo, durante la lezione. «Intendo qualcosa di più che disegnare la modella o riempire interi blocchi di schizzi.» Era seduto sul bordo del sedile della modella, con William il Gallese e Barbara che annuivano, d'accordo con lui.

«Che genere di cose?»

Lui fece un gesto vago. «Qualcosa di tuo. Illustrare un libro… dipingere un muro… qualunque cosa.»

«Un muro!» L'idea le piacque subito. Ma dove lo trovava un muro?

«Io una volta ho dipinto un muro a scuola» disse Barbara. «Mi sono divertita un mondo. Ti basta avere tempera a olio e qualche pennello grosso.»

«Peccato che di muri ne siano rimasti pochi, ormai» disse William il Gallese.

Il 1944 era cominciato male, con uno dei più terribili bombardamenti che Londra avesse mai subito.

John Cotmore lo mise a tacere con un gesto. «Un motivo in più per dipingerli» disse.

L'idea della pittura murale aveva colpito Anna al punto che cominciò a esaminare qualunque superficie verticale incontrasse sulla sua strada. Per un po' pensò di dipingere la parete della ex corsia d'ospedale che era poi diventata il magazzino delle uniformi, ma nessuno l'avrebbe mai vista. Era un'idea senza senso. Neanche in albergo trovò un muro che facesse al caso suo. Cercò finché un giorno scovò il posto perfetto. Pioveva a dirotto e, invece di camminare sotto l'acqua fino al Lyons, che era piuttosto lontano, decise di infilarsi in un caffè in Victoria Street. I tavoli erano pieni zeppi di persone ancora tutte bagnate, che cercavano in qualche modo di asciugarsi, e lei si sedette e ordinò pasticcio di carne alla russa (il vecchio pasticcio alla viennese, così rinominato per amor di patria), con la vaga e piacevole sensazione di prodigalità.

Mentre aspettava il pranzo Anna si guardò intorno, e improvvisamente si rese conto che quel ristorante era esattamente ciò che lei stava cercando. Era fatto di diversi ambienti ricavati all'interno di un'unica stanza molto grande; il risultato erano spazi irregolari divisi da molte pareti con diverse angolazioni. Erano tutte dipinte di un colore crema chiaro ed erano spoglie se non per alcuni specchi. Le contò mentalmente: nove. Nove pareti che aspettavano solo di essere dipinte! Le osservò con avidità mentre mangiava il pasticcio di carne e poi la zuppa inglese senza zucchero e senza uova che aveva ordinato per dessert. Potrei davvero farci qualcosa con queste pareti, pensava.

Il giorno dopo tornò nel ristorante per il pranzo, esaurendo praticamente tutti i soldi della settimana, e continuò a pensarci per giorni, finché non trovò il coraggio di prendere in mano la situazione. E così, una sera, dopo il lavoro, ci passò davanti due volte, poi sbirciò dentro, e finalmente entrò.

«Siamo chiusi» disse un robusto signore intento a disporre sui tavoli coltelli e forchette.

«Oh, non sono qui per mangiare» rispose Anna.

«Ah. E allora cosa vuoi?»

Anna partì con il discorso che si era preparata da tre giorni. «Sono una pittrice» rispose. «Specializzata in pittura murale. Mi piacerebbe decorare le pareti del suo ristorante.»

Prima che lui potesse rispondere, una voce chiamò dalla cantina.

«Albert, chi c'è?»

«Una ragazzina» gridò Albert di rimando. «Vuole fare certi dipinti.»

«Che dipinti?» urlò la voce.

«Già, che dipinti?» chiese Albert.

«Decorazioni» disse Anna, cercando di darsi importanza. «Figure. Sulle pareti.»

«Figure» gridò Albert proprio mentre la proprietaria della voce emergeva dalla cantina, dicendo: «Ho sentito.»

Era una donna molto grossa, pallida e con gli occhi scuri e piccoli come quelli di un riccio, e aveva in mano un grande vassoio pieno di bicchieri. Posò il vassoio su un tavolo e guardò prima Anna poi i muri e poi di nuovo Anna.

«E che ci vuoi dipingere sopra?» chiese.

Anna era preparata a questa domanda.

«Ho pensato che poiché questo ristorante si chiama Victoria, potrei dipingere delle scene vittoriane. Uomini con i cappelli a cilindro, bambini che giocano al cerchio, cose di questo genere.»

«Abbiamo idee grandiose, eh?» commentò Albert.

«Non saprei... in effetti potrebbe rallegrare l'ambiente» considerò la donnona, «se fosse fatto bene.» Guardò Anna. «Tu non mi sembri molto vecchia.»

Anna schivò abilmente il colpo. «Be', naturalmente vi farei vedere i bozzetti» disse. «Disegnerei prima il tutto sulla carta, così potete farvi un'idea.»

«Bozzetti» disse la donna. «Be', sarebbe carino. Non pensi che sarebbe carino, Albert?»

Albert aveva un'aria scettica e Anna avrebbe

voluto ammazzarlo. Sembrava che cercasse a tutti i costi un'obiezione, finché a quanto pare non ne trovò: «E gli specchi? Io non li tolgo i miei specchi.»

«La ragazza ci dipinge intorno, non è vero, cara?» chiese fiduciosa la donna.

Anna non aveva mai avuto quest'intenzione.

«Be'» cominciò.

«Non li può mettere via» insistette la donna. «Voglio dire, Albert ci ha speso dei soldi per quegli specchi, non è vero Albert? Mica li può buttare via.»

Nove pareti, pensò Anna. Che importanza può avere qualche specchio.

«D'accordo» disse. E per salvare la propria dignità aggiunse: «Farò in modo di incorporarli nel disegno generale.»

«Sarebbe carino» disse la donna. «Non è vero, Albert?»

Poi entrambi rimasero zitti a guardare Anna.

Era tutto deciso? Sembrava proprio di sì.

«Bene» disse lei con la maggior disinvoltura possibile. «Verrò a misurare i muri domani a quest'ora.»

Nessuna obiezione.

«Ci vediamo presto» salutò, e in qualche modo riuscì a uscire dal locale con l'aria di una a cui non è successo proprio niente di speciale.

«Decorerò le pareti di un ristorante!» gridò trionfante non appena vide John Cotmore, e lui le diede un mucchio di consigli, e infine un bacio dietro la dispensa dei colori.

Solo una volta arrivata a casa, Anna si rese conto che si era completamente dimenticata di parlare del compenso per il suo lavoro.

Anna trascorse le tre settimane seguenti a fare schizzi per il ristorante. Un libro preso in prestito alla biblioteca le fornì le informazioni necessarie sull'abbigliamento di epoca vittoriana, e lei lavorò tutti i fine settimana e spesso la sera, saltando addirittura qualche lezione di disegno.

Gli specchi non furono affatto un problema. Erano tutti di forme e dimensioni diverse, e ad Anna venne in mente di considerarli grossi oggetti attorno a cui costruire una scena. Ad esempio, ce n'era uno lungo e diritto che divenne il pezzo principale di un teatro delle marionette, con Punch e Judy dipinti sopra e bambini divertiti tutt'intorno. Man mano che finiva i disegni per ciascun muro, li appendeva nel suo studio sopra il garage e la mamma e il papà venivano a vederli.

Infine li arrotolò tutti insieme e li mostrò ai suoi committenti, usando metà dei tavoli del ristorante per dispiegarli. Loro li osservarono in silenzio. Infine la donna disse: «Carini. Non è vero, Albert?»

Albert guardò con aria cupa prima i disegni poi i suoi immacolati muri color crema.

«E quello che cos'è?» chiese, indicando il teatro delle marionette.

«È lo specchio» disse Anna. «Il resto della scena lo dipingo tutt'intorno.»

Albert guardò il muro in questione.

«Già» disse.

«È il centro della scena» spiegò Anna.

Albert sembrò compiaciuto. «Già» disse. «È il centro, non è vero?»

«Penso che sia davvero carino» disse la moglie, entusiasta.

Albert infine si decise.

«E va bene» disse. «Puoi dipingere i muri.»

Anna non aveva idea di come affrontare l'argomento dei soldi, ma lui l'anticipò.

«Quanto pensavi di chiedere per il lavoro?», e lei, presa alla sprovvista, dovette dire la prima cifra che le passò per la testa.

«Quindici sterline» disse, e subito si maledì per aver rovinato tutto con una cifra troppo alta.

Ma Albert non perse la calma.

«Va bene» rispose.

Da quel momento Anna fu presissima dal suo lavoro. Il ristorante chiudeva dopo l'ora di pranzo il sabato, e restava chiuso per tutto il fine settimana.

Anna aspettava che l'ultimo cliente se ne fosse andato, e dalle due del pomeriggio in poi era lì a lavorare. Albert le aveva procurato una scala, e per i primi due fine settimana Anna disegnò col gesso le figure sui muri. Il riscaldamento non c'era e la primavera tardava ad arrivare; lei aveva due paia di calzini e diversi maglioni, che pian piano si ricoprivano di polvere di gesso, mentre disegnava, scendeva per guardare da lontano l'effetto, e poi risaliva sulla scala per fare gli aggiustamenti.

Era strano passare così tanto tempo da sola, mentre le sue idee prendevano forma gradualmente sulle pareti. Alla fine della seconda domenica era talmente felice da avere quasi le vertigini.

Aveva finito di disegnare l'ultima sagoma e ne era soddisfatta, così si sedette sul pavimento, esausta. Su tutte le pareti si vedevano i contorni bianchi delle figure umane, raccolte intorno al teatro delle marionette, sulla sponda del laghetto a guardare le papere, e tutt'intorno alla sala in un'allegra processione di signore con il parasole, gentiluomini sui bicicli e bambini con cerchi e trottole. Alcuni apparivano due volte, riflessi negli specchi sul muro di fronte, e l'effetto era stranamente sognante.

È proprio come lo immaginavo, pensava Anna, sentendosi invadere dalla gioia, ma subito si riscuoteva per osservare criticamente ogni parete, cercando di individuare il minimo difetto nella composizione o nelle proporzioni.

Era così assorta nel suo lavoro che le ci volle un bel po' per accorgersi che qualcuno stava bussando alla porta, prima sommessamente e poi via via più forte.

Speriamo che non sia Albert che ha cambiato idea, si disse mentre andava ad aprire, ma non era Albert, era Max nella sua uniforme dell'Aviazione, che sprizzava gioia e energia da tutti i pori.

«Ebbene!» disse. «Hai proprio trovato la tua dimensione!»

«Che dimensione?»

«Quella che hai trovato» rispose lui sorridendo.

Anna gli mostrò il suo lavoro e lui osservò i muri e poi i disegni sulla carta, entusiasta e pieno di interesse. Ma le parti che gli piacquero di più non erano quelle che Anna considerava le migliori, e lei fu quasi sollevata nel constatare che, almeno in questo, il suo giudizio era più giusto di quello del fratello.

«Non sapevo che fossi in arrivo» disse Anna. «Sei già stato a casa?»

Lui annuì. «Ho cinque giorni di permesso. Ho finito il corso preparatorio.»

Questo voleva dire che presto lo avrebbero mandato in una squadra operativa.

«Di già» disse lei più piano che poté.

«Sì. La mamma e il papà hanno detto "di già" con la stessa voce da funerale che hai usato tu. Sto facendo soltanto quello che fanno migliaia di altri ragazzi.»

«Oh, lo so» rispose Anna.

«Io voglio vivere il resto della mia vita in questo paese» disse Max. «Ho gli stessi doveri di tutti gli altri.»

«Ma non tutti vanno in missione aerea» disse Anna.

Max non si scompose. «Quelli come me, sì.»

Anna si mise a riordinare, avvolgendo i disegni e rimettendo a posto tavoli e sedie.

«Come hai trovato mamma e papà?» domandò.

Lui non rispose subito. Poi disse: «Non stanno troppo bene, non è vero?»

«A vederli tutti i giorni uno non ci fa caso» disse Anna, scuotendo la testa.

Max avvicinò a sé una delle sedie che lei aveva appena rimesso a posto e si sedette.

«Quello che mi preoccupa» disse, «è che nella situazione in cui si trovano, non riesco a immaginare cosa potrebbe aiutarli. Certo, i soldi, naturalmente. Ma cosa faranno per il resto della loro vita?»

«Io ho sempre pensato solo al problema dei soldi» confessò Anna.

C'era un segno di gesso che la disturbava accanto al teatro delle marionette, e lei lo cancellò con la manica.

«Forse, dopo la guerra...» disse vaga.

«Dopo la guerra» ripeté Max, «se ci sarà ancora modo di stampare libri in Germania, e se ci sarà ancora della gente interessata a leggerli, forse ripubblicheranno tutta l'opera del papà. Finalmente. Ma in ogni caso non credo proprio che lui vorrà tornare a viverci.»

«No» confermò Anna. Impossibile, dopo tutto quello che era successo. Vedeva la mamma e il papà sospesi in una specie di limbo. «È buffo» continuò, «da bambina mi sentivo così al sicuro con loro. Pensavo che finché fossi stata insieme alla mamma e al papà, non mi sarei mai sentita una rifugiata. Ti ricordi la mamma a Parigi? Era fantastica.»

«Be', lo è ancora» disse Max. «Lavora tantissimo, manda avanti la famiglia. È solo che lo stress la rende un po' intrattabile.» Gettò uno sguardo alle figure disegnate che passeggiavano sui muri. «Sono così contento di tutto questo» disse, «e della scuola d'arte. Anche tu ora appartieni a questo Paese, come me. Invece la mamma e il papà...»

Anna lo guardò, e riconobbe sul suo viso l'espressione per metà fiduciosa e per metà dispiaciuta di quando pensava alle difficoltà della vita, e improvvisamente si ricordò di tutte le volte che loro due avevano parlato, proprio come in quel momento, delle loro preoccupazioni e della loro infanzia sballottata tra quattro Paesi diversi.

«Oh, Max» gridò. «Sta' attento, per l'amor del Cielo!»

«Vieni qui» disse lui, stringendola a sé con cautela, per via di tutta quella polvere di gesso. «Non mi succederà nulla, non aver paura.» E mentre lei gli stava ancora aggrappata, aggiunse: «La mamma non me lo perdonerebbe mai!»

Ci vollero altri cinque fine settimana perché Anna finisse il lavoro. Su consiglio di Barbara, mescolò la tempera bianca ai colori in polvere, in modo da ottenere le sfumature che desiderava. Li mescolava in catini e barattoli che si moltiplicavano a vista d'occhio; si sporcava tutta e il lavoro era estenuante, ma Anna lo adorava. I dipinti stavano venendo come lei aveva sperato, e man mano che li completava, una parete dopo l'altra, e poi si allontanava per guardarli meglio, coperta di pittura oltre che di polvere di gesso, sentiva dentro di sé la stessa gioia del giorno che aveva finito i primi disegni. A volte ci pensava quando era a casa ed era terrorizzata all'idea che le fosse sfuggito qualche difetto terribile; così il giorno dopo correva al ristorante e controllava sbirciando dalle finestre, ma per fortuna si rassicurava sempre, e i clienti sembravano soddisfatti tanto quanto Albert e sua moglie.

A Max fu assegnata una destinazione, e dopo un po' scrisse che aveva volato in diverse operazioni e che non succedeva mai niente. «E al ritorno ci danno sempre uova e pancetta, quindi un miglioramento c'è stato di sicuro!»

Nessuno sapeva se crederci o no, ma la mamma non avrebbe sopportato una verità diversa, e insisteva che doveva essere tutto vero.

Finalmente, a maggio, Anna terminò la sua opera. Albert le pagò le quindici sterline pattuite, e poiché era diventata più ricca di quanto fosse mai stata in vita sua, decise di invitare al ristorante prima la mamma e il papà, poi i suoi compagni di corso. I suoi genitori furono stupefatti dalla bellezza del lavoro di Anna, e lei sedeva in mezzo a loro tutta soddisfatta, con indosso un maglione nuovo di zecca, e sbirciava di tanto in tanto le pareti, chiedendosi se non avrebbe potuto disegnare una mano con qualche dettaglio in più, o se una figura non sarebbe stata più adatta su un'altra parete.

«È il lavoro di una vera artista!» commentò la mamma, e il papà aggiunse: «È incantevole!»

Era emozionante per Anna vedere i suoi genitori così ammirati e commossi, e le fece piacere, alla fine del pranzo, pagare il conto per tutti.

Ma, naturalmente, il momento più emozionante

di tutti sarebbe stato quello con i suoi compagni di corso. Anna non aveva più partecipato alle serate con loro da quando lavorava agli affreschi – non ne aveva proprio il tempo – ed era eccitatissima all'idea di rivedere John Cotmore. Devo essergli mancata, si disse. All'improvviso le sembrò che tutto quel lavoro avesse come unico scopo il momento in cui l'avrebbe mostrato a lui, e che quando lui lo avesse visto e avessero passato la serata insieme qualcosa sarebbe cambiato tra di loro. Capirà che sono una donna adulta, adesso, sua pari... e farà un passo, si diceva, anche se lei stessa non sapeva bene quale. Ma ci sarebbe stato un segno, le avrebbe mostrato in qualche modo che faceva sul serio, e che da quel momento in poi le cose sarebbero andate diversamente.

Quando John Cotmore arrivò, Anna era in uno stato di attesa febbrile. Seduta in un angolo e nascosta dietro il menu, lo vide entrare e fermarsi un momento, e poi notò con quanta concentrazione osservava i dipinti sulle pareti. Li esaminò a uno a uno, procedendo lentamente e spesso ritornando due volte nello stesso punto. Infine vide Anna e andò a sedersi accanto a lei.

«Be'» disse, «sei cresciuta davvero!»

Se avesse dovuto scegliere lei le parole di John Cotmore, non avrebbe saputo fare di meglio.

«Speravo tanto che ti piacesse» disse, e lo

ascoltò, piacevolmente confusa, mentre lui elogiava la composizione, il disegno, e la precisione dei colori.

«Mi aspettavo un buon lavoro» le disse, «ma questo è proprio una sorpresa.»

Anna non poté far altro che star lì seduta e sorridere, e guardarlo mentre lui osservava – di nuovo – le pareti, e poi tornava con lo sguardo a lei.

«E così è questo che facevi, invece di venire a lezione!»

Tutto stava andando come Anna aveva sperato. Annuì e sorrise, e vide che lui la guardava con una serietà nuova negli occhi... Poi arrivarono gli altri.

«È meraviglioso!» gridò Harry ancora sulla porta. «Non credi, John?»

Dietro di lui c'era William il Gallese, che andò a sedersi accanto a lei. «Avevo paura che ci fossero dame con la crinolina» disse. «Hai presente? Con i piedi che non si vedono, come quelle che un tempo erano disegnate sulle scatole di cioccolatini. Come avrei potuto mangiare qui dentro sapendo che la mia cena era pagata da signorine senza piedi e con la crinolina? Ma adesso» e fece un gesto rispettoso verso i muri «ho la coscienza leggera.»

«Da Winterhalter passando per Berthe Morrisot» disse Barbara con sicurezza, e Anna arrossì di piacere.

Le sembrava che quella fosse la serata più bella

della sua vita. Perfino il cibo – omelette con uova in polvere, carne in scatola al burro, pasticcio di verdure – le sembrò delizioso. Si beava delle lodi degli amici, e si fece raccontare le ultime novità: Barbara aveva un nuovo lavoro e William il Gallese aveva venduto un disegno, ma presto sarebbe stato chiamato al fronte. Anna mangiava e intanto gettava occhiate furtive alle pareti e a John Cotmore, ed era sempre più emozionata perché sapeva che stava per succedere qualcosa e che la parte migliore della serata doveva ancora arrivare.

Finirono tutti di mangiare, poi bevvero il caffè e Albert le presentò il conto, che Anna pagò con un gesto teatrale, e infine uscirono tutti in strada nella luce della sera.

«Bene» disse John Cotmore.

Anna attese.

«Grazie per la bella serata» disse, «e per essere stata così brava a dipingere quelle pareti.» Le prese la mano e improvvisamente si voltò verso Harry. «È permesso baciare la propria studentessa preferita, non è vero?» e prima che lei capisse cosa stava succedendo le posò un bacio formale sulla guancia. «Congratulazioni» disse, «ti auguro di dipingere così bene tante altre pareti.»

Poi si girò, disse qualcosa come "arrivederci" o "addio" e si incamminò in direzione di Westminster, seguito da Harry e Barbara.

Anna non riusciva a credere a quanto era appena accaduto. Restò lì imbambolata, con il sorriso ancora stampato sulla faccia, la mano pronta fino a un attimo prima a prendere il suo braccio, e la polvere di Victoria Street che mulinava ai suoi piedi.

«Un po' di corsa, vero?» commentò William il Gallese, ed entrambi restarono a guardare la sagoma di John Cotmore che si allontanava.

«Allora» disse William infine, «vieni?»

Lei sussultò e, ancora intontita, si incamminò con lui verso la metropolitana. Lui parlava, ma lei non sentì nemmeno una parola. Pensava solo a John Cotmore. Che cosa diavolo era successo? Perché l'aveva baciata in quel modo, ed era scappato via? E aveva detto "arrivederci" andando via, oppure "addio"?

Capitolo 21

Nelle settimane successive l'umore di Anna ondeggiò tra i due estremi della felicità e della depressione più nera, e l'andamento della guerra sembrava fargli eco.

A giugno il secondo fronte divenne finalmente una realtà. C'era stato lo sbarco degli Alleati sulle coste settentrionali della Francia: il primo passo verso la liberazione dei Paesi europei invasi dai nazisti quattro anni prima. Per Anna, che ricordava bene la terribile estate del 1940, era un evento ben più eccitante delle vittorie in Africa o in Russia, e quando fu chiaro che gli Alleati stavano avanzando con successo, cominciò a pensare con cauto sbalordimento che la fine della guerra fosse davvero vicina.

Ma prima ancora che la gente avesse il tempo di farsi prendere dall'euforia, ci furono i primi bombardamenti con le cosiddette bombe volanti. Erano la nuova arma segreta di Hitler: aerei senza pilota, carichi di esplosivo, sparati verso l'Inghilterra dall'altro lato della Manica. Quando finiva il carburante, gli aerei precipitavano e incenerivano qualunque cosa si trovasse nelle vicinanze. La maggior parte veniva lanciata in modo da colpire Londra.

La prima volta che Anna ne vide una né lei né Mr Cuddeford avevano idea di che cosa fosse. Udirono una specie di crepitio e poi videro un grosso oggetto scuro e arrotondato con la coda in fiamme, che attraversava lentamente il cielo sopra di loro. All'improvviso l'oggetto scomparve, il crepitio si interruppe, e un attimo dopo si udì una fortissima esplosione.

«Dev'essere stato un aereo» disse Anna, ma Mr Cuddeford scosse la testa.

«Non ho mai visto niente del genere.»

Il giorno seguente, dopo un allarme antiraid durato tutta la notte, la spiegazione era su tutti i giornali.

All'inizio erano sporadiche, e la gente addirittura ne rideva, perché erano goffe e rumorose, e si inventavano nomignoli come "bombe ronzanti" o "zanzarone". Ma ben presto cominciarono ad arrivarne in grande quantità, di giorno e di notte. Era snervante sentire all'improvviso il rombo dei motori, quando meno ce lo si aspettava o mentre si era impegnati in qualche attività. E ogni volta si pregava che la zanzarona continuasse a volare e non cadesse proprio lì, ma subito ci si sentiva in colpa perché sarebbe comunque caduta su qualcun altro. E il fatto che la guerra stesse per finire faceva venire a tutti una disperata voglia di non morire proprio ora.

La gente lasciò di nuovo Londra. Nelle stazioni ricomparvero le file di bambini con le loro targhette, e ogni giorno si vedevano nuove macerie e nuova distruzione. Da quando le bombe avevano cominciato a cadere nei momenti più impensati, era diventato inutile correre nei rifugi, e quelli che restavano a Londra si limitavano a ripararsi nell'intelaiatura di una porta o sotto un tavolo ogni volta che avevano l'impressione che stesse arrivando una bomba. Anna restava sempre di stucco di fronte all'agilità dimostrata dalle sue vecchiette in caso di allarme. Se ne stavano sedute tranquillamente alla macchina per cucire, ed ecco che in un attimo erano tutte sotto il tavolo da lavoro, con l'unica eccezione del largo e contegnoso fondoschiena di Miss Potter fasciato nei pantaloni da lavoro, e dei piedi numero quaranta di Miss Clinton-Brown, che sbucavano fuori. Mrs Riley, probabilmente grazie al suo passato acrobatico, riusciva invece a stare interamente sotto il tavolo.

Anna non era spaventata dalle bombe volanti quanto lo era stata durante i primi terribili raid, e a volte quasi le considerava una gradita distrazione dalle sue numerose preoccupazioni. John Cotmore era diventato inspiegabilmente freddo dalla sera della cena, e lei si sentiva come se non avesse più la terra sotto i piedi. Era anche preoccupata per Max e pensava ai rischi che correva durante le operazioni chissà quante volte alla settimana, e le sembrava, irrazionalmente, che quando lei si trovava in pericolo era come se ne togliesse un po' a lui.

La mamma era ancora più superstiziosa. Divenne precisissima in ogni cosa che faceva, come per soddisfare chissà quali autorità segrete che la spiavano, e una volta, dopo anni che non pagava il biglietto dell'autobus a meno che non le venisse chiesto, Anna la sorprese a infilare di sua iniziativa le banconote in mano alla bigliettaia. Quando si accorse che la figlia la guardava, disse: «Meglio non correre rischi» e aggiunse, provocatoria, «con Max in guerra e tutto il resto.»

Allo stesso tempo, però, stranamente la mamma era restia ad ammettere che Max potesse correre un qualunque pericolo, e si infuriava ogni volta che il papà vi accennava.

«Ma gli sparano, ti rendi conto?» diceva il papà, e la mamma gridava: «Non mirano mica a lui in particolare! E comunque, è impossibile che colpiscano proprio Max!»

Le lezioni serali proseguivano nonostante le bombe volanti, e Anna continuava a vivere in attesa di quelle ore, che ormai la lasciavano sempre più depressa e amareggiata. Era tutto cambiato. Parlava con John Cotmore solo per discutere dei suoi lavori, e a causa delle bombe correvano tutti a casa appena finita la lezione. Solo una volta, quando William il Gallese fu chiamato al fronte e arrivò a lezione indossando l'uniforme nuova di zecca, andarono di nuovo tutti insieme nella solita caffetteria, come ai vecchi tempi. Lo stordirono di chiacchiere e di caffè, ma William il Gallese aveva un'aria stanca e preoccupata, e sembrava decisamente troppo giovane per andare in guerra. Furono tutti sollevati quando la serata finì.

Che cosa era successo? si domandava Anna. Fino a poco tempo prima sembrava tutto così eccitante: la guerra stava per finire, e ... e tutto il resto. Non trovava il coraggio di definire in qualche modo quello che si era aspettata da John Cotmore. Le sembrava di essere tornata ai tempi dei raid aerei, e la vita le appariva vuota da far spavento. Quando, alla fine di luglio, il corso d'arte terminò, le parve la fine di un'era.

Mrs Hammond le concesse una settimana di vacanza, e Anna la trascorse in campagna dai Rosenberg. Il professore aveva abbandonato l'idea di scrivere le sue memorie al capitolo sei (tutte quelle discussioni per niente, pensò Anna) e si era gettato a capofitto in un'altra attività: coltivare un orto. La zia Louise continuava la sua quotidiana battaglia con la servitù, e Anna trascorreva la maggior parte del tempo in un angolo della cucina a dipingere un ritratto di Fraulein Pimke. Quando non dipingeva dava una mano nell'orto, e questo giovò alla sua forma fisica e al suo colorito.

Solo la sera non aveva nulla da fare, ed era allora che pensava a John Cotmore. Riviveva quel pomeriggio a casa sua, e tutte le volte che lui l'aveva abbracciata, o baciata, o le aveva detto qualcosa di romantico. Si metteva perfino a contare le volte che le aveva dato un bacio. Erano undici, esclusa la volta del bacetto formale sulla guancia dopo la cena. Di certo uno non bacia una ragazza undici volte, si diceva ottimisticamente, se non prova qualcosa per lei. Ma allora perché lo strano comportamento delle ultime settimane? Decise che doveva essere per i rimorsi di coscienza nei confronti di sua moglie.

Si addormentava immaginando situazioni estreme e improbabili in cui John Cotmore non poteva fare a meno di dichiararle il suo amore. A volte era dopo che lei aveva fatto un disegno particolarmente riuscito durante la lezione. Altre volte lui la trovava intrappolata tra le macerie dopo l'esplosione di una bomba volante, ferita ma naturalmente non sfigurata, e nemmeno piagnucolante o demoralizzata. Oppure era Anna che salvava lui con il suo coraggio e il suo entusiasmo mentre si trovavano entrambi sepolti sotto i resti della scuola di arte. Una parte di lei considerava infantili queste fantasie, mentre l'altra le trovava di grande conforto.

Tornata a Londra, Anna trovò un messaggio di Barbara che la invitava a uscire, e lei colse al volo l'occasione di poter parlare di John Cotmore con qualcuno che lo conoscesse. Fecero un pranzo modesto alla Lyons Corner House, durante il quale Anna non la smetteva di parlare del talento e delle qualità del loro insegnante, e Barbara naturalmente annuiva con il suo placido e largo sorriso. L'incontro la confortò. Si videro altre due volte, una volta per andare al cinema e la seconda per un concerto. Ma poi Barbara fu molto impegnata, e Anna si sentì più sola che mai.

Un giorno, mentre era seduta davanti alla macchina da scrivere, in preda a una noia mortale, telefonò Harry. Aveva un mucchio di biglietti per un concerto – Beethoven e Mozart, roba molto tradizionale, disse – e si chiedeva se Anna avesse voglia di andarci.

«Porta pure un amico» le disse, «ho invitato tutti quelli che conosco e mi avanzano ancora dei biglietti.»

Tra "tutti quelli che Harry conosceva" figurava anche John Cotmore; Anna a questo pensiero si riscosse, e sentì l'apatia scivolarle via di dosso come una vecchia pelle.

«Mi piacerebbe moltissimo!» esclamò, sorprendendo Harry con il suo entusiasmo, e si mise subito a pensare a cosa mettersi, e a come si sarebbe comportata se lo avesse incontrato.

«Domani sera esco» disse alla mamma e al papà durante la cena. «Vado a un concerto.»

«Con chi?» chiese la mamma.

Anna inarcò le sopracciglia, infastidita dalla curiosità della mamma. «Nessuno, solo i ragazzi del corso di disegno. Abbiamo un sacco di biglietti, ma suonano Beethoven e per alcuni è troppo fuori moda, quindi non verranno tutti.»

Frau Gruber si avvicinò al tavolo per portare via i piatti.

«Oggi non abbiamo appetito?» chiese al papà, che aveva lasciato quasi tutto il suo pasticcio di verdure nel piatto, e lui sorrise e scosse la testa.

«Beethoven» disse il papà, e Anna notò che era molto pallido. «Che cosa esattamente?»

Lei glielo disse: la Terza Sinfonia, e un altro pezzo che Anna non ricordava. Lui annuì. La mamma cominciò a dire qualcosa sul cibo, ma lui la interruppe e disse: «Mi piacerebbe venire con te.»

«Al concerto?»

Era impossibile.

«Ma... non ci sono poltrone, lo sai?» disse in

fretta. «Non sarà come i concerti a cui eri abituato tu a Berlino. Sono posti su in galleria, praticamente si sta seduti sui gradini, davvero, ci vanno solo gli studenti.»

Il papà fece segno che capiva. «Ma vorrei venire lo stesso» disse.

Lei lo guardò, inorridita.

«Davvero vuoi andarci? Sembrerebbe un concerto un po' spartano» intervenne la mamma.

Era l'ultima speranza, ma il papà scosse la testa e disse. «Che importanza hanno i posti? A me piacerebbe ascoltare la musica.»

Ora di speranze non ce n'erano più: cosa si poteva obiettare a un'affermazione del genere?

Incapace di trovare un'ulteriore obiezione, Anna borbottò qualche parola di assenso, e trascorse il resto della cena nella più cupa depressione. Era la prima volta da settimane che aveva un'occasione di vedere John Cotmore, e doveva esserci anche suo padre! Durante la lunga e vuota giornata trascorsa in ufficio si era abbandonata alle fantasie più diverse, aveva quasi formulato un piano per ritrovarsi da sola con lui, e addirittura aveva immaginato di chiedergli cosa ci fosse che non andava, e allora forse lui le avrebbe spiegato e le avrebbe detto che... Ma la presenza del papà avrebbe reso tutto impossibile.

Sperò – pur conoscendo il papà – che cambiasse

idea, ma quando la sera dopo arrivò al teatro, lo trovò già lì. Era intento a osservare una locandina appesa nel foyer e vedendolo con la sua aria triste e il suo povero cappotto da straniero, Anna fu invasa da un misto di amore e irritazione.

«Ciao, papà!» disse, ma prima che potesse aggiungere altro sentì il cuore che le sobbalzava: aveva intravisto John Cotmore che si affrettava verso l'ingresso della galleria. Quindi era venuto!

Spinse il papà verso Harry, che aveva i biglietti, e stentò a contenere la propria impazienza quando Harry cominciò coi convenevoli, dicendosi felicissimo di conoscere il papà di Anna, e il papà rispose nel suo inglese zoppicante. Quando raggiunsero finalmente l'ingresso della galleria, di John Cotmore ormai non c'era più traccia. Il papà cominciò a salire con allegria la lunga scala che portava in cima, ma procedeva a rilento e diversi studenti, tra cui anche alcuni della scuola d'arte, lo superarono. Andranno tutti a sedersi vicino a John, pensò Anna, perché la galleria non aveva posti numerati e ciascuno poteva sedersi dove gli pareva.

E infatti, quando lei e il papà emersero dalle scale nello spazio obliquo sotto il tetto del teatro, Anna vide che John Cotmore era completamente circondato. Accanto a lui, da un lato era seduto un tizio con i baffi, che Anna riconobbe come un altro insegnante di arte, dall'altro Barbara, e tutt'intorno gli altri studenti. Depressa, stette a guardarli per un po', mentre il papà annusava rumorosamente l'aria.

«Che meraviglia!» diceva. «Quest'odore! Sono anni che non vado a teatro, eppure l'odore è sempre uguale!»

Poi all'improvviso si precipitò in avanti.

«Ci sediamo qui?» chiese, indicando due posti liberi vicino al corridoio. «O forse» aggiunse, «preferisci andare a sederti accanto ai tuoi amici?»

Anna guardò cupa in direzione di John Cotmore e della sua cricca.

«No, qui va benissimo» disse.

Anna ascoltò ben poco del concerto.

Si aprì con dei pezzi del primo Mozart, perfetti nella loro simmetria, che le lasciarono la mente libera di distrarsi con altri pensieri. Magari riesco a parlargli nell'intervallo, si diceva Anna. Ma quando le luci si riaccesero, John Cotmore non si mosse dalla sua sedia e lo stesso fece il gruppetto degli studenti. Solo Barbara si alzò, venne verso di lei e si presentò al papà. Chiacchierarono un po' e Anna si sentì meglio quando Barbara le disse, con quel suo modo affettuoso: «Anna, tuo padre è straordinario. Spero di incontrarlo ancora.»

Forse lo avrebbe detto a John Cotmore, e a quel punto anche lui avrebbe voluto conoscere il papà. Magari, appena finito il concerto...

«Deliziosa» disse il papà appena Barbara se ne fu andata, «assolutamente deliziosa.»

Guardando il suo viso vivace e intelligente, Anna d'un tratto si vergognò di aver considerato suo padre in modo così utilitaristico. Si avvicinò a lui sulla panca.

E comunque, pensò, perché non poteva presentarlo a John Cotmore? Sarebbe stata una cosa del tutto logica, e al papà probabilmente avrebbe fatto piacere. Poteva andare da lui dopo il concerto...

L'orchestra era infine arrivata a suonare la Terza Sinfonia di Beethoven, e per un po' Anna fu rapita dalla grandiosità di quei suoni. Meraviglioso!, pensò, ascoltando la potenza della marcia funebre nel movimento lento. Ma il movimento successivo era già meno coinvolgente, e Anna pian piano si lasciò distrarre dai propri pensieri.

Avrebbe dovuto intercettare John Cotmore prima che lasciasse la galleria, altrimenti si sarebbe di certo volatilizzato molto prima che lei e il papà avessero raggiunto il piano terra. Gli avrebbe detto: «John, vorrei presentarti mio padre.» Ma avrebbe dovuto fare in fretta, in modo da fermarlo prima che lui oltrepassasse i loro posti. A questo pensiero, istintivamente Anna si mosse sulla sedia, e così facendo per caso il suo sguardo si posò sul papà accanto a lei.

Stava seduto quasi immobile, il viso un po' sollevato e le mani unite in grembo, appoggiate sul cappotto. Aveva gli occhi socchiusi e Anna si accorse che erano pieni di lacrime, mentre altre già scorrevano silenziose lungo le sue guance.

«Papà!» esclamò Anna, e da quel momento dal suo cervello sparì qualunque altro pensiero.

Lui cercò di dire qualcosa, ma non riusciva a parlare, poi fece un cenno del capo per rassicurarla e infine borbottò in un sussurro qualcosa che riguardava "la musica".

Preoccupata, Anna posò la mano su quelle del papà, si strinse a lui mentre la musica ruggiva intorno, e rimase così finché non si arrivò all'ultima nota. A quel punto tutti si alzarono e batterono le mani, e poi infilarono i cappotti e cominciarono ad avviarsi verso le uscite.

«Tutto bene, papà?» sussurrò Anna.

Lui assentì. «Tra un momento.»

Rimasero seduti mentre la galleria pian piano si svuotava.

«Non volevo farti preoccupare» disse poi. «È che…» allargò le braccia «non ascoltavo questa musica da anni.»

Si alzò, e si incamminarono lentamente, seguendo il flusso delle persone che uscivano. Una volta fuori, all'aria aperta, il papà sembrò tornare in sé. Era quasi buio. Mentre si allontanavano in mezzo alla folla, lui si voltò a guardare un'ultima volta il teatro poco illuminato e mormorò: «Magnifico!» Con la coda dell'occhio Anna vide John Cotmore con Harry e Barbara e un gruppetto di ragazzi, e per un momento accarezzò il pensiero... ma no, non aveva senso. Prese il braccio del papà e insieme si avviarono verso la metropolitana. Stavano comprando i biglietti quando lui di colpo si fermò.

«Tutte queste emozioni» disse, facendo ridere Anna, «e ho dimenticato il cappello!»

«Vado io a prenderlo!»

Anna si mise a correre verso il teatro, nel buio del crepuscolo, e d'improvviso una speranza folle si fece strada dentro di lei: la speranza che forse, tornando indietro, avrebbe incontrato John Cotmore, e che la serata sarebbe potuta ancora cambiare.

L'entrata della galleria era chiusa, e mentre tornava verso l'ingresso principale, ecco che d'improvviso lo vide. Era a pochi metri da lei, di spalle, una sagoma indistinta sull'uscio di una porta. Accanto a lui c'era un'altra persona, così vicina da essere quasi nascosta dietro di lui. Erano stretti l'uno all'altra, e Anna seppe di chi si trattava prima ancora che parlassero. «Che facciamo, ora?» chiese John Cotmore, e la voce di Barbara rispose dall'oscurità: «Andiamo a casa.»

Capitolo 22

Anna non seppe mai come riuscì, quella sera, ad arrivare fino a casa. In qualche modo oltrepassò le due sagome all'ingresso, recuperò il cappello del papà e prese la metropolitana con lui. Il fatto che il papà avesse bisogno di lei le fu certamente di aiuto, e alla vista del suo viso, che non aveva ancora riconquistato l'ironica compostezza di sempre, Anna sentiva che i propri sentimenti in tumulto si placavano per un po', ritrovando una qualche misura.

Eppure... proprio Barbara!, pensava Anna. Avrebbe capito se si fosse trattato della moglie... Da quanto tempo andava avanti? Dall'inizio delle vacanze? O da prima, dall'ultimo semestre? E Barbara sapeva di lei e John? Forse loro due avevano parlato di lei, ridendo della sua stupida devozione all'insegnante di disegno? Di lei che gli mostrava tutti i suoi scarabocchi, che gli comprava la saccarina nell'intervallo di pranzo... Questi pensieri erano uno più doloroso dell'altro, e una parte di lei voleva solo scoppiare in lacrime e raccontare tutto al papà, mentre l'altra sapeva che non sarebbe mai riuscita a parlare di una cosa del genere.

«Va tutto bene?» chiese il papà. «Sei un po' pallida.»

Lei fece di sì con la testa. «E tu?»

Era seduto accanto a lei, e si massaggiava nervosamente una mano.

«Mi formicola da impazzire» disse, e alle orecchie di Anna suonò come una cosa così buffa, dopo le fortissime emozioni di quella sera e tanta sofferenza, che scoppiò a ridere, e allo stesso tempo gli occhi le si riempirono di lacrime e lei si strinse al papà, esclamando: «Oh, papà! Papà caro...!»

«Vieni qui, tesoro» mormorò lui, cingendole le spalle con un braccio. «Mi dispiace di averti spaventata.»

Lei scosse la testa: «Non è quello» disse.

Per un momento ebbe paura che lui le chiedesse cosa le stava succedendo, ma lui ripeté soltanto: «Vieni qui» e poi, con la voce piena di tenerezza aggiunse: «Qualunque cosa sia, passerà.»

Il giorno successivo fu terribile. In ufficio non c'era niente da fare. Miss Hammond non si fece vedere, e perfino Miss Clinton-Brown e Miss Potter erano in vacanza. Anna trascorse la mattina da sola con i suoi pensieri, mentre fingeva di essere occupata con schedari e gomitoli di lana.

Non resta più nulla, ormai, pensava. Niente che abbia voglia di fare, nessuno che abbia voglia di incontrare. Cercava le parole giuste per definire la sua condizione, come se questo potesse aiutarla a trovare un po' di conforto: sedotta e abbandonata? Tradita? Sfortunata in amore? Erano definizioni da romanzo rosa, ma non la fecero ridere. Non potevano allontanare il ricordo umiliante di come aveva sorriso tante volte a John Cotmore, senza saper resistere alle sue labbra, e di come era stata pronta a prendere il suo braccio quella sera al ristorante, e intanto lui e Barbara... lui e Barbara...

Dopo pranzo arrivò Mrs Riley con un grosso album sottobraccio.

«La mia vita di cartellone in cartellone» annunciò. «Sono venuta a mostrartela.»

Non avendo nulla di meglio da fare, Anna trascorse il pomeriggio con Mrs Riley, e con il suo alito pestilenziale. Vide Mrs Riley in lustrini e paillette nel 1891, Mrs Riley in calze a rete nel 1902, Mrs Riley con il bastone da pastore e una pecora di peluche, Mrs Riley in corredo da sposina. E per tutto il tempo qualcosa dentro di lei chiedeva a gran voce di John Cotmore, e implorava che quell'ultima serata non ci fosse mai stata, e che tutto potesse tornare come prima.

Tornò a casa tardi, perché andare a casa non aveva più senso che andare da qualunque altra parte. Non era preparata a vedere la mamma che, disperata, si precipitava fuori dalla porta correndole incontro.

«Anna!» gridò stringendola, con le lacrime che le scorrevano sul viso. «Oh, Anna!»

«Buon Dio!» disse Anna, quasi rassegnandosi all'idea che fosse accaduto il peggio. «Max?»

Non si trattava di Max. Si trattava del papà.

La mamma la spinse in casa e poi si fermò e la strinse di nuovo nella hall.

«L'ho trovato quando sono arrivata a casa» disse. «Era sul pavimento della stanza. Era lì da ore. Ora parla in modo stranissimo e ha qualcosa che non va a una mano.»

Si guardarono negli occhi.

«Sam sta venendo a visitarlo, ringraziando il Cielo è in città.» La mamma lasciò andare la mano di Anna. «Lui saprà cosa fare.»

«Posso salire da lui?»

Andarono nella sua stanza tutte e due.

Il papà era a letto: Frau Gruber aveva aiutato la mamma a sollevarlo. Aveva la faccia gonfia e mezza addormentata, ma quando vide Anna mosse le labbra come se stesse cercando di sorridere.

«Papà!» esclamò lei.

Le labbra si mossero di nuovo. «Mi dis-piace...» Aveva la voce impastata, e non riusciva a trovare le parole. Una mano si agitava impotente, l'altra era abbandonata senza vita sulle lenzuola.

«Papà» mormorò Anna, e si sedette sul bordo del letto. Posò la mano su quella immobile di lui e sorrise. Non disse nulla, in modo che lui non dovesse rispondere.

«Sam arriva tra poco» disse la mamma, dai piedi del letto.

Il papà sembrò annuire, e chiuse gli occhi. Dopo un po' la mamma le fece un cenno e uscì dalla stanza.

Anna restò dov'era, a guardare suo padre. Dormiva? Teneva gli occhi chiusi e aveva un'espressione di calma sul viso. I ciuffi di capelli grigi ondulati che aveva sopra le tempie (Anna non ricordava di avergli mai visto capelli sul resto della testa) erano sparpagliati sul cuscino. D'un tratto Anna ricordò di quando, da piccola, a Berlino, giocava con Max a una specie di Happy Families, il gioco di carte inglese, e lei perdeva sempre perché sacrificava tutte le carte che aveva per quella del fornaio, che aveva un faccino magro e la testa calva. «È così tenero» diceva Anna, «assomiglia tanto al papà.»

E adesso il papà era disteso in quel letto, con il colletto della camicia aperto e il respiro flebile. Era un uomo vecchio, certo. Quanti anni aveva? Settantuno? Settantadue? Anna l'aveva sempre saputo, ma per lei non aveva alcun significato. A lei non era mai sembrato anziano. Era sempre stato diverso dai padri degli altri bambini, non per l'età, ma per il tipo di persona che era.

«An-na...» disse molto piano.

Lei strinse ancora di più la sua mano nella propria e disse: «Non parlare» ma lui aveva qualcosa da dire.

«An-na...» ripeté, e poi, con grande difficoltà, «il con-certo...»

Lei annuiva e sorrideva, e, con uno sforzo sovrumano lui riuscì a muovere la faccia, allargare le labbra e rispondere al sorriso della figlia. «È stato...» Non riusciva a trovare la parola, ma non si arrese e infine la recuperò dalla memoria.

«Bel-lissi-mo!» esclamò trionfante.

Il professore confermò quello che Anna e la mamma avevano già indovinato. Il papà aveva avuto un ictus.

«È molto grave?» chiese la mamma.

Lui si strinse nelle spalle. «Lo sapremo meglio tra qualche giorno.»

Il papà aveva bisogno di essere accudito giorno e notte, così la mamma restò con lui e sistemò un letto provvisorio nella sua stanza. Anna le dava il cambio per qualche ora quando tornava dal lavoro. Il papà sapeva benissimo cosa gli stava succedendo, ma non sembrava averne paura. Il terzo giorno, quando riuscì a parlare un po' più facilmente, all'improvviso saltò su dicendo: «Strano.»

«Cosa?» domandò Anna.

Il papà indicò se stesso, il letto, la triste stanzetta da malato. «Tutto questo» disse il papà. E aggiunse, cosa davvero ammirevole per uno che ricominciava appena a parlare: «Che esperienza straordinaria!»

Quando il professore tornò a visitarlo, sembrò molto compiaciuto dei progressi del suo paziente.

«Questa volta siamo stati fortunati» disse alla mamma. «Dovrebbe rimettersi piuttosto in fretta, ora.»

«Guarirà completamente?» chiese lei.

Lui annuì.

«Sia ringraziato Iddio.»

«Ma mi dite cosa gli è mai saltato in mente?» esclamò a un tratto il professore. «Un uomo nelle sue condizioni, salire la scala della galleria di un teatro...»

La mamma rideva sollevata. «Lo sai com'è fatto» disse. «E poi lui non lo sapeva mica...»

Improvvisamente si fermò, come se le fosse balenato qualcosa in testa.

«O sì?» chiese.

Il professore la guardava con i suoi occhi neri e tristi.

«Tre settimane fa» cominciò, «venne da me con tutti i sintomi classici. Mal di testa, formicolii, pressione molto alta. Gli ho detto di stare molto attento. E subito dopo, lui che cosa fa? Sale un migliaio di scalini per andare a sentire Beethoven!»

La mamma lo guardava. «Sapeva tutto...» disse.

Anna ricordò il papà durante l'esecuzione della Settima Sinfonia. «Ora capisco» disse.

Erano seduti in giardino. Per una volta, la sera era mite. Il Piccione stava tosando l'erba, i Poznanski litigavano in polacco, e Frau Gruber sgusciava i piselli in una scodella.

«Prima hai detto che abbiamo avuto fortuna, questa volta» disse all'improvviso la mamma. «Cosa intendevi?»

«Quello che ho detto» rispose il professore.

«Ma... perché "questa volta"?»

Il professore sembrò contrariato: «Mia cara» rispose, «tuo marito ha avuto un ictus che avrebbe potuto essere fatale. Invece, credo che si rimetterà completamente. Quindi non ti resta che esserne grata.»

«Lo sono, ma tu che cosa volevi dire?» insistette la mamma.

«Per l'amor del cielo» esclamò il professore, gettando uno sguardo imbarazzato ad Anna, «dovresti sapere come vanno queste cose. Una volta che c'è stato un ictus, facilmente può essercene un altro. Magari dopo molti anni, ma tuo marito non è un ragazzino. E la prossima volta...» Allargò le braccia. «La prossima volta» disse con aria triste, «potremmo non essere così fortunati.»

Il papà si rimise piuttosto in fretta. Dopo una settimana, riusciva a parlare normalmente. Aveva ancora dei problemi con la mano, ma quando Max finalmente arrivò in congedo, il papà era già in piedi, e Max fu sorpreso di trovare così poca evidenza della malattia.

«Ha solo l'aria un po' stanca» disse.

Ma tutti sapevano che da allora in poi il papà avrebbe vissuto di tempo rubato.

Per Anna era una cosa quasi impossibile da accettare.

«Non preoccuparti» disse il papà, indicando il soffitto. «Il vecchio rabbino lassù è dalla mia parte.»

Stavano facendo colazione. Anna lo guardò dall'altro capo del tavolo, osservò i suoi occhi che ora esaminavano il giornale, le mani (una ancora un po' impacciata) che usavano il coltello e la forchetta sul piatto sbrecciato, e cercava di immaginare che un giorno lui non ci sarebbe stato più. Era impossibile.

Trascorreva con lui più tempo possibile, tormentata senza sosta dal pensiero che prima o poi lui avrebbe smesso di esistere. Quando vedeva la sua calligrafia appuntita, di cui c'erano così tanti esempi sulla sua scrivania, nella sua stanza, e in ogni luogo dove lui avesse mai vissuto, Anna pensava che all'improvviso, un giorno, avrebbe smesso di proliferare. Ebbe perfino la folle idea di chiedergli di mettersi a scrivere, e produrre fogli e fogli, così non sarebbe stato un problema quando avesse smesso.

Dal canto suo, Anna stava cercando di fargli un ritratto. Lui si metteva in posa, paziente, nella stanzetta sopra il garage, ma non serviva a nulla. Anna voleva metterci dentro così tanto... e ogni volta che faceva uno schizzo, voleva cancellarlo e ricominciare da capo.

E nel frattempo arrivavano le migliori notizie possibili sulla guerra, come immagini di un film che scorreva inosservato sullo sfondo. Parigi era stata liberata, e dopo Parigi anche quasi tutta la Francia. Arrivavano lettere da amici francesi scampati all'occupazione tedesca; per miracolo, così sembrava ad Anna. Ormai c'era solo da sperare, si diceva, che il papà non avesse un altro ictus, che Max non venisse ucciso, e che una bomba volante non precipitasse proprio su di loro...

Un giorno il papà le chiese: «Perché non segui più il corso di disegno?»

«Oh» disse Anna, colta di sorpresa. Le sembrava una cosa di tanto tempo prima. «Ho litigato con l'insegnante.»

«Tutto qui?»

«No.» Erano nella sua stanza, dopo cena, mentre la mamma giocava a bridge di sotto. «Non lo so» continuò Anna. «Forse era lui l'unica cosa che mi interessava di quel corso. Mi sembra di non saper più disegnare. E a dire il vero non ne ho nemmeno voglia.»

«È solo una fase» disse lui.

Lei scosse la testa.

«Sono già ricominciate le lezioni?»

Lei sorrise della sua vaghezza. «Da circa un mese e mezzo.»

«Allora devi tornarci. Non puoi mandare all'aria tutto il lavoro che hai fatto solo perché hai avuto un battibecco con qualcuno.»

«Non è stato solo un battibecco!» protestò Anna, ma lui alzò una mano.

«Per favore» disse. «Voglio che tu ritorni a frequentare la scuola d'arte. Fallo per me. Vacci domani.»

Anna trovò la scuola molto cambiata. La classe era più numerosa, e l'uomo con i baffi che era con John Cotmore la sera del concerto adesso divideva le lezioni con lui. John e Barbara non facevano mistero della loro relazione, e anzi tutti gli studenti sapevano che lei si era trasferita a casa sua e che le ci erano voluti tre giorni per pulire la sua cucina.

«Che fine avevi fatto?» John Cotmore chiese ad Anna, e lei rispose con cautela: «Mio padre non è stato bene.»

Erano settimane che non disegnava, e all'inizio della lezione era piuttosto tesa. Forse davanti alla modella qualcosa si sarebbe riacceso dentro di lei. Era una donna grassa, e stava sprofondata nella sedia con una mano sul ginocchio. Non era una posa sgradevole, ma quando Anna la guardò non vide alcuna ragione per disegnarla. Non si riaccese proprio nulla, anzi, Anna si sentiva più spenta che mai. Che ci faccio qui, pensò. Come farò ad arrivare alla fine della lezione?

Alla fine, piuttosto che star seduta senza fare nulla, tracciò delle linee che formarono una sagoma vagamente somigliante al soggetto che aveva davanti, ma era tutto senza senso e i suoi schizzi annoiavano lei per prima. Quando John Cotmore si avvicinò per vedere il suo lavoro, lei girò il tavolo da disegno in modo da nascondere il foglio, ma lui sembrò non farci caso.

«Sono contento che tu sia tornata» disse. «Volevo parlarti.»

A queste parole Anna si sentì invadere da un'improvvisa eccitazione. Le avrebbe spiegato tutto. Barbara era sua sorella... sua cugina... sua zia!

«Ti piacerebbe» continuò John Cotmore «ottenere una borsa di studio?»

«Una borsa di studio?» rispose Anna, confusa.

«Sì, tre anni di scuola d'arte, senza tasse e con una rendita per vivere.»

Lei lo fissò.

«Come? Quando?»

«Dovrai presentare il tuo lavoro a un comitato di selezione, con la raccomandazione del tuo insegnante. Con un po' di fortuna, potresti iniziare già il prossimo settembre.»

Anna non sapeva cosa dire.

«Non ci sarà un bando fino a primavera, ma la guerra a quanto pare finirà presto, e la gente comincia a pensare alla pace. Ci saranno poche borse di studio disponibili, e io vorrei fare il tuo nome.»

«Ma...» Anna ancora non ci credeva. «Io non so disegnare» rispose.

«Che intendi dire?» John Cotmore cominciava a essere irritato dalla mancanza di entusiasmo di Anna.

«Quello che ho detto... Sono mesi che non faccio un disegno come si deve.»

«Oh.» Diede in una breve risata. «Un brutto periodo. Capita a tutti.»

«Non ne sono così sicura.»

«Ma insomma» sbottò allora lui. «Per anni disegnare è stato il tuo chiodo fisso, e adesso? Si può sapere cosa ti succede?»

Anna si guardò intorno nell'aula, come cercando aiuto. Il suo sguardo si posò prima sulla modella, poi sugli studenti chini sul lavoro, infine su Barbara che, accigliata, era alle prese con un carboncino. Quando alzò lo sguardo e incrociò quello di Anna, l'espressione contrariata scomparve dal suo volto e lei sorrise. Anna le rispose con un sorriso esitante. Poi Barbara fece un segno di incoraggiamento con la testa, e dopo una breve occhiata a John Cotmore, alzò i pollici. Cosa voleva dire? Sapeva di cosa stavano parlando? Poi, improvvisamente, capì. Era chiaro: Barbara e John Cotmore ne avevano parlato. Era tutto concordato, un premio di consolazione per la povera Anna, così sconvolta, diamole almeno una borsa di studio.

Tornò a guardare John Cotmore.

«Non la voglio» disse.

«Non vuoi la borsa di studio?»

«Oh, lasciami in pace!» disse lei. «Non lo so che cosa voglio!»

Continuò ad andare a lezione, se non altro per far piacere al papà, ma non ne veniva fuori nulla di buono. Alcuni disegni erano un po' meglio degli altri, eppure tutti avevano un che di banale che la deprimeva moltissimo.

Temeva il momento del viaggio di ritorno in metropolitana, durante il quale poteva solo pensare ai fallimenti della serata, e cominciò a portarsi dietro un libro dovunque andasse. Poco importava cosa leggesse – Tol'stoj, Jack London, Agatha Christie – l'importante era che fosse carta stampata. Se finiva un libro, o lo dimenticava a casa, entrava nel panico e si calmava solo comprando un giornale. Indossava i vestiti più vecchi che avesse, e dimenticava di lavarsi i capelli perché ormai nulla aveva più importanza, e lei stessa non aveva granché motivo di esistere.

E poi, come se non bastasse, la mamma si prese l'influenza. Un giorno, tornando a casa, Anna la trovò a letto, la faccia arrossata per la febbre, e il papà seduto accanto a lei. Le aveva infilato un enorme termometro sotto l'ascella, ed erano impegnati in un ridicolo litigio sulla scrittura del papà. Lui diceva che la prosa era la cosa migliore che avesse scritto, mentre la mamma insisteva che la poesia fosse di gran lunga superiore.

«*Ach*, la poesia lirica» diceva il papà. «Fin troppo facile.»

«Che sciocchezza!» gridava la mamma, facendo oscillare il termometro.

Il papà scosse la testa. «La prosa durerà di più. In fondo, l'ho scritta io. Dovrei saperlo meglio di tutti.»

«E invece non lo sai!» fu la risposta della mamma, che saltò a sedere sul letto. «Tu le sottovaluti, le poesie, solo perché le scrivi più facilmente. Nessuno ne scrive di belle come le tue.»

Il papà cominciava ad arrabbiarsi.

«Preferisco la prosa» disse. «Se mai ci sarà una possibilità di ripubblicare qualcuno dei miei lavori, preferirei che fosse la prosa piuttosto che la poesia. E poiché molto probabilmente io non ci sarò, dovrai occupartene tu.»

Era come se le avesse sbattuto una porta in faccia.

La mamma tirò fuori il termometro e vide che segnava trentanove.

«Accidenti» gridò. «Stammi lontano, o la prenderai anche tu!»

La mamma restò a letto per una settimana.

Faceva molto freddo, e c'era penuria di combustibile per il riscaldamento. Per mantenere acceso almeno un fuocherello nella sala comune, Frau Gruber e il Piccione dovevano andare ogni giorno al centro di distribuzione per farsi dare del carbone, che trasportavano in un carretto di fortuna. Fu proprio mentre tornavano da una di queste spedizioni che incontrarono la zia Louise, venuta in città per fare visita alla mamma. Trovandola seduta in vestaglia, fu inorridita dal freddo che faceva in casa.

«Devi andar via di qui» disse. «Con questo gelo non guarirai mai.»

La mamma cercò di protestare, ma la zia non volle sentire ragioni, e il giorno dopo arrivò in macchina, avvolse la mamma in una grossa coperta e se la portò in campagna.

«Anna baderà a suo padre, non è vero, cara?» disse.

«Non ha bisogno di me, comunque» rispose Anna sgarbatamente, e lei e il papà rimasero alla finestra della sala gelida, salutando la macchina che si allontanava.

Capitolo 23

«Fa un freddo spaventoso» disse il papà, la settimana dopo. «Pensi davvero che sia una buona idea trascinarti fino a Golders Green con questo tempo?»

«Sì, non posso non andarci» rispose Anna.

La zia Bonbon aveva telefonato due giorni prima per dire che lo zio Victor, le cui condizioni erano andate peggiorando negli ultimi tempi, era morto. Poiché la mamma non c'era, Anna aveva promesso che sarebbe andata lei al funerale.

«Ma se non lo conoscevi nemmeno, il tuo prozio» disse il papà. «Sono certo che la zia capirebbe.»

«No, devo andarci» tagliò corto Anna.

Non era solo per la zia che voleva andarci; era anche per la speranza che… Sì, forse sperava che quel funerale le facesse capire come superare la terribile sensazione di vuoto che sentiva ogni volta che pensava al mondo senza il papà.

«Tornerò prestissimo» promise, e prima di uscire si assicurò che il papà fosse sistemato per bene vicino alla stufa a gas.

Indossava abiti molto pesanti, eppure, uscendo dalla metropolitana a Golders Green, sentiva il vento gelido che le entrava sotto i vestiti. Era come se il tempo avesse intuito che la guerra stava finendo, e fosse deciso a dare il peggio di sé finché poteva.

Anna aveva calcolato male i tempi, perché quando arrivò al cimitero la cerimonia era già cominciata. Dal cancello d'ingresso vide un piccolo crocchio di persone sciatte e provate dal freddo. La zia Bonbon indossava un ampio scialle di maglia nero; era molto pallida ma aveva un'aria composta, e quando vide Anna, le fece un cenno col capo. Anna si fermò accanto a una signora con un cappello ornato di piume, senza saper bene cosa fare.

La bara dello zio Victor era già stata calata nella fossa – lui era davvero lì dentro? si chiese Anna con orrore – e un uomo con un libro in mano, in piedi sull'orlo della fossa, stava pronunciando un discorso, ma il vento si portava via le parole e Anna non riusciva ad afferrarle. Guardava le facce infreddolite dei presenti, cercando di non battere per terra i piedi gelati, incapace di pensare a qualunque altra cosa. Sentiva nelle orecchie un ronzio, aveva le mani ghiacciate e si chiese se non fosse una mancanza di rispetto tenerle in tasca. Ma poi il ronzio si fece più forte, e Anna capì che non era solo nelle sue orecchie. Anche la donna col cappello lo sentiva, e i suoi occhi incontrarono quelli di Anna in uno sguardo pieno di imbarazzo e di paura.

Quando il suono si fece più forte ancora, divenne impossibile far finta di niente, e tutti alzarono gli occhi al cielo, compreso il pastore, per accorgersi con orrore della bomba volante che si avvicinava. Sembrava che puntasse proprio su di loro, e Anna, visto che non c'era nessun riparo nelle vicinanze, decise di restare dov'era. Gli altri dovevano aver pensato la stessa cosa, perché nessuno si mosse. Solo l'impercettibile flusso di parole del pastore ne guadagnò in vivacità: le sue labbra si muovevano più in fretta, le braccia gesticolavano febbrilmente sopra la tomba aperta, finché non pronunciò una veloce benedizione e tacque.

Nel momento stesso in cui il pastore smise di parlare, anche il ronzio s'interruppe, e la bomba precipitò. Per una frazione di secondo Anna pensò di ripararsi dentro la fossa con la bara, ma poi cambiò idea, e intanto gli altri si dispersero o si gettarono per terra; infine la bomba esplose, per fortuna piuttosto lontano da loro.

Ci fu un lungo silenzio mentre la gente si alzava e si guardava intorno, ancora stupefatta, e poi la zia Bonbon alzò i pugni al cielo e gridò: «Nemmeno al suo funerale! Nemmeno al suo funerale lo lasciano in pace!»

Al ricevimento nel seminterrato della zia c'era quasi aria di festa. Le stufe a paraffina riscaldavano piacevolmente l'ambiente, e la zia offrì cioccolata calda addolcita con lo zucchero vero che Otto aveva mandato dall'America.

«Vive negli Stati Uniti, adesso» diceva la zia con orgoglio. «Il suo lavoro è talmente importante che perfino il presidente Roosevelt ne è al corrente.»

Sul pavimento c'erano diversi tappeti fatti a mano – era la nuova passione della zia Bonbon – e due donne che si presentarono come sue compagne del corso serale li studiavano con interesse. Il resto dei convenuti erano o affittuari della zia, o vicini di casa, e se ne stavano seduti sui cuscini fatti a mano, a bere la cioccolata e ad ammirare l'arredamento. La zia Bonbon andava avanti e indietro con le tazze e sembrava piuttosto eccitata dal fatto di avere tutta quella gente con cui parlare. Presentò Anna a uno dei suoi inquilini, un vecchietto con gli occhi vispi che alzò una mano al cielo quando seppe chi aveva davanti.

«Ma io conosco tuo padre!» esclamò. «Dai tempi di Berlino! Una volta trascorremmo una fantastica serata insieme.»

«Davvero?» fece Anna.

Poco lontano da lei, la zia stava parlando di Otto.

«Perfino Einstein» diceva. «Lui e Otto sono sempre in contatto.»

«Una serata indimenticabile» continuava il vecchietto. «A casa di un amico, il poeta Meyer, sulla Trompetenstrasse, te lo ricordi?»

Anna scosse la testa. «Ero molto piccola» disse.

L'uomo annuì, deluso.

«Tuo padre aveva letto un mio libro, e mi aveva fatto i complimenti. Era una bella serata d'estate, e lui... lui doveva andare a uno spettacolo teatrale e poi a una festa, una cosa piuttosto importante, ma tutt'a un tratto, indovina cosa mi dice?»

«Cosa?»

«Mi fa: "Prendiamo il battello fino a Pfaueninsel." Tu la conosci, vero?» chiese con una certa impazienza il vecchietto. «L'isola sul lago vicino a Berlino, con i pavoni?»

Anna ricordava vagamente una gita scolastica in un posto del genere. Era proprio quella?

La zia Bonbon stava dicendo: «E poi gli hanno dato una casa, e la macchina...»

Il vecchietto aspettava la risposta di Anna, e lei per compiacerlo fece di sì con la testa. Lui sembrò sollevato.

«E c'è anche un ristorante buonissimo» disse, soddisfatto. «Così ci andammo, io, tuo padre, e altri due amici, e cenammo e bevemmo un ottimo vino, e poi parlammo tutta la sera, e tuo padre era così brillante e divertente. Quando uscimmo vedemmo i pavoni che dormivano tutti vicini sui rami di un albero, e tuo padre restò incantato. Poi tornammo in battello a Berlino, al chiaro di luna. Meraviglioso» concluse, «meraviglioso.»

Anna sorrise. Tutto quello che lei ricordava di Berlino era la sua casa, il giardino, e la scuola.

«Dev'essere stato delizioso» disse.

Le appassionate di tappeti dovevano averne osservati a sufficienza, perché si accinsero, seppur riluttanti, ad andarsene.

«Che bella festa» commentò una di loro, dimenticandosi per un momento dell'occasione per cui si erano riuniti, e l'altra corresse il tiro aggiungendo: «Date le circostanze.»

Una delle vicine disse che doveva tornare dal suo bambino, e dopo di lei si congedò anche Anna. Mentre si infilava il cappotto pensava che, in fin dei conti, era stato inutile andare fin lì. Non aveva provato nulla, imparato nulla, e non era stata confortata né aiutata a vederci più chiaro. La zia Bonbon la accompagnò alla porta.

«Saluta i tuoi genitori da parte mia» disse.

Era la prima volta che Anna si trovava sola con lei, e a un tratto si rese conto di non averle ancora fatto le condoglianze.

«Mi dispiace molto» disse goffamente, «per lo zio Victor.»

La zia Bonbon le prese la mano.

«Non dispiacerti» disse con la sua voce calda e profonda. «Devi dispiacerti per me, che lo amavo. Ma per lui...» Scosse la testa sulle spalle larghe come per scacciare qualcosa. «Per lui sarebbe stato meglio andarsene anni fa.»

Poi la baciò, e Anna uscì nella strada ghiacciata.

La zia aveva ragione, pensava Anna, mentre camminava china per opporsi al vento. Per lo zio sarebbe stato meglio morire prima. Che senso avevano avuto gli ultimi anni in Inghilterra? Procedendo a fatica sul marciapiede gelato, di colpo Anna si rese conto che un pensiero del genere era più deprimente della morte stessa. Essere costretti a vivere quando non lo si vuole più, quando non ha più senso…

Come succede a me, pensò, in un momento di disperata autocommiserazione, e immediatamente fu colpita dalla propria mancanza di coraggio. Che sciocchezze, si disse, questo non è da me. E il papà, invece? Lo immaginò nella sua stanzetta soffocante con la macchina da scrivere che non funzionava e i pezzi che nessuno voleva pubblicare, in un Paese di cui non conosceva nemmeno la lingua. Come doveva sentirsi?

Cadeva qualche fiocco di neve; i muri, i cespugli e i marciapiedi cominciarono a ricoprirsi di puntini bianchi.

La vita aveva ancora un senso per il papà? Quando gli tornava in mente Berlino, cosa pensava dell'esistenza squallida e frustrante che conduceva ora in un Paese straniero? Forse avrebbe preferito non averla mai vissuta? E forse era arrivato al punto di pensare che la morte sarebbe stata un sollievo? Anna cercò di trovare consolazione in quest'ultimo pensiero, ma servì solo a farla sentire peggio. Non c'è nulla, pensò, mentre intorno a lei la neve cadeva obliqua per il vento. Non c'è nulla...

Dovette aspettare a lungo il treno, e quando arrivò a casa il freddo ormai le era entrato nelle ossa. Salì subito nella stanza del papà, ma quando bussò lui non rispose, e aprendola Anna vide che si era appisolato sulla sedia. La stufa a gas era spenta – c'era bisogno di un altro scellino nel contatore – e alcuni fogli erano caduti dalla scrivania. La stanza era fredda e buia.

Anna guardò quelle quattro pareti, nella luce sempre più debole che veniva dalla finestra, e per la prima volta le vide come dal di fuori. Perché mai qualcuno avrebbe dovuto scegliere di vivere in un posto come quello? Tanto più uno come il papà, che aveva viaggiato, era stato uno scrittore famoso, e aveva avuto una vita libera in cui poteva scegliere tra tante diverse possibilità, prima che arrivasse Hitler a distruggerla.

Anna doveva essersi mossa inavvertitamente, perché il papà si svegliò.

«Anna!» disse. «Com'è andata?»

«È stato terribile» rispose lei. «Al cimitero per poco non ci è caduta addosso una bomba, e la zia Bonbon si è messa a imprecare contro il cielo.»

«Sei tutta infreddolita» disse il papà, poi prese una monetina da un barattolo di latta con l'etichetta SCELLINI e dopo un momento nella stufa ci fu una fiammata gialla e cominciò a sentirsi un po' di calore. «Vuoi mangiare qualcosa?» chiese.

Anna scosse la testa.

«Allora vieni qui a scongelarti.»

Le diede un tappeto arrotolato su cui sedersi – c'era una sola sedia – e lei si inginocchiò ai suoi piedi, accanto al fuoco. Nonostante lo scellino, la stanza non dava segno di volersi riscaldare.

«Ho ricevuto una lettera della mamma» disse il papà. «È praticamente guarita e dice che tornerà a casa nel fine settimana.» Guardò la figlia con aria preoccupata. «Spero che adesso non ti ammali tu.»

«No» rispose Anna, anche se stranamente aveva ancora freddo nelle ossa.

Alzò lo sguardo per vedere in faccia suo padre. A cosa stava pensando? Perché era così difficile capire quello che gli altri provavano davvero?

«Papà» disse Anna. «Hai mai rimpianto...»

«Che cosa?» domandò lui.

Lei fece un gesto per indicare la stanza. «Di aver vissuto questi ultimi anni. Prima all'Hotel Continental, e poi qui. Voglio dire, dopo la vita a Berlino...»

Lui la guardava con molta attenzione. «Mi stai chiedendo se non avrei preferito continuare a vivere come prima? Be', ovviamente sì. C'erano così tante possibilità, allora, così tante scelte. E poi» aggiunse con semplicità, «lì avrei potuto essere più utile alla mamma e a voi.»

Ma non era questo che Anna voleva sapere.

«Io ti stavo chiedendo se... ecco... se tu hai mai pensato... voglio dire, ti sarai chiesto qualche volta... se hanno avuto davvero un senso...»

«Questi ultimi anni?»

Lei annuì. La testa le scoppiava, ma aveva la strana convinzione che se il papà l'avesse rassicurata, sarebbe finalmente riuscita a riscaldarsi.

«Ma certo che hanno avuto un senso.» Il papà si era alzato dalla sedia e la stava guardando pieno di stupore.

«Ma dev'essere stato terribile per te... non avere più la tua lingua, essere sempre senza soldi, e la mamma così infelice, e il tuo lavoro... il tuo lavoro!» Con orrore si accorse che stava piangendo. Che bella dimostrazione di affetto stava dando a suo padre, pensò. Il papà si chinò e le toccò la fronte.

«Scotti» disse, «sono sicuro che ti stai ammalando.»

«Ma io voglio sapere!» gridò lei.

Lui cercò tra le sue cose finché non tirò fuori un termometro da una scatola con l'etichetta TERMOMETRO.

«Tra un attimo» rispose lui.

Quando Anna se lo fu infilato sotto l'ascella, lui tornò a sedersi e cominciò a parlare.

«Il senso principale di questi ultimi anni, anche se così tristi, è che è infinitamente meglio essere vivi invece che morti, mia cara. E poi, se non avessi vissuto qui questi anni, non avrei saputo come poteva essere.»

«Come poteva essere?»

Lui annuì. «Sì, essere poveri, perfino disperati, vivere in un Paese freddo e piovoso, dove la gente, per quanto amichevole, gorgoglia un qualche incomprensibile dialetto anglosassone...»

Lei rise, incerta.

«Sono uno scrittore» disse. «E uno scrittore deve conoscere tutto. Non credi anche tu?»

«Io non sono una scrittrice» rispose Anna.

«Potresti diventarlo, un giorno. E comunque vale anche per un'aspirante pittrice...» Esitò, per un momento. «C'è una parte di me» disse, quasi con circospezione, «che è quasi separata dal resto, come un omino che sta seduto sulla mia testa. E qualunque cosa succeda, l'omino è lì che osserva. Anche se succede qualcosa di terribile. Lui prende nota delle mie sensazioni, di quello che dico, se voglio urlare, se le mie mani tremano, e commenta: "Interessante! Interessante vedere cosa si prova..."»

«Sì» concordò Anna. Sapeva di avere anche lei quell'omino seduto sulla fronte, ma ora la testa le girava talmente che lo immaginò confusamente che girava e girava anche lui.

«È una grande difesa contro la disperazione» continuò il papà. Tirò fuori il termometro da sotto il braccio di Anna e lesse. «Hai l'influenza» annunciò. «Adesso devi proprio andare a dormire.»

Anna si avviò per il corridoio gelido verso la sua stanza, e si infilò sotto le coperte fredde, ma dopo un momento comparve il papà con in mano la borsa dell'acqua calda.

«Può esserti utile?» disse, e lei la strinse a sé con gratitudine.

Il papà accese la stufa a gas e chiuse le tende spesse, e poi rimase lì, ai piedi del letto, incerto.

«Sei sicura di non voler mangiare qualcosa?» domandò. «Ho del pane e della pasta di pesce.»

«No!» disse lei.

Lui insistette, un po' offeso: «Devi mantenerti in forze» e l'idea di mantenersi in forze con la pasta di pesce mentre la stanza intorno a lei girava e la testa le scoppiava le sembrò così buffa che si mise a ridere.

«Oh, papà!» gridò.

«Cosa?» chiese lui, sedendosi sul bordo del letto.

«Ti voglio bene.»

«E io a te.» Le prese la mano e disse: «Questi ultimi anni non sono stati solo infelici, sai. Tu e Max ci avete dato molta gioia. E poi ho sempre avuto la mamma accanto a me.» Fece una pausa, e continuò: «Ho scritto molto di questi anni. Ho tenuto una specie di diario. Quando lo leggerai spero che penserai, come me, che è la cosa migliore che abbia mai scritto. E forse un giorno, quando le mie opere saranno ripubblicate, e anche questo diario vedrà la luce.»

«In tedesco?»

Lui annuì. «Sono certo che la mamma saprà occuparsene.»

Accarezzò il viso bollente della figlia.

«Perciò, vedi, finché posso pensare e scrivere, sono grato al vecchio rabbino lassù per ogni giorno che mi concede su questo straordinario pianeta.»

Anna si sentì meglio, ma c'era ancora un pensiero che la tormentava. Se ne stava in un angolino, ma era pur sempre lì: qualcosa di orribile, che Anna immaginava accucciato sotto il letto. Aveva a che fare con lo zio Victor, ed era una cosa molto importante.

«Papà?» disse.

«Che c'è?»

Anna non riusciva a pensare. Pensare e scrivere, questo aveva detto il papà. Ma lo zio Victor non aveva più potuto pensare e scrivere. Alla fine non aveva fatto altro che rimanere sdraiato in un letto; danni al cervello, aveva detto la zia Bonbon, non ricorda nulla, meglio sarebbe stato se fosse morto anni fa. Ma l'ictus non aveva lo stesso effetto? E se una cosa del genere fosse successa anche al papà?

«Papà!» gridò Anna, tenendogli la mano stretta nella sua, «e se tu non potessi più pensare…?»

Vedeva la sua faccia confusamente, ma la voce le giunse chiara e calma.

«In quel caso non vorrei continuare a vivere. Io e la mamma ne abbiamo parlato.»

«Ma come?» gridò Anna. «Come si può…?»

Con un grande sforzo Anna riuscì a vedere chiaramente la faccia di suo padre, e i suoi occhi e il suo sorriso dolce e fiducioso.

«La mamma» disse, «penserà a qualcosa.»

Capitolo 24

Quando la mamma tornò dalla campagna, il freddo ormai era passato. Anna guarì, e con la luce del sole che brillava, seppure incerta, il mondo riconquistò la sua bellezza. Il professore annunciò che la salute del papà era decisamente migliorata. La pressione sanguigna era più bassa, e le conseguenze dell'ictus erano quasi scomparse.

«Ve l'avevo detto, il vecchio rabbino lassù sta dalla mia parte» disse il papà.

Pian piano anche la guerra stava finendo.

Cadevano ancora le bombe volanti, quindi esisteva ancora il rischio di morire da un momento all'altro, ma erano molto meno frequenti. La radio dava per lo più buone notizie, e per la prima volta dal 1939 qualche barlume di luce brillò per le strade. Un giorno arrivò Max e annunciò che il suo squadrone era stato smantellato.

«Niente più voli» disse, quasi con rimpianto, facendo arrabbiare la mamma. «Tra poco sarà davvero tutto finito.»

Mentre gli eserciti alleati avanzavano, sui giornali cominciarono a comparire immagini di città tedesche rase al suolo. Amburgo, Essen, Colonia – posti che Anna non aveva mai visto, e che non significavano molto per lei. Solo una volta, quando sentì la notizia che avevano dato fuoco al Grunewald, qualcosa si agitò dentro di lei.

Il Grunewald era un bosco vicino alla loro vecchia casa di Berlino. Tanto tempo prima, quando lei e Max erano piccoli, in quel passato cui Anna non pensava mai, d'inverno ci erano andati in toboga. Le slitte avevano lasciato le loro tracce sulla neve, e loro avevano respirato l'odore di aria fredda e aghi di pino. D'estate, in quel bosco, lei e il fratello avevano giocato nella luce che trapelava dagli alberi, e i loro piedi erano sprofondati nella sabbia sulle rive del lago... e poi una volta non erano andati a fare un picnic? Anna non se lo ricordava.

Ma tutto questo era prima.

Il Grunewald che era bruciato non era lo stesso dove lei aveva giocato. Era un posto dove i bambini ebrei non potevano entrare, dove i nazisti battevano i tacchi e facevano il saluto, e probabilmente si nascondevano tra gli alberi, pronti ad abbattere la gente con le mazze. Avevano le pistole, e cani feroci, e le svastiche, e se qualcuno era d'intralcio lo picchiavano, gli lanciavano contro i cani, e lo mandavano nei campi di concentramento dove lo avrebbero fatto morire di fame, e torturato, e ucciso...

Ma tutto ciò non ha nulla a che vedere con me, pensava Anna. Il mio Paese è questo, l'Inghilterra.

Quando Max più tardi le disse: «Hai sentito dell'incendio nel Grunewald?» lei annuì, e senza scomporsi disse: «Tanto valeva andarsene, no?»

Con l'arrivo della primavera, Anna riprese a disegnare. Successe durante la pausa del pranzo, un giorno che camminava senza meta tra le stradine dietro Vauxhall Bridge Road. Tutt'a un tratto vide un bambino. Era il quarto che vedeva da quando era uscita dall'ufficio, e pensò che la guerra doveva davvero essere alla fine se i bambini erano tornati. Questo doveva avere una decina d'anni, stava seduto su un mucchietto di calcinacci, e guardava il cielo con aria allegra. Sarà contento di essere a casa, pensò Anna.

Quel bambino aveva qualcosa di molto espressivo: forse era il modo in cui si abbracciava le ginocchia ossute, o la maniera in cui il maglione troppo largo gli pendeva dalle spalle, o ancora come alzava alla luce gli occhi socchiusi. All'improvviso Anna fu presa da una gran voglia di disegnarlo. Non aveva l'album con sé, ma trovò nella borsa una vecchia lettera. Cominciò a disegnare febbrilmente sul retro. Era così impaziente di ritrarre il bambino, prima che si muovesse o si alzasse o se ne andasse, che non ebbe il tempo di pensare a come lo stava disegnando. Pensò solo qui faccio così, e qui così, e la luce gli cade sul volto e sulle ginocchia, e c'è un'ombra sotto il mento... ed ecco che il disegno aveva preso forma, ed era perfetto!

Anna tornò in ufficio sentendosi quasi intontita. Di nuovo! si disse. So di nuovo disegnare! Quella sera a lezione fece due disegni molto buoni, e quando tornò a casa in metropolitana, per la prima volta da mesi non si mise a leggere, ma a disegnare: questa volta un vecchietto addormentato. E anche quello le venne bene.

Da quel momento non riuscì più a smettere. Comprò un nuovo album e lo riempì nel giro di qualche giorno. Durante i fine settimana, nella sua stanzetta sopra il garage, lavorava alla scena dei rifugiati per farne un nuovo quadro. Questa volta però pianificò la scena con più cura, e riuscì a infondervi almeno un po' dell'atmosfera che aveva in mente. Dipinse anche un ritratto della mamma. Lei aveva accettato di posare per il quadro, accoccolata accanto alla stufa di paraffina di Anna, con la sua solita aria distrutta e combattiva a un tempo. Il papà disse che era uno dei lavori migliori che Anna avesse mai fatto.

Alla fine, Anna raccolse tutti i suoi disegni in una cartellina e li portò a John Cotmore.

«Hai parlato di una borsa di studio» esordì.

Lui si mostrò piacevolmente sorpreso. «Speravo tanto che cambiassi idea» disse.

Anna guardò l'insegnante con i baffi poco lontano.

«Pensi che possa vedere i miei disegni anche lui?» Non voleva ottenere la borsa solo grazie alla raccomandazione di John Cotmore.

«Certo» disse lui, dopo un momento.

L'uomo coi baffi arrivò, e si mise a sfogliare il contenuto della cartellina insieme a John Cotmore. Questi disse «Buono» e «Mi piace» diverse volte, ma l'uomo con i baffi taceva.

Maledizione, pensò Anna, che all'improvviso aveva scoperto di non volere altro dalla vita che quei tre anni di scuola d'arte. Perché aveva dovuto mettersi nei pasticci da sola?

John Cotmore finì il suo esame.

«Be'» disse al suo collega. «Che ne pensi?»

L'uomo con i baffi lo ignorò. C'erano ancora due disegni che non aveva visto, e li osservò uno alla volta, lentamente e scrupolosamente. Veniva dal nord e non gli piaceva quando gli si metteva fretta. Alla fine si girò verso Anna, la quale vide con suo sgomento che aveva un'aria piuttosto infastidita.

«Non fare la parte della sciocca, ragazza» disse. «Sai meglio di noi che qui dentro c'è abbastanza talento per arrivare dove vuoi.»

Dopo che se ne fu andato, John Cotmore le sorrise.

«Bene» disse, «così doveva andare. Adesso hai il mondo ai tuoi piedi.»

Lei rispose al suo sorriso, esitante.

«Avrai la borsa di studio» continuò lui, «e ci sarà la pace, e tutti i ragazzi torneranno dal fronte.»

Lei alzò le spalle. «Oh» disse, «i ragazzi...»

«Che saranno più adatti a te di quanto lo sia mai stato io. A parte come insegnante di disegno, s'intende...»

Stava rimettendo i suoi disegni dentro la cartellina quando uno di essi attirò la sua attenzione. Era maledettamente riuscito.

D'impulso, Anna si girò e disse a John Cotmore: «Grazie per avermi insegnato a disegnare.»

Anna riuscì a sentire quanto quelle parole gli facevano piacere. Quel piacere riempì tutta l'aria intorno a loro.

«Sei sempre stata la mia studentessa preferita» disse lui, e quasi distrattamente lasciò che la sua mano si posasse sulla spalla di lei. Anna sentì un calore improvviso impossessarsi di lei, una curiosa sensazione di eccitazione (che strano!, notò l'omino sulla sua testa), finché non sopraggiunse Barbara. Le sue labbra sempre sorridenti erano chiuse a formare una linea severa, e aveva in mano la borsa e il montgomery di John Cotmore.

«Andiamo, John» disse. «C'è il coniglio.»

Lui ritirò in fretta la mano.

«È sul fuoco da ore» continuò Barbara. «E poi devi dare un'occhiata a quei disegni per la tua mostra.»

Lui sospirò e si alzò.

«È così che vanno le cose, Anna, vedi» disse. «Tu hai il mondo ai tuoi piedi, e quelli di mezz'età come noi devono andare a casa a mangiare il coniglio.»

«Parla per te» fece Barbara, e diede un'occhiata ai disegni che Anna stava mettendo via. «Allora, ci proverai a ottenere la borsa?»

Anna fece di sì con la testa.

«Anch'io penso che dovresti.»

Nell'aprile di quell'anno gli eserciti alleati fecero irruzione per la prima volta nei campi di concentramento, e sulla stampa e alla radio apparvero le prime spaventose descrizioni di quel che vi trovarono. Anna era stupita della reazione della gente. Perché erano tutti così sorpresi? Lei sapeva dei campi da quando aveva nove anni. Almeno così gli inglesi avrebbero scoperto com'erano, pensava.

Guardava i cinegiornali, disgustata ma non sorpresa. Le camere a gas, le pile di cadaveri, i sopravvissuti, distrutti e ridotti a scheletri: era tutto terribile, pensava, terribile, ma non più di quello che lei per anni aveva indovinato e cercato di non immaginare. Man mano che venivano fuori le storie orribili di quello che era accaduto nei campi, e cresceva l'indignazione generale, Anna riusciva a pensare a una sola cosa: che finalmente era finito. Finalmente, finalmente, era finito.

Berlino cadde all'inizio di maggio. Avevano combattuto anche vicino a casa sua, al suo giardino? Anna cercava di scacciare quel pensiero. Non importava. Era finita, in fondo. Non avrebbe mai più dovuto pensarci.

Per qualche giorno si avvicendarono voci e notizie non confermate. Hitler era morto, era stato catturato, stava resistendo, si era arreso, e infine ci fu l'annuncio ufficiale. La guerra in Europa era finita.

Nel giorno stabilito per i festeggiamenti nazionali, Anna, la mamma e il papà andarono a pranzo dai Rosenberg. Erano ritornati nell'appartamento di Harley Street, e la zia Louise era già preoccupata per la pace.

«Qualunque cosa accada, non dite a Fraulein Pimke che la guerra è finita!»

«Perché mai?» chiese la mamma, sorpresa.

«Perché userà tutte le razioni e non avremo più niente da mangiare» rispose lei. «E poi è vecchia e abbastanza sorda, e non parla inglese, quindi non ha modo di venire a saperlo. Anzi, se stiamo attenti» e di colpo la zia si rallegrò, «potrebbe non scoprire mai che c'è la pace!»

Max arrivò in tempo per il pranzo, e il professore propose un brindisi.

«A noi!» disse. «Chi l'avrebbe detto, cinque anni fa, che saremmo sopravvissuti a Hitler?»

«E ora un brindisi agli inglesi!» aggiunse il papà. «Hanno vinto loro la guerra.»

La zia Louise fece alzare tutti in piedi per brindare agli inglesi, e si spaventò all'idea che dovessero lanciare i bicchieri per terra subito dopo, come voleva l'usanza («È che ne sono rimasti così pochi...»), ma Max le assicurò che non era necessario.

«Un ottimo vino» disse il papà.

Il professore gli mostrò la bottiglia.

«Johannisberg-Schloss» disse, «dal Rheingau. L'ho tenuto apposta per l'occasione.»

Si guardarono.

«Forse, un giorno...»

«Forse» disse il papà.

Fraulein Pimke, anche se ignara del motivo dei festeggiamenti, aveva preparato un pranzetto delizioso.

«Bene, e ora cosa succede?» fece la zia Louise. «Max, tu tornerai a Cambridge?»

«Quando sarò smobilitato, spero già il prossimo semestre» rispose Max.

«E diventerai un avvocato» aggiunse il professore. «O forse uno di quei giudici con la parrucca da barboncino e il lungo cappotto con il pelo sopra. E non sarebbe mai potuto accadere senza Hitler.»

Max fece un ghigno. «Ho molto di cui ringraziarlo.»

«Anna ha vinto una borsa di studio alla scuola d'arte» disse il papà, e Anna fu commossa dall'orgoglio che c'era nella sua voce. «Anche lei comincerà il prossimo semestre.»

«Davvero?» fece il professore.

Anna lo guardò. Era seduto con le spalle alla finestra, le braccia incrociate sul petto. Il colore del viso, dei vestiti e della sedia brillavano, pieni e scuri nel gioco di luci e ombre della stanza. L'effetto era quello di una sagoma strana e complicata che si stagliava nel rettangolo di luce della finestra. Mi piacerebbe dipingerlo, si disse, mentre la conversazione continuava intorno a lei, e subito cominciò a pensare a come avrebbe fatto.

«... non è vero?» stava dicendo intanto Max.

«Che cosa?» domandò Anna, presa alla sprovvista, e il fratello scoppiò a ridere.

«Stavo dicendo che tu sei l'unica per cui l'emigrazione non ha fatto nessuna differenza. Voglio dire, se Hitler non ci fosse mai stato, non avresti imparato tre lingue, certo, e ti saresti risparmiata una buona dose di ambasce, ma saresti diventata esattamente quella che sei adesso, una che va in giro tutta assorta, alla ricerca di soggetti per i suoi disegni. Davvero non farebbe nessuna differenza, per te, essere in Germania, o in Francia, o in Inghilterra.»

«Penso di no» disse Anna.

Pensò alla borsa di studio, e a John Cotmore, e a Mrs Hammond e alle vecchiette, e a un poliziotto che una volta le aveva prestato uno scellino, e a quando lavorava per il servizio antincendi a Putney, e poi pensò a Trafalgar Square al tramonto, e alla vista del fiume dall'autobus 93.

«Ma è qui che voglio stare» disse.

Poco dopo, Max si alzò per andarsene.

«Accompagnami alla stazione della metropolitana» le disse.

Il papà si alzò a sua volta e lo abbracciò.

«Arrivederci, figlio mio» disse. «Che tu possa avere successo ora che c'è la pace, come ne hai avuto durante la guerra.»

«E chiama appena sai qualcosa» disse la mamma. «Su Cambridge e la smobilitazione. E non dimenticare di dirgli della tua borsa di studio.»

Anna e Max scesero in silenzio nell'ascensore. Il custode aprì loro la porta e, uscendo, udirono i canti di gioia e di vittoria che arrivavano dalla strada. Il custode guardò l'uniforme di Max.

«Un giorno importante» disse. «I giovani inglesi come lei dovrebbero sentirsi molto orgogliosi.»

Si sorrisero.

La strada era piena di bandiere del Regno Unito. Alcune ragazze con dei cappelli di carta ballavano sulle note di una fisarmonica, e un soldato stava seduto sul marciapiede con una bottiglia al suo fianco.

Anna e Max si fecero strada tra tutta quella gente.

«E allora» disse Max, «come vanno le cose?»

«Bene» rispose Anna. «Sembra che il papà stia molto meglio, no? E poi sono tutti e due contenti per la mia borsa di studio. Ma la mamma perderà di nuovo il lavoro.»

«Perché?» chiese Max.

«A quanto pare il suo capo ha promesso quel posto a sua nipote, quando fosse tornata dal volontariato femminile nei campi. La mamma non è troppo dispiaciuta, per ora; dice che quel lavoro era solo un tappabuchi e che vorrebbe lavorare con gli inglesi, comunque. Ma io non lo so... una volta che tutti saranno tornati a casa dal fronte sarà ancora più difficile trovare lavoro.»

Max annuiva. «Sembra proprio che la pace non sarà di grande aiuto per loro.»

Erano arrivati a Oxford Circus, ma Max non dava segni di voler prendere la metropolitana, e così proseguirono per Regent Street.

«Forse un giorno» disse Anna, «in Germania ripubblicheranno le opere del papà.»

«Ci vorrà molto tempo» rispose Max.

«E poi immagino che saremo tutti naturalizzati inglesi, ora che la guerra è finita.»

Entrambi sorrisero all'idea del papà "inglese".

«La mamma non vede l'ora» disse Anna. «Passerà il suo tempo a bere tè col latte, a prendersi cura degli animali e ad andare alle partite di cricket. Non c'è limite alle cose che si metterà a fare!»

Max si mise a ridere. «Ma non farà alcuna differenza, comunque.»

«No?» chiese Anna.

Max scosse la testa.

«Io e te ce la caveremo, ma loro non saranno mai a casa qui.» Fece una piccola smorfia. «O da nessun'altra parte.»

La folla si era fatta ancora più numerosa, e dovettero fermarsi un momento per lasciar passare un uomo con un bambino sulle spalle. Qualcuno fece il saluto militare a Max e lui dovette rispondere.

«Ti ricordi» disse a un tratto, «quello che dicevi sempre a Parigi? Che finché fossi rimasta con mamma e papà non ti saresti mai sentita una rifugiata?»

Lei disse di sì.

«Ecco, credo che adesso sia il contrario.»

«Cioè?»

Max sospirò. «Cioè, oggi l'unico modo perché mamma e papà non si sentano dei rifugiati è che restino con noi.»

Anna guardò la scena intorno a loro – le bandiere, il rumore, le facce contente e finalmente rilassate – e pensò alla mamma e al papà che tornavano in metropolitana a Putney.

«Dobbiamo fare del nostro meglio» disse.

A Piccadilly Circus Max la salutò, e lei, rimasta sola, si fece strada tra la folla. La piazza pullulava di persone: vecchi, uomini in uniforme, coppie che si tenevano per mano, donne con i bambini. Alcuni ballavano o cantavano, altri bevevano, ma la maggior parte, come lei, si limitavano a camminare. Niente processioni, pensò. Niente striscioni. Un uomo della marina si era arrampicato su un lampione. Un ragazzino strillò: «Uiiii», e poi fece un rumore come di un'esplosione, e la donna che era con lui disse: «Eh, no. Niente più bombe.»

Quando Anna raggiunse il centro della piazza, fece capolino il sole, e tutto prese colore. L'acqua brillò nella fontana. Un uomo dell'aviazione, con l'uniforme che da grigia era tornata blu, ne gettò qualche spruzzo a una ragazza vestita di rosa, che rideva di gusto. Una bottiglia, passando di mano in mano, scintillò per un momento nella luce. Due donne che cantavano *Roll out the barrel* con indosso delle camicette a fiori sembravano a loro volta fiorite. I piccioni tubavano. Il cielo risplendeva.

Ai piedi della fontana, un soldato si era addormentato. Era per metà seduto e per metà disteso, la testa appoggiata sulla pietra. Il sole gli illuminava una parte della faccia, una mano teneva stretto lo zaino, e l'altra, aperta, era abbandonata sul selciato. Le gambe aperte davano l'idea di una stanchezza eccezionale. C'era qualcosa di trionfante nel sonno di quel ragazzo. Speriamo che non si svegli, pensò Anna.

Tirò fuori l'album e cominciò a disegnare.

Finito di stampare nel mese di settembre 2010
presso Nuovo Istituo Italiano
d'Arti Grafiche, Bergamo

RCS Libri

ISBN 978-88-17-04406-6